拉普拉斯的魔女

Laplace's Witch

Higashino Keigo

東野圭吾

拉普拉斯的魔女

日版封面攝影／川上智之

序章

她在輕微的震動中醒來，睜開眼睛，看到了陌生的景象。她愣了片刻，才發現那是車頂，隨即想起剛才去了旭川機場旁的租車公司，卻完全不記得自己坐上了什麼車。因為上車後不久，強烈的睡意襲來，她就這麼躺在後車座睡著了。

羽原圓華緩緩坐了起來，看向車窗外。窗外是一片農田，有著成排的塑膠布溫室。遠方的丘陵映入眼簾。

「妳睡得真熟，」駕駛座上的母親美奈說：「我忍不住提心吊膽，很怕妳一翻身，就從車椅上滾下來。」

「現在到哪裡了？」

「快到了，差不多再二十分鐘左右。」

「我睡了那麼久嗎？」圓華眨了眨眼，又揉著眼睛。母親的娘家離機場大約三個小時車程。

她拿起寶特瓶，喝口茶潤喉後，從自己的小提包裡拿出鏡子，檢查頭髮有沒有睡亂。父親看到她這種舉動，會瞪大眼睛納悶，小學生帶什麼鏡子？但對女生來說，這根本是常識。

她正在照鏡子時，車身突然左右搖晃了一下。「啊？怎麼了？」

「風。」美奈回答，「今天風很大。」

「難怪今天的飛機有點搖晃。」

「是啊，目前這個季節，這一帶的大氣經常會有不穩定現象。」

美奈雖然是文科系畢業，但可能受到丈夫的影響，會很自然地談論自然科學的事。圓華父親是醫生。

車子繼續沿著筆直的道路行駛，不一會兒，就看到了熟悉的景象。道路右側是一片廣大的田園，左側有許多工廠。工廠旁有一個綜合公園，繼續看向前方，是一個由城鎮經營的小滑雪場。目前才十一月初旬，還沒有下雪。

駛過這個區域後，就有很多住家和店舖，終於有了城鎮的味道。但這是一個小城鎮，小學、中學和高中都在數百公尺的方圓內。

美奈轉動方向盤，將車子在蕎麥麵店旁的街角左轉，很快就停下了車。眼前是一棟長方形的木造房子。

圓華下了車，按了對講機。美奈打開後車廂，把行李拿了出來。

玄關的門很快打開了，祖母弓子走了出來。

「啊喲，是圓華，妳又長高了。」弓子穿了一件粉紅色的開襟衫，輕快地走下階梯，衣服下襬也飄了起來。她還不到七十歲，腰腿很靈活，身體也很硬朗。

「外婆，午安。」圓華向外婆鞠了一躬。

「這麼大老遠來這裡，是不是累壞了？」

「我剛才在車上睡了一覺，一點都不累。」

「累的是我，幫我把這個拿進去。」美奈遞上紙袋和行李袋，用粗魯的語氣對母親說道，「我去把車子停在平時停車的停車場。」

美奈面對弓子時，態度就會變得很傲慢。這也是一種撒嬌的方式。弓子順從地說著：「好，好。」

十一月的北海道真的很冷。圓華在長袖T恤外只套了一件連帽衫，所以在弓子請她進屋之前，就自己跑上了通往玄關的樓梯。

圓華坐在面對庭院的客廳，喝著外婆倒的紅茶，和她聊著學校和同學的事。雖然並不是特別有趣的事，但祖母似乎聽到孫女的聲音就感到高興，面帶笑容地不時附和。

美奈很快就回來了，從冰箱裡拿出寶特瓶的水喝了起來。

「全太朗還是沒辦法休假嗎？」弓子問美奈。全太朗是圓華的父親。

「他準備動一個大手術，要我代他向你們問好。」美奈站著回答。

「醫生的工作果然很辛苦，沒辦法找人代班嗎？」

「那是全世界首創的手術，只有他能夠完成。雖然詳細情況我也不是很清楚，但聽說這次接受手術的是一個十二歲的男孩。」

「是喔，這麼小的孩子，真可憐啊。十二歲的話，只比圓華大兩歲。」弓子眨了一下眼睛，看著圓華。

圓華之前曾經聽父母聊過，所以也大致瞭解。聽說那名少年發生意外，至今仍昏迷不醒。

「應該慶幸妳們可以回來。妳爸爸還在擔心，會不會因為全太朗工作太忙，連妳們也不回來了。」

「你們想見的不是我們，只是圓華而已吧？」

即使聽到女兒酸溜溜的發言，弓子仍然若無其事地回答：「對啊，當然是這樣啊。」然後又問圓華：「對不對？」徵求她的同意。圓華笑了起來。聽外婆和媽媽鬥嘴，也是這次旅行的樂趣之一。

圓華就讀的學校校慶剛好在十一月上旬，所以經常會放連假，今年也放了四連假。全太朗工作不忙時，就會全家一起去旅行。去年之前去了好幾次夏威夷，但全太朗說，今年還是回美奈的娘家看看。他似乎對很久沒有帶女兒回去看岳父岳母感到有點愧疚，但因為安排了那場手術的關係，所以全太朗無法和她們母女同行。

「爸爸呢？他出門了嗎？」美奈問。

「參加葬禮。」弓子回答，「以前公司的董事去世了，妳爸爸年輕時曾經受過他很多照顧。聽說是癌症，已經八十歲了，也不算太過早逝。」

葬禮在鄰鎮舉行。

她們正在聊天時，客廳矮櫃上的電話響了。

「看吧，才說到他，他就打電話來了。」弓子說話的同時站了起來，接起電話：「喂，這裡是蛯澤家……喔，我就知道。葬禮結束了嗎？……是喔。美奈她們已經到家了……但是老公，你不是喝了酒嗎？沒問題嗎？」

美奈似乎已經察覺了什麼，走了過來，從弓子手上搶過電話。

「喂？爸爸嗎？我是美奈……嗯，很好啊，但你喝了酒不可以開車……你在說什麼啊？不行就是不行。我去接你，你在那裡等我……我騎腳踏車去……別擔心，才三公里而已。還是那輛HIACE吧？那到時候可以把腳踏車放在車上……嗯，我知道，我馬上過去，那就先這樣。」美奈掛上電話後，嘆了一口氣看著母親：「明知道他會喝酒，怎麼可以讓他開車出門呢？」

「我當然知道啊，但他根本說不聽。」

「因為妳都順著他，他當然不理妳啊。妳剛才也聽到爸爸說話的聲音，根本已經口齒不清了。再這樣下去，早晚會出事。」美奈走出客廳時說道。

「等等我，」圓華也跟了出去，「我也要去。」

「圓華，妳等在家裡，只有一輛腳踏車。」

「妳可以載我啊，我想要在北海道的路上騎車兜風。」

美奈在穿鞋子時笑了起來。

「那才不是那種可以騎出去兜風的腳踏車，我是要去阻止喝酒開車，結果還得自己騎車載人。算了，沒關係。」

「嗯，沒關係，沒關係，走吧走吧。」

「但妳穿這樣太冷了，妳不是帶了羽絨背心嗎？去把背心穿上。」

「好。」

圓華穿好羽絨背心走出來時，美奈剛好從屋後推了腳踏車出來。那輛腳踏車的確和「騎車兜風」的感覺有很大的落差。外形粗糙的工作用腳踏車有不少地方已經出現了鏽斑，但看起來牢固，大面積的載貨架坐起來應該很穩當。

「好像快下雨了。」美奈仰望著天空嘀咕道。

圓華也抬起頭。遠方的天空很黑，好像隨時都會下雨。

「那我們快去吧。」

「有道理，妳抓緊我。」

「好。」圓華雙手抱住了母親苗條的身體。

美奈踩著踏板。迎面吹來的風很冷，但圓華把臉貼在媽媽的背上，所以並不覺得冷。隔著藍色毛線上衣，可以感受到媽媽的體溫和香味。

這是一個小城鎮，騎了一會兒，兩側的住宅就明顯減少了。來到通往鄰鎮的道路時，周圍突然暗了下來，腳踏車也同時停下了。

「怎麼了？」

在圓華發問的下一剎那，有什麼東西從天空掉落下來。那不像是雨。當她看到落在自己手臂上的東西，不由地嚇了一跳。是小冰塊。

「慘了。」美奈說完，立刻把腳踏車掉頭。這時，圓華看到有一條黑色的線從漆黑的天空向地面延伸。

「媽媽，那是什麼？」

「龍捲風。」美奈大聲叫著，「要趕快逃。」

雨滴落了下來。美奈拚命踩著腳踏車。圓華轉頭看向後方，再度嚇到了。巨大的黑色圓柱追了上來，把無數東西捲向空中。

「媽媽，快追上來了。」

美奈停下腳踏車，「趕快下車，來這裡。」

美奈把腳踏車丟到一旁，拉著圓華的手跑了起來。冰冷的強風幾乎把她們推回去。附近雖然沒有民宅，但道路旁有一棟像是倉庫般的建築物。建築物前放著重型機械和卡車。美奈衝進了建築物，裡面似乎是辦公室，一個戴著眼鏡的中年女人看著窗外。從那個窗戶看不到龍捲風。

看到有人突然闖入，中年女人露出困惑的表情。「有什麼事嗎？」

「有龍捲風。」美奈大叫著，拉著圓華的手臂，讓她躲進旁邊的桌子下。

隨即傳來一聲巨響，整棟建築物都開始搖晃。巨大的風勢籠罩周圍，圓華躲著的桌子也橫了過來。趴在地上的美奈身體懸空，漸漸遠去。「媽媽！」圓華哭著大喊。

玻璃碎片和瓦礫在空中飛舞。因為粉塵彌漫的關係，甚至無法張開眼睛。圓華用力閉著眼睛，等待像噩夢般的這一刻離去。

巨響消失後，她戰戰兢兢地睜開眼睛。周圍格外明亮，她立刻發現建築物的牆壁不見了。停在建築物前的卡車倒在地上，難以想像是這個世界的景象。

像黑龍般的圓柱正漸漸遠去，但她還無法從桌子下走出來。因為天空中飄落各式各樣的東西，她嚇得不敢動彈。

附近傳來很大的聲響，她不知道發生了什麼事，探頭一看，原來是鐵皮屋頂。剛才被吹起的屋頂掉落下來。圓華深呼吸後爬了出來，她的雙腳發抖，根本無法走路。

她打量四周，不禁感到愕然。她們剛才逃入的建築物已經不見蹤影，只剩下一堆瓦礫。

「媽媽！媽媽！」圓華聲嘶力竭地叫喊著，但沒有聽到回答。

她一邊哭，一邊叫著媽媽，在瓦礫堆中尋找。遠處傳來警笛聲。黑色的龍捲風吹向城鎮的方向，不知道外婆是否平安。

圓華的眼角掃到熟悉的藍色。她轉頭看向那裡，沒錯，那是美奈的毛線上衣。她被壓在倒塌的牆壁下方。

圓華用盡全身的力氣把牆壁碎塊移開，美奈的上半身終於從瓦礫堆中露了出來。她面如土色，閉著雙眼。

「媽媽，媽媽，妳快醒醒。」圓華拚命搖著母親的身體，拍著她的臉。

美奈的眼瞼動了幾下，然後微微張開眼。

「啊，媽媽，媽媽，妳要撐住，我馬上去找醫生。」

美奈不知道有沒有聽到圓華的叫喊，但她臉上露出了微笑，然後嘴唇輕輕動了幾下。

「啊？妳說什麼？」圓華把耳朵貼近母親的嘴邊。

太好了——美奈似乎這麼嘀咕道，然後再度閉上了眼睛。

「不要，不要，不要！媽媽，妳不可以死，妳不可以死。我不要，我不要。」

圓華緊緊抱著美奈的身體呼喊，淚水不停地滑落。

1

對武尾徹來說，那通電話簡直就是「及時雨」。

他和任職的警衛保全公司之間的合約在兩個月前到期，警衛保全公司之所以沒有和他續約，是因為他健檢的結果不太理想，尿酸值高於規定的數值。人事部負責人說：『如果在緊要關頭痛風發作就傷腦筋了。』雖然武尾一再保證，會好好注意養生，努力讓數值降低，對方還是沒有點頭，但是他猜想真正的原因可能和尿酸值並沒有關係。因為公司的業績始終不見好轉，高層在情急之下，決定縮減經費。

雖然他立刻開始找工作，卻遲遲找不到工作。身材高大和曾經當過警察是他的兩大優點，警衛保全公司成為首選，但超過四十五歲的年齡成為瓶頸，甚至曾經有警衛保全公司的主管當面對他說，如果再年輕兩、三歲就好了。

關於離開警界的原因，他只說是因為家庭因素，可能也給人留下了不太好的印象。他曾經在外地的警察分局任職將近十年，但因為看到上司對女下屬性騷擾，忍無可忍，委婉加以制止後，惱羞成怒的上司把他調去了偏僻地區的派出所，他一怒之下遞了辭呈。由於武尾向來不喜歡嘮嘮叨叨說明這些事，所以別人可能懷疑他是因為鬧出了什麼醜聞，而被踢出警界。

如果想找警衛保全公司以外的工作，那就更難找了，更何況他最討厭坐辦公室，帳簿上的數字簡直就像密碼。

他漸漸萌生回老家的念頭。武尾老家在宮崎，哥哥繼承了從祖父那一代就開始經營的養雞場，之前就希望他回家幫忙養雞場的工作，同時協助照顧父母。

但是，他不太願意回去。他十八歲時離開故鄉，即使現在回去，也根本沒朋友。

就是在這樣的狀況下，他接到了這通電話。

名叫桐宮玲的女人打電話給他。起初聽到這個名字時，他一時沒想起來，但對方提到開明大學時，他立刻想起來：「喔，就是上次那位。」

『我有事想要拜託你，請問方便見面嗎？』桐宮玲問。

「沒問題，妳知道我已經離開保全公司了嗎？」

『我知道。因為我已經問過公司。』

「所以，妳找我並不是為了工作？」

『不，是工作的事。詳情見面再談，總之，這次希望你護衛一個人。』

「護衛……」他忍不住握緊了電話。

『怎麼樣？你願意見面嗎？』

「沒問題，我要去哪裡？大學嗎？」

『對，如果你方便來學校就太好了。』

桐宮玲提議了一個時間，武尾回答說沒問題，在討論細節後，掛上了電話。

武尾握緊了拳頭。他對有工作上門心存感激，「護衛」這兩個字更讓他心情激動。

以前當警察時，他主要在警備課。因為他體格健壯，再加上有柔道三段，所以經常派他保護高官政要。用自己的生命保護他人生命的工作激發了他強烈的使命感和正義感，甚至覺得那是自己的天職，曾經有一段時間，他夢想能成為特勤人員。

當初和警衛保全公司簽約時，他曾經提出希望不只是當保全，而是能夠執行保護任務，最好是護衛客戶的任務。事實上，他也經常接到這類工作。聽到國外知名藝人訪日時，他就躍躍欲試，很希望可以派自己擔任保鑣工作。

他彎起右臂後用力，左手握住了隆起的肌肉。

該好好訓練了。他心想。

開明大學是以理科系見長的知名綜合大學，曾經培養出好幾位成就非凡的研究家。桐宮玲是那所大學的人。

武尾在兩年前第一次見到她。武尾當時任職的警衛保全公司，接到了將某樣物品從東京運送到紐約的工作。正確地說，委託內容是護衛運送物品的人員。包括武尾在內的三個人負責當時的護衛工作。

那樣物品放在小皮包內，但並沒有向他們說明到底是什麼東西。運送人員是一名中年男子，桐宮玲也同行協助。

武尾和其他兩名同事護送他們從大學前往成田機場，之後只有武尾單獨陪同他們前往紐約。男人把皮包交給在紐約等候的人之後，就直接返回日本。回程時，只有他和桐宮玲兩個人，但他們在飛機上並沒有交談。因為她坐商務艙，武尾則坐經濟艙。他們在成田機場道別，武尾回到公司，報告完成了任務。

之後就沒再見過桐宮玲，所以武尾猜不透她這次為什麼不是委託保全公司，特地找上自己。約定的那一天，武尾穿上西裝前往開明大學。鬍子刮得一乾二淨，昨天還去了理髮店，做好了充分的準備。

來到大學正門時，他看著散發出莊嚴氣氛的門柱，撥打了桐宮玲的電話。

她立刻接了電話，請他留在原地，她會馬上去接他。

武尾站在正門旁，看著學生進出校門的樣子。所有的學生看起來都很聰明，臉上都帶著自信滿滿的表情。也許是身為天之驕子、天之驕女的自負。

不一會兒，一輛轎車停在他旁邊。駕駛座旁的車窗打開。「武尾先生。」

武尾認識開車的女人。有著鵝蛋臉的美女鼻子很挺。武尾鞠了一躬後走了過去。

「好久不見。」桐宮玲笑著對他說。

「好久不見。」

「你看起來沒什麼變化。」

「託妳的福。」

「太好了，那我就放心了。」桐宮玲滿意地點了點頭。她的眼尾有點下垂，看起來好像沒睡醒的表情，但瞇起的雙眼發出冷靜觀察對方的銳利眼神。第一次見到她時就有這種感覺，所以千萬不可大意。

「請上車吧，」她說：「要帶你去的地方離這裡有一小段距離。」

「好。」

武尾繞到副駕駛座，打開門後坐上了車。

桐宮玲穿了一件黑色長褲，修長的腿踩下了油門。

「接到妳的電話，我有點驚訝。」

聽到武尾這麼說，她微微收起下巴說：「我想也是。」

「為什麼會找我？」

她停頓了一下後，看著前方說：「詳情等一下再談。」

「知道了。」武尾回答。

轎車開了十分鐘左右，來到一棟白得有點不自然的房子前。門口掛著「獨立行政法人　數理學研究所」的牌子。

下車之後，武尾跟著桐宮玲走進了房子。大廳深處有安檢門。「給你。」桐宮玲遞給他一張訪客證，訪客證上有繩子，武尾掛在脖子上。

走進安檢門後，沿著走廊繼續往前走。桐宮玲在一道門前停下了腳步，她敲了敲門，裡面傳來一個男人粗獷的聲音：『請進。』

桐宮玲打開門說：「武尾先生來了。」

『請他進來。』

她用眼神示意武尾進屋。「打擾了。」他打了聲招呼後走進了室內。

裡面似乎是會議室，大桌子周圍放了好幾張沙發。

坐在正中央座位的男人站了起來，年紀和武尾差不多，但體格完全不同。那個男人很瘦，下巴也很尖，最大的不同就是長相。看起來聰明、理智，和對方相比，武尾覺得自己長得像猩猩。

男人走了過來，上下打量武尾後問：「數值下降了嗎？」

「啊？」

「我是說你的尿酸值，有沒有順利降到正常值？」

武尾太驚訝了，「啊」了一聲，張大了嘴巴。

「降低了，目前很正常。」回答之後，才開口問：「請問你怎麼知道……」

男人露齒一笑。

「既然要委託這麼重要的工作，事先當然要做好充分的調查。」

「是向公司打聽的嗎？」

如果是這樣，就不能原諒前公司，怎麼可以隨便透露個人隱私？

男人似乎察覺了他的想法，面帶笑容地搖了搖頭。

「你的公司並沒有透露沒有和你續約的原因，但記錄留在電腦上，我們稍微瞄了一下。這個研究所有這方面的高手。」

他們似乎駭進了公司的網路。

武尾回頭看著桐宮玲問：「護衛對象是這位先生嗎？」

「並不是我，」男人回答，然後問桐宮玲：「他知道詳細情況嗎？」

「我還沒有說。」

「是嗎？」男人再度看著武尾，點了點頭，「桐宮推薦了你，祝你順利通過面試。」

「有……面試嗎？」

「對，我只是想和你打聲招呼而已，那就拜託了。」他對桐宮玲說完後，走出了房間。

武尾注視著他離去的那道門，桐宮玲指著沙發說：「請坐，雖然聽說保鑣基本上都不會坐下，但目前還沒有決定錄用。」

好像是這麼回事。「失禮了。」武尾打了聲招呼後，在沙發上坐了下來。

桌子上放了幾頁資料，其中有一張有武尾的證件照，密密麻麻的文字似乎記錄了他的經歷。這應該也是向之前的保全公司竊取的。

「你都不問。」桐宮玲整理著桌上散亂的資料時說，「你不問剛才那個人是誰嗎？」

「我應該問嗎？」

聽到武尾的問題，她的嘴角露出笑容。

「這正是你的優點，不會多問不必要的事，這也是我推薦你的理由之一。」

「既然他不是護衛的對象，知道了也沒有意義。」

「但有的人不是會難掩好奇心嗎？你還記得上一次的工作內容嗎？」

「當然記得啊，護送一位帶著皮包的男士去紐約。」

「你一次都沒問皮包裡放了什麼，好像也完全不感興趣。」

「公司告訴我們，是很昂貴的東西，還說我這條命也賠不起。」

「你不想知道究竟是什麼東西嗎？」

武尾聳了聳肩，「只要不是危險物品，什麼都無所謂。」

桐宮玲點了點頭說：

「這樣的態度很重要。如果很想知道，只是因為工作關係而克制好奇心，我們也會感到有點不安。」

這次的工作似乎很敏感，可能要保護無法公開的對象。

他沒有吭氣，桐宮玲說：「是質數。」

「啊？」

「數學中的質數，像2、3和5一樣，除了1和本身以外，無法被其他數字除盡的數字。當時的皮包裡放了某個質數，但位數很驚人，即使使用超級電腦，也無法輕易發現那個質數。你知道目前這種質數用於情報密碼化嗎？」

「曾經聽說過，只是不太瞭解其中的原理。」

即使桐宮玲說明，恐怕也很難理解。

「需要那個質數，才能解開變成密碼的情報，也就是說，那個質數很重要，運送過程也必須格外小心，所以當初才會委託你的公司。」

「原來如此。」武尾點了點頭，看著桐宮玲的臉問：「所以呢？」

她依然帶著微笑，微微偏著頭說：「你好像沒什麼興趣。」

「應該和我一輩子都扯不上關係。不行嗎？」

「不，這樣很好。那個人很快就到了。」她從上衣內側口袋拿出一張便條紙放在桌子上。

武尾拿起那張紙，上面寫著『羽原圓華』這個名字。

「她就是你這次要護衛的人，發音是u-hara madoka。平時她都住在這棟房子內，但有時候會外出。當她外出時，希望你擔任保鑣保護她。無論她去哪裡，都絕對不能離開你的視線，避免她遇到任何危險。」

「還有，」桐宮玲豎起食指，「有一個注意事項，絕對不能對她產生興趣，完全不可以問她為什麼在這裡，在這裡幹什麼之類的問題。你同意嗎？」

「即使是與護衛有關的事也不可以問嗎？」

「如果有必要，我會告訴你。忘了說一件事，在她外出時，我也會同行。沒問題吧？」

護衛對象似乎是一個棘手人物，但武尾早就有了心理準備，知道這次是棘手的工作，否則桐宮玲不可能特地委託自己。

「沒問題。」他回答說。

這時，聽到了敲門聲，桐宮玲回答：「門開著。」武尾站了起來，走向門口。

門打開了，一名年輕女子走了進來，看起來不到二十歲。頭髮很長，但個子並不高，穿了一件格子襯衫，牛仔裙下露出的雙腿很細。眼尾微微上揚的眼睛很大，令人聯想到貓。

武尾有點意外。因為他原本以為護衛對象是上了年紀的女人。

桐宮玲站在他們兩個人之間說：

「這位是武尾徹先生，我正在委託他擔任妳的保鑣。」說完，她又轉頭看著武尾說：「她是羽原圓華小姐。」

「請多關照。」武尾點頭打招呼。

羽原圓華一雙大眼睛目不轉睛地注視他，然後上下移動視線，打量他的全身。

「怎麼了嗎？」武尾問。

「你走路看看。」她說。她說話的聲音略微帶著鼻音。

「啊？」

「你在這裡稍微走幾步，直到我請你停止為止。」她指著地板，畫了一個圓。

武尾納悶地看向桐宮玲，她微微點了點頭，示意他按照圓華的指示去做。

武尾只好在沙發周圍慢慢走了起來，繞了一周回來後，圓華點了點頭，指著他的身體問：

「跑步時不會痛嗎？」

「痛？哪裡痛？」

「腰，右側的腰。你不是有腰痛的毛病嗎？」

聽到圓華如此斷言，武尾感到驚訝不已。她說的沒錯，武尾從年輕時就深受腰痛之苦。

「妳怎麼知道？」

「看就知道了，因為你身體不平衡。怎麼樣？可以跑嗎？如果保鑣在緊要關頭不能跑，恐怕會有很大的問題。」

桐宮玲聽到她這麼說，露出了擔心的表情。

武尾拍了拍自己的胸脯說：

「沒問題，我的確有腰痛的老毛病，但平時都很注意。」

「嗯。」圓華用鼻子發出聲音後，指著武尾的嘴說：

「平時很注意當然很好，但去找牙醫治療一下會好得更快。你身體不平衡的主要原因是牙齒的咬合有問題。」

武尾忍不住摸著自己的下巴。至今為止，他從來沒有想過自己的咬合有問題。

圓華放下了手，對桐宮玲說：「他沒問題。」然後轉過身，打開門走了出去。武尾一臉茫然地目送她離開。

桐宮玲轉頭看著他，露出苦笑說：

「你好像馬上就想問關於她的事。」

「啊，不，沒這回……」雖然他語尾含糊起來，但被桐宮玲說中了。那個年輕女子是怎麼回事啊？

「你通過了她的面試，怎麼樣？你願意接受委託嗎？如果你願意——」桐宮玲說了報酬的數字，金額遠遠超乎武尾的想像。

他沒有理由拒絕，立刻回答說：「我接受委託。」

武尾隔天立刻開始工作，但第一天，他在研究所的大廳枯等了一整天。一問之下才知道，圓華都在所內吃飯。傍晚六點時，桐宮玲說他可以下班了。

「她外出的頻率高嗎？」

武尾問道，桐宮玲搖了搖頭。

「完全看她的心情，有時候每天外出，有時候一個星期都不出門。每次都要到出門時才知道，我應該事先告訴你這件事嗎？」

「不，現在知道就沒問題了。」

只是等待就可以領薪水真是太輕鬆了。他決定從這個角度接受這件事。

但這種好日子並沒有持續太久，第二天，武尾第一次陪同圓華外出。桐宮玲開車前往一個大型購物中心。圓華逛了好幾家店，試穿了很多衣服，看了不計其數的飾品。無論她走到哪裡，武尾和桐宮玲都跟在她身後，同時確認周圍是否有可疑人物。

陪年輕女子逛街很辛苦，但如果是工作，就算不上太大的困難。武尾的目光追隨著圓華的一舉一動，內心感到很納悶。她為什麼需要保鑣？她看起來就像是普通的年輕女子，如果是有錢人家的千金小姐，或許需要小心謹慎，但果真如此的話，不可能住在研究所。

但是，武尾禁止自己繼續思考下去。因為桐宮玲之前說過，不可以對圓華產生興趣，而且他也認為和自己沒有關係。

這一天，發生了一件讓他印象深刻的事。買完東西後，桐宮玲開車離開立體停車場時，圓華突然說：「停一下。」

桐宮玲踩了剎車，「怎麼了？」

武尾看向後車座，圓華指著窗外說：「有一個傷腦筋的傢伙。」

武尾抬頭看向她手指的方向，看到立體停車場的三樓有一個男人探出身體，正在抽菸。他一隻手正在玩智慧型手機，另一隻手拿著香菸。不時抽幾口後，把菸灰往下彈。開車來購物中心的客人在正下方的通道上走來走去。

「不用管他啊。」桐宮玲說。

「那怎麼行？如果有小孩子經過，菸灰掉進眼睛就慘了。」圓華巡視周圍後，說了聲：「太好了。」然後打開車門走了下去。

雖然不知道她想幹什麼，武尾也跟著下了車。車子旁有一個手上拿了很多汽球的男人，正在免費發給小朋友。圓華走向他，和他說了兩、三句話，接過一個紅色氣球。

「妳要氣球幹嘛？」

圓華沒有回答武尾的問題，走向立體停車場，似乎要他繼續看下去。三樓那個正在抽菸的男人仍然專心地操作手機，根本沒有看這裡。

圓華停下腳步。三樓的高度將近十公尺，橫向的距離也差不多。

她偏著頭，向左側移動了兩步，然後看準了時機，鬆開了手上的氣球。

紅色氣球漸漸升向空中，而且隨著風斜向移動。好像有一股力量讓氣球飛向三樓的男人。氣球來到男人的左手旁，立刻聽到「砰」的一聲，氣球破裂了。氣球似乎碰到了男人手上的菸。男人嚇了一跳，身體向後仰。

接著，有什麼東西掉了下來。掉在地上的是智慧型手機。男人受到驚嚇時，手上的手機掉了下來。抬頭一看，男人的臉皺成一團，隨即消失了。他可能打算下來撿掉落的手機。

「電話應該摔壞了。哼，活該！」圓華說完後，走向車子。

武尾和圓華走回車上後，桐宮玲問：「滿意了嗎？」她剛才並沒有下車，但應該看到了整個過程。

「嗯，是啊。」圓華冷冷地回答。

桐宮玲發動了車子，對圓華的行為沒有問任何問題，也沒有發表任何評論。

武尾當然也沒有發問，之後，三個人都默然不語地回到了研究所。

之後，圓華也不時外出。正如桐宮玲所說，她有時候頻繁外出，有時候連續多日不出門。出門去的地方各式各樣，看電影、逛街、去髮廊，但每次都是一個人，從來沒有和朋友見面，獨自住在郊區一棟透天厝的祖母是她唯一會去見面的人。門牌上的姓氏寫著「蛯澤」，所以應該是她的外婆。武尾沒有和她交談過，是位個子不高、氣質優雅的老婦人。

羽原圓華外出時，擔任保鑣的武尾會隨時跟在她身旁，卻完全不知道她到底是誰。只是在共同行動後，漸漸發現了一件事。圓華周圍經常會發生不可思議的現象。

那是某次去她祖母家時發生的事。祖母家旁有一條河，圓華和祖母一起在河邊散步，武尾和桐宮玲跟在她們不遠處的後方。這時，突然吹來一陣風，吹走了祖母頭上的寬簷帽子。帽子掉進河裡，順著河水慢慢流動。帽子離岸邊有超過十公尺的距離。

圓華留下祖母，獨自沿著河邊小跑起來，似乎想要撿那頂帽子。武尾的目光追隨著她，心想不可能撿回來。他不認為帽子會剛好漂回來。

圓華跑了二十公尺左右後停了下來。之後發生的事才令人驚訝。風向稍微改變，掉進河裡的帽子竟然改變方向，漂向圓華的方向。和之前的氣球一樣，好像被她吸了過來。

她撿起帽子，回到祖母身邊。個子嬌小的老婦人接過帽子，笑著說了聲：「謝謝。」

還曾經發生過這樣的事。在逛街買完東西後，她在公園散步，剛好有幾名少年在玩紙飛機，但他們的紙飛機都飛不起來。有一架紙飛機掉在圓華的腳下，當她撿起來時，折那個紙飛機的少年跑了過來。

圓華對少年說了什麼，調整了紙飛機的形狀，巡視周圍，讓紙飛機飛了起來。紙飛機離開她的手，好像得到了動力，在空中飛行，緩緩旋轉的樣子很優雅。不光如此，紙飛機在空中飛行後，又回到了圓華他們的位置。她接住了紙飛機，交還給少年。少年瞪大了眼睛，說不出話。其他幾個孩子也都愣住了。

圓華露出了微笑，邁開了步伐。武尾他們也跟在她的身後，走了幾步後，回頭一看，發現剛才的少年想讓紙飛機飛上天，但他再怎麼用力丟，也無法像剛才一樣飛起來。

還曾經發生過這樣的事。那次是去髮廊的時候，圓華在剪頭髮時，武尾等在店外。抬頭看向天空，發現天色越來越暗，最後終於下起了雨。那家髮廊沒有停車場，等一下必須走去停車的地方，但他們並沒有帶傘。

武尾走進店內，對坐在等候區的桐宮玲說，他去買傘。她搖了搖頭說，不需要。武尾問她為什麼，她回答說，買了也派不上用場，然後請他繼續去外面等。

武尾雖然無法接受，但還是走了出去，看著持續下著的雨。已經十月了，氣溫已經相當低，一旦被淋成落湯雞恐怕很不好受。

沒想到一個小時後，雨漸漸變小，最後終於停了，但天色仍然很黑。

接著，店門打開了，圓華走了出來。她的頭髮稍微剪短了。

桐宮玲也跟著走了出來，兩個人默默地走著，而且都走得很快，好像事先說好似的。武尾慌忙跟了上去。

在他們走到停車的地點之前，完全沒有下一滴雨。武尾鬆了一口氣，坐在副駕駛座上。當他繫好安全帶後，桐宮玲甚至還沒有發動引擎，水滴便開始滴落在擋風玻璃上。雨勢在轉眼之間增強，下起了傾盆大雨。那場雨持續下到晚上。

所有的事都稱不上是奇蹟，也許只是巧合而已，但武尾並不是對這些現象感到奇怪，而是即使發生了這些事，不光是圓華，就連目擊者之一的桐宮玲也似乎完全無動於衷。照理說，不是應該會說「幸好帽子又漂回來了」，或是「沒想到妳這麼會玩紙飛機」，或是「剛好躲過了雨，真是太幸運了」之類的感想嗎？但是，她們兩個人都悶不吭氣，似乎覺得一切都是理所當然的。

這到底是怎麼回事？武尾好幾次都想問，但最後還是把話吞了下去。當然是因為桐宮玲禁止他問任何有關圓華的事。

2

那名客人上門時，前山洋子有點訝異。男人單獨旅行並不稀奇，很多人都會來冬天的溫泉旅館好好療養平時疲累的身體，但是，那些男人大部分都已經上了年紀，看起來都退休了。

但是，今天入住的這名客人無論怎麼看，都是才二十出頭的年輕人。因為個子不高，所以說他是高中生，也會有人相信。他穿著牛仔褲和登山夾克，背著背包。

「我叫木村。」年輕人報上了姓名。

「好的，歡迎光臨。」洋子面帶笑容地迎接他。她已經確認的確有一位木村浩一的男性客人預約今天入住。

洋子請客人在不大的櫃檯上填寫住宿登記卡，年輕人的字雖然寫得不好看，但用工整的字填寫了姓名和住址。他住在橫濱。

洋子帶年輕人去了客房，山景房的窗戶面對後山。

「聽說今年這裡還沒下過雪。」年輕人站在窗邊問道，「我在巴士上聽到本地人聊天時提到的。」

「是啊，過年之後才會下雪，但這幾年一直都是這樣。以前這個季節，也曾經有過整座山都變成一片雪白的情況。」洋子用茶壺倒水的時候回答，「請問你總是一個人旅行嗎？」洋子忍不住問了自己關心的問題。

「並不是每次，偶爾會一個人旅行。」年輕人脫下夾克，坐在和室椅上，「一個人比較輕鬆——謝謝。」他伸手拿起茶杯。

「很多客人都這麼說，可以隨時自由自在地泡溫泉。如果有什麼事，請儘管吩咐。」

「好的。」

「請慢慢休息。」洋子鞠了一躬後，離開了房間。

過了一會兒，洋子在櫃檯接待其他客人時，看到木村走出旅館。他背著背包，手上拿著相機，可能打算在附近拍照。背包裡應該裝了其他攝影器材，也許他會把拍到的照片上傳到網路上，真希望他把這裡拍得漂亮些，因為可以成為良好的宣傳。

洋子並不知道木村什麼時候回到旅館。晚餐時間，在餐廳內的十幾名客人中，看到他獨自默默吃飯。

隔天早晨，洋子又看到了木村的身影。她剛打開玄關的門鎖，身穿夾克的木村就出現了。那時候才六點多。

「早安。」他面帶笑容地打招呼。

「早安，真早啊。」

「一早就醒了，所以想去散散步。」

「是嗎？路上請小心。」

送他出門後，洋子內心不由地感到納悶。住溫泉旅館的客人早起時，幾乎都是去泡溫泉。

木村一身和昨天相同的打扮，手上拿著相機。洋子心想，也許比起溫泉，他更喜歡攝影。

木村住了兩晚後離開了，這段期間也沒有發生什麼事。

一個星期後，十二月上旬時，有一對夫妻來旅館投宿。丈夫名叫水城義郎，妻子名叫千佐都，但洋子看著水城義郎填寫的住宿登記卡，懷疑他們應該並不是夫妻。因為他們的年紀相差太大了。義郎穿著花俏的毛衣，努力讓自己顯得年輕，但無論怎麼看，都已經年過六十歲了，千佐都最多才三十歲。洋子猜想千佐都應該是義郎的年輕情婦。

但是，當洋子看到千佐都的無名指時嚇了一跳。因為她竟然戴著婚戒，義郎的手上也戴了戒指，戒指看起來並不舊，也許他們剛結婚不久。

千佐都是很適合留長髮的典型日本美女，皮膚晶瑩剔透，一雙長長的大眼睛發出妖艷的光芒。如果她以前在聲色場所工作，一定有很多恩客。

洋子把他們夫妻帶去房間，義郎坐在和室椅上，千佐都站在窗邊。

「今日兩位大駕光臨本旅館，萬分感謝。」洋子說了制式的謝辭後，為他們倒了茶。

義郎拿出了香菸。

「不瞞妳說，我對這裡的溫泉不熟，但我太太一再堅持，無論如何都想來看看，所以這次才會來這裡。」

「是嗎？原來是夫人的意見。」洋子抬頭看向千佐都。

千佐都露出微笑，在旁邊的椅子上坐了下來，「我是在雜誌上看到的，聽說這裡是秘湯。」

「自從有人稱這裡為秘湯後，的確增加了不少客人。」

「偶爾來泡泡溫泉放鬆一下也不錯，那就麻煩你們了。」義郎說道，洋子向他鞠了一躬說：「彼此彼此，如果有什麼要求，請儘管吩咐。」

水城夫婦預定在這裡停留三天兩夜，從他們的衣著來看，在經濟上應該頗寬裕，洋子心想，要好好服務他們，希望他們再度光臨。

洋子要去村公所辦事。去村公所必須開車，於是她走出旅館，去離了一段距離的停車場，五年前買的國產車停在那裡。

這一帶的溫泉區有十幾家旅館和民宿，這家旅館是兩年前去世的洋子丈夫在三十多年前建的，但在這一帶還算是比較新式的旅館，大部分旅館的外觀都像是古老的民宅。幾年前曾經在這裡拍過一部歷史劇，當時鏡頭不小心拍到了洋子的旅館，之後不得不用電腦修掉。

出了村後，在國道上行駛一小段路，右側有一條沒有舖柏油的岔路。那裡是登山道的入口。洋子看到站在那裡的人，忍不住放慢了速度。因為她發現那是上個星期來旅館投宿的年輕人，她努力回想名字，但一時想不起來。

她持續踩著剎車，車子停了下來，然後回頭張望著。

年輕人沒有看洋子的車子一眼，眺望著遠方，臉上的表情很嚴肅。不一會兒，他就走進了登山道。

連續兩週來這裡嗎？是因為很喜歡這裡的溫泉嗎？還是為登山道而來？那裡有什麼特別嗎？

算了——洋子甩了甩頭，再度發動了車子，這時，她想起他的名字叫「木村」。

翌日的早餐時間，她在餐廳見到了水城夫婦。義郎在浴衣外穿了一件寬袖棉袍，紅光滿面，可能一大早去泡了澡。千佐都穿了一套顏色素雅的運動服，已經化好了妝。

「早安，兩位對這裡的溫泉還滿意嗎？」洋子為他們送上早餐時問道。

「真是太棒了。」義郎挺直身體，滿臉笑容地說：「整個身體都暖和起來了，露天浴特別棒，和刺骨的寒風簡直是絕佳的搭配。」

「謝謝。本旅館有三個溫泉，兩位都去泡過了嗎？」

「不，別館那裡的溫泉還沒去，要留到今天晚上好好享受。」

「是嗎？今天的天氣很不錯，星空應該很漂亮。」

「太好了，讓人更期待了。」

義郎的心情很好，洋子看向千佐都，發現她滿臉笑容，似乎覺得不枉此行。看著他們夫妻，洋子覺得他們雖然實際年齡有點落差，但精神年齡可能差距不多。

「我們打算今天去看瀑布，」義郎說：「聽說有一個瀑布是名勝，我太太說非去鑑賞一下不可。」

「喔……嗯，是啊。」洋子附和道。

附近的確有一個瀑布，但稱不上是名勝。因為這裡除了溫泉以外沒有其他賣點，所以村公所觀光課的人硬是把瀑布列為名勝。雖然水質很乾淨，但水流量並不豐沛，既不壯觀，也沒有痛快的感覺，看過的客人幾乎都敗興而歸。

洋子匆匆離開，她不想成為觀光課的共犯。

上午十一點左右，洋子正在為客人辦理退房手續，看到水城夫婦經過櫃檯前。兩個人都一身登山裝扮。洋子想到他們要去看瀑布，心情就有點憂鬱。等他們回來時，該怎麼向他們辯解呢？

差不多三十分鐘後，千佐都獨自回到了旅館。當時客人都已經辦理完退房手續，洋子正在櫃檯和員工討論事情。

「怎麼了？」洋子問。

「東西忘了帶。」千佐都苦笑著走向樓梯。

幾分鐘後，她再度走過洋子他們面前，說了聲：「我出門了。」洋子也向她打招呼：「路上小心。」

十五分鐘後，櫃檯的電話響了。洋子接起電話後，發現是千佐都打來的。她在電話中的聲音不太對勁，情緒很激動，而且聲音發抖，一個勁地說著：『出事了』、『趕快』。

「喂，水城太太，請妳先別緊張，到底發生了什麼事？」

洋子邊說著，聽到電話中傳來調整呼吸的喘息聲。

『出事了。我老公在山路上昏倒，一動也不動，可不可以請妳幫我叫救護車？』

雖然洋子知道出事了，已經做好了心理準備，但還是忍不住慌張起來。客人昏倒了？在山路上？到底是怎麼回事？

「水城太太，請問地點在哪裡？」

『就在那個、山上啊……沿著國道走一小段路，右側有一條小路。』

「登山口嗎？」

『呃，可能吧？』

「那裡有沒有牌子？寫著登山道入口的牌子？」

『啊，剛才好像有看到。』

應該就是那裡。

「你們沿著登山道往上走嗎？」

『不，在那裡又走進了岔路……』

「岔路……嗎？」

登山道只有一條路，但有好幾條獸徑，難道他們走進其中一條獸徑了嗎？

「我知道了，我會馬上叫救護車，我也會趕過去，可不可以請妳把手機號碼告訴我？」

『那就麻煩妳了，我的手機是——』

洋子記下了千佐都所說的號碼後，掛上了電話，直接撥打了一一九，請救護車前往登山口後，再度掛上電話。

一名資深員工剛好在旁邊，洋子交代了大致情況後離開旅館，跑到停車場，坐上車子後立刻駛了出去。

來到登山道的入口，把車子停在路肩後，沿著登山道往上走，同時撥出電話。電話立刻就通了，千佐都接起電話說：『你好，我是水城。』

「我在登山道上，請問妳在哪裡？」

『那我也過去那裡。』千佐都說完，掛上了電話。

洋子停下腳步。因為她覺得胡亂走動，兩個人反而可能都找不到對方。

但是——

她巡視四周，忍不住偏著頭。水城夫婦為什麼會來這裡？如果他們要去看瀑布，方向完全不對啊。

她聞到了淡淡的溫泉味道。這一帶經常有這種情況，所以並不稀奇，但有一種不祥的預感掠過她的心頭。

洋子聽到聲音，立刻四處張望。茂密的樹林中出現了一點紅色。那是千佐都的夾克顏色。

千佐都從狹小的獸徑走了出來，神色非常緊張。

「在哪裡？」洋子問。

「這裡，稍微往裡面走一小段路。」

千佐都回答時，聽到了救護車的鳴笛聲。

3

中岡祐二在自己的座位上吃著泡麵，瀏覽著網路新聞，發現了『影視製作人水城義郎在溫泉地身亡』的報導，差一點被嗆到。他慌慌張張地立刻點了進去。

根據報導，水城義郎攜妻造訪赤熊溫泉，在附近山上散步時昏倒死亡。意外發生時，他太太剛好回旅館拿遺忘的東西。水城義郎被人發現時，周圍飄著硫化氫特有的氣味。報導在最後提到，附近一帶有好幾個地方，都會從地底釋放出硫化氫，推測被害人可能剛好走到氣體濃度特別高的地方。

中岡把吃到一半的泡麵放在桌上，打開抽屜。抽屜裡塞了很多東西，所以遲遲找不到他想要的東西，最後才終於從一堆資料中抽出一個信封。信封上寫著『麻布北警察分局　殺人事件負責人啟』。這封信在三個月前寄到分局，轉到了剛好手上沒案子的中岡手上。成田股長把信遞給他時，一臉興趣缺缺地說：『信上寫了一堆老人家的胡言亂語，但你還是看一下。』

寄件人叫水城三善，在看信之前，中岡甚至不知道是男是女。

中岡打開信紙，發現信紙上用藍色墨水寫的字跡很漂亮。

在問候語之後，先寫道『很抱歉，冒昧寫此信叨擾，因為有一件事無論如何想要請教，所以才提筆寫這封信』，然後寫了以下的內容。

我今年八十八歲，雖然人生中經歷了很多事，所幸沒有吃過太大的苦，一直活到了今日。如今只希望能夠沒有病痛地走完最後一程，努力過好每一天的生活。

我的人生並沒有太大的遺憾，但最近發生了一件讓我牽掛的事。不是別的事，就是我那個兒子。我兒子已經六十多歲，也差不多邁入老年了，照理說，應該不必管他了，但我看在一旁，實在無法不為他擔心。

我兒子名叫水城義郎，從事電影方面的工作多年。警界的人可能沒聽過他的名字，但他經手的電影中，有不少被譽為日本的代表作，或許是出於身為母親的偏愛，我認為他在電影界建立了相當的地位，也為此感到欣慰。

義郎對建立幸福家庭這件事毫無興趣，偶爾見面時聽他聊起的一些事都讓我瞠目結舌。他一下子去國外賭博，輸掉好幾百萬；一下子邀請一大票藝人去家裡狂歡三天三夜，從來沒聽過他任何安分守己過日子的消息。因為這種個性的關係，所以婚姻生活也無法持久，離過兩次婚的他在六十歲後，似乎做了孤獨終老的心理準備。既然他自己能夠接受，我也沒什麼好說的。

沒想到兩年前，他突然說自己又結婚了。一聽到對方的年紀，我更是嚇壞了。女方才二十六歲，和義郎足足相差將近四十歲。我表示反對，因為我不認為這麼年輕的女人會被義郎這個人吸引而嫁給他，必定是為了財產，我也對義郎這麼說。

沒想到我兒子說，他當然知道。雖然知道，但這樣也沒什麼不好。他喜歡那個女人，只要能夠娶她為妻，不管對方是為了自己的錢財或是其他都無所謂。雖然別人會指指點點，但別人想說什麼都隨他們去說，還叫我也別在意。

既然他這麼說了，我也不能繼續反對，但是，當我看到那個女人時，感到極度不安。那個女人的確很漂亮，足以讓義郎著迷，而且她渾身散發出會迷惑男人心的妖氣。我立刻有一種預感，我兒子一定會毀在這個女人手上。

我目前獨自住在附有照護服務的老人公寓，我兒子每隔幾個月，就會帶著年輕的太太來看我，每次看到那個女人，我內心的不安就越來越強烈。雖然她表面上看起來溫柔婉約，但我覺得只是妖女在巧妙偽裝。只有我看出這一點，公寓管理事務所的人和其他朋友都說，我媳婦雖然年紀很輕，但很懂事，而且也很體貼，說我兒子老了之後，終於娶到一個好太太。我覺得那些人都是有眼無珠。

我兒子說，他的太太即使是為了錢嫁給他也無所謂，所以我想那個女人或多或少有這種想法也是無可奈何的事，但現在我想到一件更可怕的事。

既然是為了錢，任何人都希望錢趕快到手。那個女人一定希望我兒子早死，但義郎的身體向來都很健康，從沒生過大病。如果想要他早死，只有一個方法。

之所以會這麼想，是因為不久之前聽我兒子說，他去買了保險。義郎向來對這種事不感興趣，覺得何必理會自己死了之後的事。我詳細問了之後，才知道是我媳婦的建議。那個女人可能在策劃可怕的事。

我越想越擔心，但因為事關重大，也找不到別人商量。煩惱再三，覺得這種事還是要仰賴專家，所以才寫了這封信。之所以選擇貴分局，是因為我兒子的居住地屬於貴分局的轄區，如果不是貴分局的轄區，煩請轉交給適當的分局，希望可以向我提供良好的意見。

第一次看完這封信時，中岡終於知道為什麼成田會露出興趣缺缺的表情。

這種事很常見。當累積了相當財產的兒子要和比他小四十歲的女人結婚時，當母親的都會感到不安，但目前還沒有發生任何狀況，警察也沒有閒到可以理會民眾的杞人憂天。

既然收到了這麼長的一封信，如果沒有任何行動，日後萬一發生意外時，就會受到輿論的無情抨擊。雖然意興闌珊，但中岡還是決定去見寄信人一面。那封信的最後留了地址和電話。

水城三善住的老人公寓位在調布，公寓內有食堂、大浴場和護理中心等設施，除此以外，和普通的公寓沒什麼兩樣，可能算是高級的老人公寓。中岡和水城三善在小會議室內見了面，聽水城三善說，房間是面積頗大的套房，有足夠的空間放床、桌子和沙發，除了有廁所、浴室以外，還有廚房。

「我七年前搬進來的，義郎幫我付了錢。」個子矮小，臉也很小的水城三善喜孜孜地說。

一問之下才知道，那不是買的，而是入住時一下子支付十六年的房租。中岡立刻在腦袋裡算了一下，發現至少超過四千萬，難怪水城三善這麼得意。

水城三善雖然面帶笑容，但當中岡提起信的事，她立刻撇著嘴，臉上的皺紋看起來更深了。

「真是讓我擔心死了，我整天提心吊膽，不知道她什麼時候會給我兒子下毒。」

「之前有沒有發生過讓妳產生這種懷疑的情況？」

「只要看那個女人，就會有這種感覺，她的臉上就寫著陰謀。」

「我問的不是這種感覺，而是有什麼具體的事，比方說，妳兒子吃了他太太做的菜，覺得味道不對勁。」

「那個女人好像從來不下廚，整天都吃外面，所以她根本沒有好好照顧老公。」

水城三善滔滔不絕地數落著那個名叫千佐都的年輕媳婦。

「妳之前有沒有聽說妳兒子差一點發生車禍，或是遇到什麼危險之類的事？」

矮小的老太太偏著頭，低聲哼哼了幾下。

「我記得好像曾經聽說過，但即使真的發生過這種事，義郎也不會告訴我。」

也就是說，所有的一切都只是水城三善的想像而已。雖然無法稱之為妄想，但聽起來只是杞人憂天而已。

水城三善可能察覺到中岡內心的想法，雙手合十說：

「刑警先生，拜託你去調查一下那個女人。突然要我兒子買保險，不是很奇怪嗎？她一定想殺了我兒子，請你好好監視她，不要讓她輕舉妄動。」

「即使妳這麼說，目前的階段還沒有發生任何狀況，我們也無法採取行動。」

水城三善聽中岡這麼說，突然露出嚴厲的眼神，撇著嘴狠狠地說：

「稅金小偷！等發生狀況就來不及了，你們警察是當假的嗎？我付了那麼多年的稅金，這種時候，不是需要你們採取行動嗎？你這個廢物！」

水城三善翻臉比翻書還快，中岡看得目瞪口呆。老婆婆哼了一聲，把頭轉到一旁。

中岡抓了抓頭，雖然不能輕易承諾任何事，但水城三善顯然不會輕易放過自己。

「好，但我會請轄區課的員警在巡邏時特別注意妳兒子的家。」

雖然這只是官腔官調的回答，但老婆婆並不瞭解警察的情況，可能以為刑警願意保證兒子的安全。她轉頭看向中岡，露出了滿面笑容。

「是嗎？太感謝了，那就拜託你了。」她連連鞠躬。中岡離開時，她拿出用和紙包的東西對他說：「謝謝你特地來這麼遠的地方，這是我老公以前最愛吃的，你留著在回程的電車上吃。」

中岡打開一看，發現是兩個栗子小饅頭。他不喜歡吃甜食，但拒絕太失禮了，所以就接了過來，也的確在回程的電車上吃掉了。

他立刻向成田報告了和水城三善之間的對話，上司仍然毫無興趣，即使中岡問他：「要不要向生活安全課和轄區課打一聲招呼？」時，他也回答說：「沒必要吧。」

三個月之後，正如水城三善所擔心的，她兒子死了。

中岡把看完的信重新放回了信封，再度看著網路新聞，微微搖著頭。太可笑了。無論怎麼看，都只是單純的意外，根本沒必要在意。

他拿起泡麵的容器，開始吃剩下的泡麵，但麵已經冷掉了，只好放棄不吃了。

這時，他突然想起了從調布回來路上吃的栗子小饅頭，雖然應該是恰到好處的甜味，但不知道為什麼，他回想的時候，竟然覺得有淡淡的苦味。

4

前來弔唁的客人在僧侶的誦經聲中依次上香，不知道還要多久，才能讓所有的人上完香。千佐都利用向上完香的弔唁客鞠躬的空檔看向上香的隊伍，內心感到很不耐煩。她原本希望只邀請親朋好友，舉行小規模的儀式，但周圍的人說，這樣無法向多年來曾經合作的朋友交代。守靈夜已經這麼誇張了，明天的葬禮恐怕會有更多人來參加。光是想到要和每個人打招呼，她就忍不住憂鬱起來。

她不經意地看向親屬席，和坐在最前排的胖女人眼神交會。女人狠狠地瞪了千佐都一眼，垂著嘴角，把頭轉到一旁。

她是義郎的堂妹，千佐都今天第一次見到她。雖然她是為數不多的親戚之一，但一見到千佐都，就咄咄逼人地說：「姑姑今天不會來。」她口中的姑姑就是義郎的母親。

「姑姑打電話給我說，雖然她很想撿骨，但想到義郎的不甘，她不想來參加這種徒具形式的葬禮。姑姑真的太可憐了，她一直擔心會發生這種事，沒想到真的發生了，還在電話中放聲大哭。」

她的言外之意，就是說她們什麼都知道，義郎是被千佐都害死的。

「是嗎？真遺憾，我老公應該很希望婆婆送他最後一程。」千佐都立刻反唇相譏，那個女人懊惱地瞪大了眼睛。

和義郎結婚後，千佐都始終沒有和他的親戚見面，但可以輕而易舉地想像他們在背後如何議論自己。如果自己站在和他們相同的立場，也會說同樣的話。為了錢而結婚；一定期待老公早點死；如果有機會，一定會下毒手殺老公——

隨便他們怎麼說，千佐都心想。自己的確是為錢嫁給義郎，義郎也知道這件事。他經常笑著說：「如果我沒錢，妳才不會讓我這種老頭子碰妳。」當千佐都回答說：「當然啊。」他笑著繼續說：「但妳要做好心理準備，我身體很好，可沒這麼容易翹辮子。」

義郎的確比她想像中更加健康，覺得他可能很長命，但對千佐都來說，這並非失算。再怎麼健康，也不可能活到一百歲，他最多再活二十年，只要再等二十年，所有的財產都屬於自己，這樣就足夠了。如果他更早死，當然就更好，所以她曾經查過有什麼巧妙的方法，也曾經對地下網站產生興趣，但並沒有登入過——

千佐都心不在焉地想著這些事，突然發現靈堂的氣氛不一樣了，周圍人的目光都看向祭壇前。千佐都也看向那個方向。

一個瘦男人站在祭壇前，頭髮長及肩膀，冒著鬍渣的臉頰凹陷，下巴很尖。千佐都腦海中同時浮現出基督耶穌像和餓鬼的樣子。

男人目不轉睛地注視著祭壇上的遺照後，緩緩上香。靈堂內沒有任何人發出聲音。

上完香，男人走向千佐都。她鞠了一躬，向他道謝說：「謝謝。」

男人小聲地說了什麼，千佐都沒有聽到，抬頭「啊？」了一聲。

「運氣不好嗎？」男人用沒有起伏的聲音小聲說道，「吸入硫化氫只是因為運氣不好嗎？」他的聲音很可怕，彷彿從地獄深處傳來的聲音。千佐都感到背脊發毛，只回答了一聲：「是啊。」除此以外，她想不到其他的話。

「是嗎？那真是太可憐了。」男人行了一禮後離去，他的背影散發出一股妖氣，千佐都的視線久久無法移開。

守靈夜之後，大家都轉移到另一個房間，那裡為前來弔唁的賓客準備了酒菜，身為喪主的千佐都當然無暇拿起筷子，忙著向賓客致意，但大部分人都是第一次見到，在義郎手下工作多年的村山負責為她介紹。五十多歲的村山個子不高，長得像狐狸，所以讓人感覺很狡猾，但義郎說他其實膽小謹慎、為人正派。

雖然賓客都是從事影視工作，但有各式各樣的人，除了製作人、編劇和導演以外，還有很多藝人。千佐都的皮包很快就被收到的名片塞滿了。

「辛苦了，招呼打得差不多了。」村山用手帕擦著汗說道。

千佐都巡視室內，「那位先生好像不在。」

「哪位先生？」

「就是頭髮很長，很瘦的男人，感覺很與眾不同……」

村山似乎立刻知道了，點著頭說：「原來妳是問甘粕先生。」

「甘粕？」

「他是電影導演，妳不認識他嗎？他的姓氏這樣寫。」

村山用手指在自己的手掌上寫了「甘粕」的名字。

「甘粕才生？」

「沒錯沒錯，妳果然知道他。」

「我只知道名字，因為我先生經常提起他，說他很有才華。」

甘粕才生並不只是天才而已，他是電影的魔鬼。為了拍出自己想要的畫面，他可以犧牲一切，根本不把演員的生命放在眼裡，所以他的作品有靈魂。他是獨一無二的，全世界找不到第二個——義郎這麼評論他。

「他就是所謂的鬼才，只是這幾年都沒有拍電影，也很久沒有公開露面了，我有一段日子沒見到他了，所以剛才也有點驚訝，因為他之前不是現在這個樣子。」

「發生了什麼事嗎？」

村山皺起眉頭。

「他的家人發生了不幸，一場意外奪走了他的太太和孩子，而且意外是——」村山說到這裡，突然住了嘴，「啊，不好意思，在悼念妳先生的場合聽到別人的不幸，會讓妳不舒服。」

「不，沒這回事。」

「先不說這些了。總之，水城先生對甘粕先生的實力極為肯定，不久之前還曾經提到，差不多該讓魔鬼拍片了。我問他魔鬼是誰，他回答說是甘粕才生，也許他們之間曾經聯絡過，所以他才會來上香。」

千佐都點著頭，思考著要不要把甘粕剛才說的話告訴村山，但最後還是沒說，因為她覺得那句可怕的呢喃像是會解除掉某種封印。

5

武尾在研究所大廳待命時的最大樂趣就是看報紙。最近他不再訂報，都在網路上看新聞，但報紙果然比網路新聞更有味道，即使原本不想看的報導，因為剛好在看完的報導旁邊，就會順便看一下，如果看到了有用的資訊，就有一種賺到的感覺。

這一天，他也看到了這種報導。遊客在知名的秘湯赤熊溫泉因為吸入硫化氫氣體而中毒身亡。他覺得那名遊客太可憐了，原本要去溫泉放鬆休養，沒想到竟然送了命。

開始護衛羽原圓華至今已經七個月，圓華身邊不時發生不可思議的事，但都沒有對她造成任何危險。雖然武尾隨時帶著特殊警棍，幸好至今從來沒有用過。

「所以我不是說，一定會保持聯絡嗎？為什麼不行？」

「問題不在這裡，妳應該也知道。」

圓華和桐宮玲一邊爭執，一邊從走廊深處走了過來。武尾之前沒有看過她們發生爭執，所以有點不知所措。

「要出門嗎？」武尾從椅子上站起來問。

圓華看著他，正想要說什麼，看到桌上的報紙，伸手拿了起來。她翻開報紙，站著看了起來。武尾所站的位置看不到她在看哪一篇報導。

武尾看向桐宮玲，她偏著頭，聳了聳肩。

圓華收好報紙，放回桌上。

「今天要去哪裡？」武尾再度問道。

圓華沒有回答，轉頭看著桐宮玲說：「妳無論如何都不答應嗎？」

「因為這是規定。」

「是喔，好吧。」圓華板著臉，對武尾說：「哪裡都不去。」然後轉身離開了。

桐宮玲抱著雙臂，目送她的背影。

「她說想單獨外出。」

「原來是這樣。」

「她有時候會提出這種要求，這次可能又是這樣。」桐宮玲彎下腰，打開桌上的報紙，「她為什麼突然看報紙……」

武尾也不知道原因，所以只好默不作聲。

「算了，可能又是心血來潮，不管她了。」桐宮玲向他點了點頭，也沿著走廊離去。

大廳內只剩下武尾一個人，他再度坐下來看報紙。

武尾發現這天之後，圓華的態度有了微妙的變化。她原本就不多話，如今比之前更加沉默。坐在車上時都一言不發，一直看著窗外的風景，總是一臉黯然的表情，完全沒有笑容。這種情況持續了幾個星期。

新年過後不久，圓華又說要去找她的祖母。武尾得知後，忍不住有點憂鬱。這陣子天氣都很冷，今天早上更是寒冷，天氣預報說，可能會下小雪。如果可以，他真不希望在這種日子外出。

他們坐上桐宮玲開的轎車出發了。可能考慮到天氣冷，圓華比平時做了更充分的防寒準備，而且還帶了一個大背包。雖然武尾很在意裡面裝了什麼，但他當然沒有問。

出發後二十分鐘左右，天空果然飄起了小雪，但之後的天氣完全不符合預報。因為下的根本不是小雪，而是鵝毛大雪，行道樹很快就白了頭。

「雪下得很大，沒問題吧？」桐宮玲看著後視鏡問道。她在問圓華。

「嗯，沒問題。」圓華回答，但武尾聽不懂她們對話的意思。

雪始終沒有停的跡象，周圍一片白色世界，視野也變差了。武尾覺得繼續行駛很危險，果然不出所料，前方發生了車禍。一輛車子在路口準備停下來時輪胎打滑，衝到了對向車道，和迎面而來的卡車相撞。幸好因為雙方的速度都很慢，所以沒有釀成大禍，但武尾他們的車子也差一點被捲入車禍。桐宮玲在踩剎車時，車子朝向側面滑動。

周圍的車子也都接二連三停了下來，陷入一片混亂。桐宮玲想要再度發動，但輪胎打滑，無法前進。她心浮氣躁地雙手拍著方向盤。「到底是怎麼回事？」她難得發脾氣，這句話似乎是對圓華說的。

「好像很傷腦筋啊。」圓華說，但她說話的語氣很冷漠。

「妳說得好像事不關己。」

「本來就不關我的事。」

武尾聽到她這麼說，忍不住回過頭看她。

「再見。」圓華說完，打開了後車座的門下了車。

「啊？」武尾一時不知道發生了什麼事，她為什麼要在這裡下車？

「慘了！」桐宮玲說，「去追她！趕快去追她！」

武尾解開安全帶，急忙下了車，立刻巡視四周。到處都是一片白雪茫茫，雪越來越大，車子在路上失控，四處傳來喇叭聲和叫罵聲。

他看到了圓華的背包。「圓華小姐！」他叫著。

圓華停下腳步，回頭看他。武尾想跑過去，但鞋底打滑，無法順利前進。圓華走了過來。

「對不起，」圓華向他道歉，「有一個地方，我非要一個人去不可。」

「去哪裡？」

圓華露齒一笑。

「他們沒有對你說，不可以向我發問嗎？」

武尾沒有說話，她說了聲：「拜拜」，轉過身小跑著離開了。他急忙想要追上去，但腳下一滑，雙手撐在已經積了雪的地面，右腿膝蓋重重地撞到了地上。

武尾看著圓華離去的背影，發現她的腳步很輕快。定睛一看，才發現她的鞋底裝了什麼東西。好像是冰爪鞋鍊。難道她預測到會下大雪嗎？

自己的工作很可能不是擔任圓華的保鑣，而是監視她，不讓她逃走——武尾目送著她離去的背影想道。

6

經過驗票口，立刻發現了來接自己的人。那個人穿著綠色防寒衣，戴著有護耳的帽子。現場那麼冷嗎？青江修介感到有點不安。距離上次來這裡已經好幾個星期了，目前已經正式進入冬季，昨天首都圈也下了大雪。

「教授，你好，辛苦了。」磯部雙手貼著身體兩側，恭敬地向他鞠躬。他戴了一副厚鏡片的眼鏡，有點暴牙。第一次見到他時就覺得他很像是以前歐美人用揶揄的方式描繪的日本人。

「謝謝，還麻煩你特地來接我。」

磯部聽到青江這麼說，睜大眼睛，用力搖著頭。

「千萬別這麼說，讓教授特地從東京來這種地方，我們真的感到很抱歉。」

「沒事，這也是工作。」

「聽你這麼說，真是太好了。」

車站大樓前有一排商店，但幾乎都拉下了鐵捲門。上次來這裡時聽說，離這裡不遠處建了大型購物中心，當地人都去那裡購物。地方城鎮的狀況都大同小異。

磯部把四輪驅動的廂型車停在車站的停車場，青江坐進了後車座。

「之後的情況怎麼樣？」車子駛離停車場一段路後，青江問道，「上次在電話中聽說還是沒有規律性。」

坐在駕駛座上的磯部看著前方，搖了搖頭。

「還是老樣子，你看了數據之後應該就知道，每天的情況都不一樣，大家都很煩惱，搞不清楚到底是什麼狀況。」

「也不能禁止民眾進入整個區域。」

「是啊，一旦這麼做，我們村莊就完了，根本無法餬口了。」磯部的聲音中帶著悲傷。

青江吐了一口氣，看著窗外。車子很快穿越了城鎮，行駛在一片田園風景中，很快就會駛上山路。到目的地大約四十分鐘左右。

去年年底，青江的研究室接到了D縣警察總部的電話，希望他能夠協助偵查工作。

青江感到納悶。既然要自己協助偵查工作，代表已經發生了什麼事件，但他並不認為自己能夠提供什麼協助。因為他只是普通的學者。

對方說，很可能不是事件，而是事故，所以希望他能夠協助驗證。

那起事件發生在D縣山區的赤熊溫泉村，一名前往觀光的遊客在附近山中散步時昏倒後死亡。警方認為很可能是火山氣體中毒造成死亡，但至今為止，從來不曾發生類似的事件，所以想查明原因。

原來是這麼一回事。青江終於瞭解了狀況。幾年前，另一個溫泉地也曾發生類似的事件。硫化氫氣體積在積雪下方的空洞中，有一家人剛好踩到，不幸中毒身亡。當時青江曾經去現場協助調查，之後就著手研究那一帶的硫化氫氣體的發生狀況。D縣警方認為這次的悲劇可能是類似的意外，所以才會來找他。青江專門研究地球化學，在學校教授環境分析化學課程。

青江本身也很感興趣，所以決定協助縣警進行調查。接到電話的翌日，立刻來到當地。

意外現場位在離旅館區數百公尺的地方，沿著往山頂的登山道走一小段路，中途轉入一條獸徑，沿著這條獸徑一直走，前方是溪流。那名男客就倒在那裡。

發現者是和那名男客一起來旅行的妻子。他們一同離開旅館去那裡，但妻子發現相機電池留在旅館房間內忘了帶而獨自回旅館。當她拿了電池再度回到現場時，發現丈夫昏倒在地。

救護人員趕到時，發現現場附近有硫化氫氣體的味道，但在有溫泉的地區，這並不是特別罕見的情況，地表的洞穴中不時會釋放出火山氣體。

火山氣體有一大半是水蒸氣，但含有百分之幾的有毒氣體硫化氫，通常都會在空氣中擴散，所以不會達到致死濃度。事實上，消防隊員在現場多次測量了硫化氫的濃度，最高數值也只有百分之〇．〇〇一，這種濃度只會對眼睛造成刺激而已。

硫化氫比空氣重，容易積在地面的坑洞內。現場的溪流周圍地勢的確比周圍低，當無風狀態持續一段時間後，氣體很可能無法擴散，而被害人剛好在那裡。當硫化氫的濃度很高時，十幾秒就會失去意識，如果繼續吸入硫化氫氣體，很快就會死亡。

青江在當地停留了一個星期左右，和當地的消防、警察和公所人員合作，共同展開了調查，但在那段期間內，無法取得足夠的數據。於是決定請縣政府的人持續蒐集一個月的數據之後，再認真研擬對策。磯部是D縣環境保全課被派到赤熊溫泉村的公務員，這次負責蒐集數據的工作。

沿著蜿蜒的山路向上行駛了大約二十分鐘，終於看到了一個小村莊。

在一片令人聯想到歷史劇的房子中，有一棟長方形的水泥建築。那裡是集會所，火山氣體事件的對策總部就設在那裡。

青江下了車，走進集會所。房間中央放了一張會議桌，桌前放著鐵管椅。周圍堆著紙箱，裡面放滿了各種文件和資料。

「不好意思，這裡很亂。」磯部說著，把厚厚的一疊資料放在桌上，「這是至今為止的數據。」

「我來看看。」青江在椅子上坐了下來，打開那份資料。

裡面有好幾張折起的長條記錄，有很多密集的鋸齒狀曲線。記錄紙總共有五張，包括發生意外的地點在內，總共在五個地方二十四小時監測硫化氫的濃度。

磯部用茶壺倒了茶，放在青江旁問：「怎麼樣？」

青江一邊看著記錄紙，一邊喝著茶。

「在A地和D地都曾經有瞬間超過百分之〇．〇〇二的情況。」

但這個數值並不算太高，硫化氫引起急性中毒的大致標準為百分之〇．〇七。

「對，但並不是事發現場的X地，那個現場最近也都沒有超過百分之〇．〇〇一，而且無論A地和D地都只有一次而已，其他時候的數值都很低。超量的時間也不足三十秒，很快就下降到安全的數值。」

「所以只有那一天的那個時間點，X地的濃度上升。」

「只能這麼研判，所以才傷腦筋啊。禁止民眾進入那一帶的現場當然沒問題，問題是其他地方是否安全呢？」磯部把眉毛皺成了八字形。

「從這些記錄來看，新年期間的數值極端下降，有什麼特殊狀況嗎？」

「喔，因為下雪的關係，這一帶下了大雪。」

「原來如此，大雪封住了火山氣體的噴出口。」

「是啊，所以之後蒐集的數據不太有參考價值。」

青江忍不住皺起眉頭。必須等冰雪融化後才能有結論嗎？但產生火山氣體的地點地熱較高，冰雪融化較快，想到積雪下方淤積的氣體同時噴出可能會造成的危險，現在就得研擬對策。

「可不可以再去看一次現場？」

「當然沒問題，我帶你去。」

青江再度坐上了磯部開的車前往現場，為了安全起見，帶上了氧氣筒、防毒面罩和手提式濃度計。

把車子停在登山道入口後，從那裡走去現場。入口拉起了繩子，掛著禁止進入的牌子。

青江看著濃度計的數值，走在被白雪覆蓋的登山道上。數值幾乎是零。他用鼻子吸了空氣，也沒有聞到硫磺的味道。

走了一小段路，路旁放了兩個紅色交通錐，似乎用來指示那裡是通往事故現場的岔路。積雪上有腳印。

青江跟在磯部身後走進岔路，積雪雖然不深，但還是不太好走。

上次來這裡時，他最納悶的是為什麼被害人會來這種地方，聽說被害人的妻子回答：『我先生走錯路了。』他們離開旅館想去看瀑布，但找不到瀑布，她丈夫憑著直覺走進這條獸徑。在發現忘了帶相機電池時，他們完全沒想到自己走錯了方向，以為前方就是他們要去看的瀑布。幾個不幸的偶然撞在一起，結果釀成了悲劇。

他們很快抵達了現場。離地一公尺的高度設置了一個大塑膠箱，裡面有濃度計和記錄器。這是在事故發生後設置的。

青江看了手提式濃度計，數值仍然是零。

他抬頭巡視四周。因為下雪的關係，和一個月前來這裡時看到的風景完全不同，但地形並沒有改變，附近的溪流也沒有被雪掩埋。

溪流兩側的地勢比周圍低，有一種名叫半管單板滑雪的競技項目，這裡的地形就有點類似於其比賽場地，在別處產生的硫化氫很可能被風吹到這裡，但問題在於氣體滯留的時間。這裡的地形通風良好，即使氣體被吹到這裡，照理說，下一剎那就會被吹去其他地方。

只能認為氣體被微風吹到這裡後，風向改變，氣體剛好滯留在這裡，然後又剛好有人——

「事故發生時，這一帶的天氣很穩定吧？」

「對，那個季節的氣候相對比較穩定。」磯部回答。

青江悶哼了一聲，抓了抓頭。「真難啊。」

「到底是怎麼回事。」

「對策會議是在明天上午十一點開始吧？」

「對，在集會所召開，打算決定禁止進入的地區……」磯部觀察著青江的表情。

明天的會議上，青江必須從專家的角度發表意見。

「先回集會所吧，在確認火山氣體發生地點的同時，好好思考這個問題。」

「好。」

兩個人沿著來路往回走。來到登山道時，看到前方有一個人影。「咦？到底是誰啊？」磯部嘀咕著。

走進一看，是一名年輕女子。她穿著有帽子的防寒衣，戴了一頂粉紅色毛線帽，只是站在那裡看周圍的風景。

「會不會是住在哪家旅館的客人？」青江問。

「八成是這樣——喂，小姐。」磯部叫住了她。

年輕女子轉頭看著他們，但既沒有驚訝，也沒有害怕，態度鎮定自若。

她的年紀比想像中年輕，可能才十幾歲，眼尾有點上揚。

「妳在這裡幹什麼？這裡是禁止進入的區域，不可以進來啊。」

那個年輕女子並沒有感到畏縮，一臉冷漠的表情輪流看著磯部和青江，最後看向他們身後。

「事故發生的地點是在前面嗎？」她說話的聲音略帶有鼻音。

磯部似乎有點意外，回答慢了一拍。

「既然妳知道有事故發生，應該也知道為什麼禁止進入吧。趕快離開這裡。」磯部揮著手掌，做出趕人的手勢。

那個年輕女子想要說什麼，但最後什麼也沒說，沿著登山道走了下去。青江目送著她的背影，忍不住嘀咕：「她是誰啊？」

「不知道。」磯部也偏著頭。

「既然知道事故發生，又特地來這裡，顯然不是看熱鬧而已，會不會是被害人的家屬？」

「啊，有可能。但如果是那樣，剛才應該說一聲，我態度也會不同，甚至可以帶她去現場。」

「可能有什麼隱情吧，你見過被害人太太吧？還有其他家屬嗎？」

「沒有，」磯部搖了搖頭，「我只見過被害人的太太，我有沒有告訴過你，他太太很年輕漂亮？」

「上次聽說了，你好像說她是再娶的吧？」

「被害人六十六歲，但他太太無論怎麼看，都不到三十歲，所以不可能是元配。」磯部說完，好像突然想到什麼似地拍了一下手，「剛才的年輕女子會不會是被害人前妻生的女兒？」

「啊，有可能喔。」

「果真如此的話，那我剛才的態度太殘忍了，她可能想看看父親死去的地點。」

「你不必放在心上，她並不一定是被害人的女兒啊。」

「也對。」

磯部邁開步伐，青江也跟了上去。原本以為很快就會追上那個年輕女子，但一直來到登山口，都不見她的蹤影。

「一路上都沒有看到那個年輕女子。」磯部說道，他似乎也想到了同樣的事。

「可能有朋友和她一起來，她朋友在車上等她。」

「喔，原來如此。也對，一定就是這樣。」磯部打開了車門鎖。

青江坐上車後，看向登山口。那裡只有一條路，周圍都是樹木，沒有可以躲藏的地方。

他腦海中浮現那個年輕女子躲在某處，屏息斂氣地等待青江他們離開，但他沒有繼續深想。即使果真如此，她應該也有她的苦衷，而且目前那裡已經不是危險地點，並不需要禁止進入。

青江在集會所確認了幾份資料，影印完成後，和磯部討論了明天會議的計畫，之後就和磯部道別，獨自前往今晚住宿的旅館。他預約了「前山旅館」，是這個村莊內最大的旅館，也是被害人生前投宿的地方。上次來調查時，也住在這裡。

青江來到旅館前，一個認識的男員工正在清掃玄關，對方似乎也記得青江，立刻鞠躬說：「啊，辛苦了，歡迎光臨。」然後為他打開了玄關的門，對著旅館內叫了一聲：「老闆娘，青江教授到了。」

青江走進旅館，老闆娘立刻滿面笑容地跑了過來，「歡迎光臨。」

「又要麻煩你們了，但這次只住一晚。」

「我知道教授很忙，工作辛苦了。」

青江走向櫃檯時，不經意轉頭一看，忍不住停下了腳步。剛才見到的那個年輕女子坐在面對電視的沙發上，正在滑手機。

那個年輕女子也看到了青江，尷尬地站了起來，沿著旁邊的樓梯快步上了樓。

「怎麼了？」老闆娘問。

「沒事……剛才那個年輕女子是這裡的客人嗎？」

「是啊，今天剛到。」

「她和家人一起來吧？」

老闆娘搖了搖頭。

「她一個人，她說自己是學生，一個人旅行。」

「是喔……」

如果她是大學生，應該只有一、二年級。她看起來不超過二十歲，總之，從老闆娘說話的語氣判斷，她應該不是被害人的家屬。

「她朋友以前也曾經住過這裡。」

「朋友？」

「對，一個年輕男生。她拿了照片給我看，問我那個人之前是不是住過這家旅館。因為我記得那個客人，就回答她說，對，的確曾經住過這裡。我問她認識那個人嗎？她說他們是朋友。」

「嗯。」青江用鼻子發出聲音後，拿起了原子筆，在填寫住宿登記卡時對老闆娘說：「老闆娘，妳真厲害，竟然記得來這裡住過的所有客人的長相。」

「不可能記得所有人啦，」老闆娘搖著手，「因為有一件事引起了我的注意，所以才會記得那位客人。」

「什麼事？」

「那位客人住在我們旅館的隔週，我又看到他，在登山道附近。」

「所以那位客人連續兩週都來這裡嗎？」

「是啊，第二次好像住在其他旅館，而且在我看到他的隔天，就發生了那起事故。」

「妳是說硫化氫的意外嗎？」

「對啊，」老闆娘神色凝重地點了點頭，「因為這件事的緣故，所以對那位客人留下了印象。」

「原來如此。」

如果是這樣，的確比較容易記住。青江完全能夠理解。

翌日八點起床後，去餐廳吃早餐。和上次投宿時相比，客人似乎增加了。上次事故才剛發生不久，聽說有不少客人取消了預約。目前已經過了一段時間，客人可能又逐漸回籠了。

青江快吃完早餐時，那個年輕女子走進了餐廳。她穿著牛仔褲和運動衣，也許因為沒有化妝的關係，感覺比昨天看到時年紀更小。

她坐在青江的斜前方，雖然視線交會，但青江立刻移開了視線。

吃完早餐，青江去大浴場泡了澡才回房間。桌上堆滿了資料，昨天晚上直到深夜都在研究這些資料，但還是無法想到理想的方案，今天的會議上只能表達一些不痛不癢的意見。他不由地想起磯部傷腦筋的表情。

上午十點，他收拾完行李走出房間，在一樓的櫃檯結帳時，再度看到那個年輕女子。她背著背包，可能也打算離開。她像昨天一樣坐在沙發上，把手機放在桌子上看電視，沒有轉頭看青江的方向。

另一張沙發上坐了一對夫妻帶著一個孩子，那個男孩可能還沒上小學，右手拿著寶特瓶。老闆娘遞上結算的帳單，青江從皮夾裡拿出信用卡放在櫃檯上。這時，旁邊傳來「啊！」的叫聲。轉頭一看，那個像是母親的女人撿起寶特瓶，瓶內飲料灑在桌上。那個男孩似乎把手上的寶特瓶打翻了。

青江看向那個年輕女子。她不慌不忙地把桌上的手機移開二十公分。飲料在桌上擴散，同時流向年輕女子的方向，但她事不關己地繼續看著電視。青江很擔心她的手機會被弄溼。

飲料到達手機前停止流動，她的手機沒有受到任何影響，但如果她剛才沒有移動，一定會被弄溼。

「對不起。」那個母親一邊道歉，一邊用面紙擦桌子，旅館的女員工也立刻拿著毛巾跑過來一起擦拭。那個年輕女子似乎覺得會影響到別人擦桌子，這才拿起自己的手機。

「青江教授。」老闆娘叫著他，櫃檯上放著簽帳單。

「啊，不好意思。」青江急急忙忙簽了名。

一看時鐘，上午十點十五分。會議十一點開始，時間還很充裕。他決定提前去集會所和磯部進行最後的討論。

青江向老闆娘道別，離開了旅館，前往集會所的途中，都一直在想那個年輕女子的事。

7

新年剛過，中岡所屬的麻布北分局轄區內就發生了棘手的事件。

一名住在西麻布附近公寓的女性在街上遇刺，警方接獲目擊者報案後，立刻在附近一帶展開大規模搜索，很快就逮捕了一個年輕男人。遇刺的女性沒有生命危險，意識也很清楚。

凶手曾經和被害女子交往，因為對方提出分手而懷恨在心，所以才行凶殺人。

問題在於，被害女子曾經在兩個月前向麻布北分局反映信件遭人偷看。她和那個男人分手後曾經二度搬家，但以前住的地方也曾經發生相同的事，之後前男友衝去她家。她認為前男友跟蹤她，得知她所住的公寓後，透過信件確認她住的房間。

當時由生活安全課負責跟蹤事件的副警部負責接待她，副警部聯絡了她的前男友，向他瞭解情況。那個男人承認以前曾經去前女友以前住的地方偷看她的信件，但並不知道前女友目前的住處，也從來不曾跟蹤她。副警部從他的態度中判斷他並沒有說謊，所以認為是那名女子的被害妄想，並沒有採取進一步的對策。

然後就發生了這次的事件。那個男人說謊，而副警部沒有識破他的謊言。會被人指責有眼無珠也是無可奈何的事。

東京下大雪的翌日早晨，中岡和其他刑警一起聽分局長訓話。「如果有民眾上門反映，無論內容多麼微不足道，也不要輕易做出結論，必須盡最大的努力加以協助，找回民眾對警察的信心。」

「那個可憐的副警部好像要被調走了。」坐在中岡旁邊的後輩說。

「是嗎？」

「因為目前處理跟蹤事件和家暴都是生活安全課的主要工作。失去民眾的信賴，會造成很大的影響，這次的事算是不幸中的大幸。如果被害人死了，後果更加不堪設想，家屬搞不好會提告。」

「那倒是。」

「但對家屬來說，即使告贏了也不會高興。」

後輩的這番話刺激了中岡這一陣子耿耿於懷的事。

那就是赤熊溫泉的意外。不知道水城三善怎麼看那起意外。

他猶豫再三，最後還是用手機撥了電話。水城三善沒有手機，但可以打到她房間的電話。

但是，電話無法接通，更令人驚訝的是，電話中傳來『您所撥的號碼是空號』的語音應答。他直接撥打通訊錄中登錄好的號碼，不可能撥錯數字，但還是從抽屜裡找出那封信，按照上面寫的號碼重新撥打了一次。

結果還是一樣，電話無法接通。

他查了老人公寓的總機後打了過去，立刻有人接起了電話。

中岡報上了自己的姓氏，說想要找水城三善。

『水城奶奶嗎？啊……』上了年紀的女人在電話中聽起來有點困惑。

「怎麼了？」

『呃，那個、因為，』對方停頓了一下後說：『水城奶奶去世了，一個星期前去世了。』

走進老人公寓的大門，左側就是管理事務所的櫃檯。一個圓臉的女人站在櫃檯前，中岡走過去，報上了自己的姓名。

「喔，你就是剛才那位先生。」女人點了點頭，她胸前的名牌上寫著「小森」，就是電話中那個女人。

「可不可以請妳帶我去看一下？」

「好。」她小聲回答了中岡的問題後走出櫃檯，準備帶他去看水城三善的房間。

「太驚訝了，」中岡走在小森身旁時說：「沒想到她會自殺。」

「是啊，我在這裡工作多年，曾經遇過在房間內昏倒，然後就去世的人，第一次遇到這次的情況。」

「聽說是上吊？」

「對啊，」小森點點頭，「那種死法真的很慘。」

剛才在電話中得知，發現水城三善的屍體時她也在場。中岡知道上吊自殺屍體的慘狀，也許小森很希望自己沒有看到。

正如水城三善之前所說的，套房內很乾淨，空間也很寬敞，走廊上有一個流理台，後方就是房間，床和其他家具還留在房間內。

小森打開了一道拉門，前方是盥洗室，後方是廁所和浴室。

「這裡裝了一個感應器，」她指著盥洗室的天花板，「當有人經過時，管理事務所的螢幕上就會留下記錄。如果沒有外出，超過十個小時沒有記錄，會被判斷可能發生了異狀，就會派人來房間察看。」

「水城奶奶也是因為這樣被發現的嗎？」

她點了點頭，走向衣櫃，推開折疊門後，指著上方說：

「她把繩子綁在這裡上吊了。」

「原來如此……」

水城三善個子矮小，體重應該也很輕，完全可能用這種方式自殺。

「有沒有遺書？」
「有。」小森指著小桌子說：「就放在那張桌子上面。」
「妳有沒有看內容？」
「有……只寫了一句，活著很痛苦。」
中岡覺得好像有什麼沉重的東西沉入了胃底。
「警方說什麼？有沒有什麼可疑的點……」
她輕輕搖了搖頭。
「警方認為的確是自殺，有遺書，也大致可以猜到動機。刑警先生，你知道奶奶的兒子去世……」
「我知道。」
「水城奶奶很受打擊，一直鬱鬱寡歡，讓人看了於心不忍。大家都擔心她的身體會不會出問題，完全沒想到她會自殺。我們太大意了。」
「水城奶奶對她兒子的死有沒有說什麼？」
中岡問道，小森露出苦澀的表情，似乎不知道該不該把自己的想法說出口。
「無論是什麼內容都沒關係，並不會留下記錄，請妳有話直說吧。」
小森深呼吸後，直視著中岡說：
「她對我說，她兒子是被人謀殺的，除了我以外，還有好幾名職員也都聽到了。」

中岡的心臟用力跳了一下。

「我對她說，不可能有這種事，報紙上也說是意外，但水城奶奶無法接受，她說雖然已經找了警察，沒想到還是被那個女人害死了。」

「那個女人是？」

「當然是——」

在中岡發問時，門口傳來動靜。小森轉頭看向門口，立刻露出緊張的神情，「啊……辛苦了。」

走廊上傳來腳步聲，不一會兒，一個女人走進了房間。她穿著深色洋裝，外面套了件灰色的毛皮大衣。那個女人看起來不到三十歲，五官長相是典型的日本美女，化妝也很淡，卻散發出一股妖艷。中岡立刻知道是水城三善口中的「媳婦」。之前聽水城三善說過，她的名字叫千佐都。

剛才沒有聽到門口開門的聲音，不知道是什麼時候進來的。

「這位是？」女人一雙長長的大眼睛看向中岡。

「喔，呃……」小森結結巴巴，似乎不知道該怎麼介紹。

中岡立刻遞上名片，「我是警視廳麻布北分局的中岡，冒昧請教，妳是水城義郎先生的太太嗎？」

女人接過名片後瞥了一眼，沒有放進皮包，還給了中岡，似乎並不想要刑警的名片。「是啊，請問刑警為什麼來這裡？」

中岡接過自己的名片，放回了口袋。

「因為水城三善女士生前曾經向我們諮商一些事。」

「諮商？請問是什麼內容？」

「恕我無可奉告。雖然水城三善女士已經去世，但我們仍然有義務保護她的隱私。」

水城千佐都輕輕皺了皺高挺的鼻子。

「是嗎？那就沒辦法了，我也就不多問了。」

「呃，我可以離開了嗎？因為還有工作……」小森露出探詢的眼神看向中岡。

「可以，謝謝妳，我也準備離開了。」

「那就失禮了。」小森逃也似地離開了房間。

中岡將視線移向千佐都，「請問妳今天來這裡有什麼事嗎？」

她把毛皮大衣掛在衣架上，轉頭看著中岡問：「這是訊問嗎？」

「當然不是。」中岡搖著手，「只是隨便問問，妳不想回答也無妨。」

千佐都的嘴角露出笑容。

「我沒什麼好隱瞞的，我來收拾這裡的東西。因為合約上規定，當入住者死亡時，必須在一定期限內把房間清理乾淨。」

「原來如此，之前曾經聽三善奶奶說，當初入住時預先付了十六年分的房租，如果居住期間不滿十六年，要怎麼處理？」

「當然會把剩下年月數的房租退回啊，有什麼問題嗎？」

「沒什麼，只是覺得金額相當可觀。不好意思，這個問題太低劣了，請妳當作沒聽到。發生這樣的事，真的太令人難過了。」中岡將雙手貼在身體兩側，行了一禮後說：「包括妳先生的事，在此表示由衷的哀悼。」說完，他又深深鞠了一躬。

千佐都好像戴了能劇面具般面無表情，用沒有起伏的聲音說：「謝謝你的關心。」

中岡走向陽台，在窗前俯視著多摩川。

「這裡的風景太美了，房間也很乾淨，服務也很完善。三善奶奶在這裡的生活每天都很幸福。」他轉頭看向千佐都，「在她兒子發生那種事之前。」

「對，是啊。」千佐都用冷漠的眼神看著他，「我也做夢都沒想到會發生那種事。大自然的力量實在太可怕了，刑警先生，你去溫泉的時候也要小心一點。」

「我會小心，」中岡點了點頭，看向旁邊的小型佛壇。遺照中的老人應該是水城三善的丈夫，遺照前放著已經乾掉的栗子小饅頭。

「刑警先生，」千佐都叫著他，「還有什麼事嗎？我要開始整理了。」

「妳要自己整理這裡嗎？」

「會請業者來整理，有什麼問題嗎？」

「不，沒問題，那我就告辭了。」中岡再度看向佛壇。這些東西也馬上會被丟棄吧。

「刑警先生，」中岡穿好鞋子，正準備伸手打開門時，千佐都再度叫住了他，中岡轉過頭。

「請你徹底調查，直到滿意為止。」千佐都露出了無敵的笑容和冰冷的眼神，「警方徹底調查之後，仍然沒有發現任何問題的話，那些雜音也就自然消失了。」

中岡確信她剛才果然聽到了小森和自己的對話。

「對，警方會全力以赴。」

千佐都的嘴角露出充滿自信的笑容，輕輕點了點頭。

8

刑警離開公寓後走向車站。千佐都確認他的背影後，從皮包裡拿出了智慧型手機，撥打了登錄為「木村」這個姓氏的電話。

『喂。』電話馬上就接通了，電話中一如往常地傳來一個陰森的聲音。

「刑警來老太婆住的地方。」千佐都沒有自報姓名，就直接說了起來，「麻布北分局一個叫中岡的刑警來老太婆住的老人公寓。」

『停！』他在電話中說：『妳目前人在老太婆的房間嗎？』

「對啊。」

『那馬上離開那裡，去其他地方。』

「為什麼？」

『先別問那麼多，按照我說的去做。』

千佐都完全不知道是怎麼回事，但還是拿著手機走出了房間。電梯廳放著沙發，她在那裡坐了下來，「我離開房間了。」

「他遞給我名片，但我還給他了。」

『那個刑警有沒有給妳什麼？伴手禮之類的。』

『嗯，這樣很好，現在的ＩＣ晶片可以藏在紙裡面。』

「怎麼回事？為什麼要我離開房間？」

『因為那個刑警很可能在房間裡裝了竊聽器。』

「啊……」

的確沒錯。雖然刑警和名叫小森的職員在一起，但沒有人能夠保證，他不曾單獨一人留在房間內。

『呃，所以刑警說什麼？』他問，他的語氣中並沒有絲毫緊張。

「好像在懷疑我，好像老太婆曾經找他們諮商過，擔心兒子慘遭年輕媳婦的毒手。」

『是喔，所以呢？有什麼問題呢？』

「沒什麼問題，只是想和你說一聲。」

『嗯。』電話中傳來鼻子發出的聲音，『不是之前就猜到會引起周圍人的懷疑，警方也可能會有所行動嗎？但妳根本不需要緊張，沒什麼好怕的，我說錯了嗎？』

千佐都把電話貼在耳邊，搖著頭說：「不，你沒說錯。」

『對不對？因為妳並沒有做任何特別的事，一切都很正常。和年齡相差很大的老公去溫泉，去山上找被稱為是名勝的瀑布。雖然犯下忘了帶相機電池的疏失，但這沒什麼好責怪的。無論麻布北分局的刑警怎麼查，也查不出什麼東西。因為他本來就在找根本不存在的東西。』

「我知道，所以只是跟你說一聲而已。」

『如果遭到竊聽，妳這通電話就可能搞砸一切。妳要小心點，不然就傷腦筋了。』

「對不起，我以後會注意。」

『不過這通電話來的正是時候，我正想聯絡妳，差不多該進行下一步了。』

「……已經決定執行的日期了嗎？」

『大致決定了，地點也決定了。妳只要負責把一個人帶去那個地方，步驟就按照之前說好的，沒問題吧？』

「對，沒問題。」

『正確的日期決定之後，我會再和妳聯絡，但妳一個人的時候才能接電話。』

「我知道。」

『除此以外，還要注意有沒有人跟蹤，也許這一陣子警察會監視妳，如果妳露出什麼破綻，我們的計畫也毀了。』

「我知道，請放心吧，我也不想失去好不容易得到的一切。」

『對啊，那就再聯絡。』

「我等你電話。」千佐都掛上電話，把手機放回了皮包。她的手心流汗了。和他說話時，每次都很緊張。

自己和惡魔做了交易嗎？——她突然這麼想道。

9

「——正如我剛才所說，羅耶指出，當二氧化碳的濃度低於五百ppm的時代，全世界有很多冰床，並得出結論，當濃度超過一千ppm的時期，整個地球都處於溫暖狀態。除此以外，還有其他人從地球化學的角度，分析二氧化碳濃度的溫室效應和氣候之間的關係。具代表性的有顯生元前七億年左右的雪球地球說、五千五百萬年前的急速暖化事件、討論四千萬年前之後的寒冷化和喜瑪拉雅隆起之間關係的雷默假說。但對於這些研究，都持續有贊同和反對兩方面的論文發表，所以至今仍沒有明確答案。下一堂課我們將解說雪球地球說和雷默假說，今天的課就上到這裡。」

青江在講台上行了一禮，走出了教室。可以容納兩百人的階梯教室中，只有二十幾名學生。

修地球環境科學這門課的學生逐年減少，他也不知道原因，可能只是受到少子化的影響。

回到辦公室，發現桌上有一張紙條。完全反映了奧西哲子一絲不苟性格的工整字跡寫著『有訪客，在研究室等候』。旁邊附了一張中岡祐二的名片，但看到那個人的頭銜，青江忍不住嚇了一跳。因為訪客來自警視廳麻布北分局刑事課。

雖然他完全不知道對方為什麼來找自己，但任何人聽到警察找上門，都不可能心情平靜。更何況對方是刑事課的人，如果是交通課，之前曾經打過幾次交道。到底是什麼事？他感到不安。

青江把上課的資料丟在桌上，走出辦公室。研究室就在辦公室隔壁，他沒有敲門，就直接走了進去。

研究室內的桌子都面對牆壁，幾名大學生和研究生坐在電腦前。由於頻繁有人出入，所以聽到開門聲，也沒有人有反應，即使走進來的是教授也一樣。

奧西哲子戴著黑框眼鏡，坐在正中央的會議桌前寫東西，就連她也沒有瞥青江一眼。只有坐在她對面的陌生人看到他後站了起來。

「請問是青江教授嗎？」

「我就是，呃，」青江看了一眼手上的名片，「是中岡先生嗎？」

「對，很抱歉，在你忙碌的時候上門打擾。」

中岡看起來不到四十歲，結實的身材像運動員，黝黑的臉上很有刑警的精悍，身上的西裝並不高級，但很整潔。

好像不是懷疑我犯了什麼案。青江心想。中岡好像帶了伴手禮，旁邊放了一個紙袋。

「要不要去我的辦公室？就在隔壁。」

「可以嗎？謝謝。」中岡很有精神地回答，拿起紙袋和公事包。

回到辦公室後，中岡再度自我介紹，遞過來的紙袋很沉重。中岡說，是葡萄酒。

「因為我聽說青江教授是葡萄酒專家。」

「談不上專家……請問你是聽誰說的？」

「赤熊溫泉的磯部先生。」

「原來是那件事。」

青江感到困惑，上個星期才召開了對策會議。

中岡從皮包裡拿出記事本。

「青江教授，你負責那起事故的調查工作吧？今天上門打擾，是想請教你幾件事。很抱歉，在你忙碌的時候上門打擾，可不可以占用你一點時間？」

「沒問題，呃……」青江低頭看著名片，「為什麼麻布的刑警先生會調查在那裡發生的意外？」

「因為水城先生住在麻布。」中岡很乾脆地回答。

「水城先生？」

「被害人。」

「喔……」
青江想起曾經看過被害人姓水城，名字好像叫義郎。
「關於水城先生的事，我想調查幾個問題，請問現在方便嗎？」
「喔。」
青江在點頭的同時，仍然感到納悶。因為他對被害人一無所知。
「首先想請教一下，那場意外是有辦法預料的嗎？昨天我去了現場，那裡成為禁止進入的區域，聽說是你決定的？」
「不不不，」青江在臉前搖著手，「並不是我決定的，而是對策總部討論之後做出的決定，也聽取了警方和消防人員的意見。」
那只是妥協後的產物。他吞下了這句真心話。現在回想起那天的會議，仍然會感到鬱悶。消防部門和警方提出，只要檢驗出硫化氫，即使濃度再低，也要全部列為禁止進入區域，但如果這麼做，觀光產業會受到嚴重打擊，整個村莊就毀了。如果不全區列為禁區，該如何設定數值的界線？雙方在這個問題上爭執不休，因為所有地方的數值都不相同。即使要參考這一個月來的最高值，也會因為受到氣候變化的影響而發生變化。
最後決定暫時全面封閉在這次調查中出現高濃度的地方，其他地方貼出警告告示，極力阻止民眾進入，下個月再重新討論這個問題。
「教授，聽說你幾年前也曾經調查過相同的事故，可以認為有硫化氫溫泉地方或多或少都有發生類似事故的危險嗎？」

「嗯，的確是這樣，而且事實上也的確發生了。」

「能夠預測什麼時候發生，在哪裡發生嗎？」

青江「嗯」了一聲，搖了搖頭。

「如果是火山爆發之前，或許能夠從數據中瞭解某些異變，但像這次規模的意外很難預見，應該說，應該不可能。」他措詞非常小心。

「只能說，多項不幸的偶然因素撞在一起。在那天之後，事故現場硫化氫的濃度從來沒有達到危險的程度。雖然目前設為禁止進入區域，但只是為了以防萬一。」

「不幸的偶然嗎？這種事發生的機率有多少？」

「機率……雖然我認為很難用數字表示，但這一個多月的濃度都沒有上升，所以最多也是一年數次而已。當然，必須測量一年，才能夠明確回答這個問題。即使濃度上升，也只是局部地區而已，而且只是瞬間，這個時候剛好有人進入的機率，也許可以說幾乎等於零。」

「零……也就是說，會發生那樣的意外很不可思議嗎？」

「的確很不可思議，所以需要進一步詳細調查。」

中岡露出凝重的表情後，微微探出身體。

「所以，你認為有沒有可能並非偶然呢？」

「並非偶然的意思是？」

「我是說，」中岡舔了舔嘴唇，「人為引發事故的可能性。」

「啊？」青江看著刑警的臉，「人為？怎麼人為？」

「有沒有可能有人製造出硫化氫氣體？幾年前，不是曾經多次發生用這種方式自殺的事件嗎？」

「喔，」青江張著嘴，點了點頭，他之前完全沒有想到這件事，「原來是這個意思，但這也不可能。」

「為什麼？」

「為什麼……我還想問你為什麼啊，你為什麼會這麼想？」

「你剛才不是說了答案嗎？你說像這次的事故發生的機率幾乎是零，既然這樣，認為有人以人為造成這起事故的想法不是很合理嗎？難道你不這麼認為嗎？」

「不，這個，」青江微微搖著頭，「應該不可能。雖然我剛才說，機率幾乎是零，但並不等於零。相反的，人為造成這起意外的可能性可以說是零。」

「是嗎？有很多人用硫化氫自殺了啊。」

「那是在室內，不是嗎？這次的被害人是在戶外身亡。」

「大部分自殺者之所以選擇室內，是因為不想危害他人，而且在室內的氣體濃度比較高。即使在戶外，只要選擇無風的日子，在附近製造氣體，不是就可以造成中毒嗎？」

青江忍不住苦笑起來。中岡似乎感到很不高興，露出嚴肅的表情問：「有這麼滑稽嗎？」

「不，不好意思，不是覺得滑稽，而是感到佩服。這個想法很獨特，而且也不無道理，只可惜並不可能。中岡先生，你知道製造硫化氫氣體的方法嗎？」

「我在網路上查過，聽說只要把某種入浴劑和洗衣精混合。」

「被頻繁用於自殺的那種入浴劑已經停止生產了，因為有人到處去宣揚這種無聊事。先不談這個，正如你所說的，基本上需要將兩種以上的液體混合才能產生，還需要裝液體的容器，才能產生氣體而自殺。現場自然會留下製造氣體所使用的容器，但救護人員並沒有發現任何容器。」

中岡點了點頭。

「這我知道，所以我在懷疑有人收拾容器的可能性。」

「收拾？」青江原本想要問是誰，但他也立刻知道了答案，「你是說他太太嗎？」

「並非不可能吧？因為最先發現水城先生的是他太太，只要把容器和液體的空瓶丟去遠處，誰都不會發現。」

「他太太為什麼要這麼做？為什麼要把自殺偽裝成意外？這麼做有什麼好處——」說到這裡，青江突然靈光一現，「啊，我知道了，難怪麻布的刑警會出動。喔，原來如此，警方真的什麼事都要懷疑一番啊。」

「你似乎終於瞭解了。」中岡似乎有點掃興地說。

「我瞭解了，是不是懷疑詐領保險金？我以前曾經聽說過這種事，如果是自殺，就領不到保險金，所以你懷疑她把自殺偽裝成意外。」

中岡沒有回答這個問題，反問青江：「你認為我的推理如何？」

「詐領保險金的問題，請你去請教法學教授。」

「我不是問這個，而是在問我剛才說的方法有沒有可能。」

「不可能，只能回答說，這很不現實。接近正在產生硫化氫氣體的容器根本是自殺行為。」

中岡右手摸向自己的下巴，「如果戴防毒面具呢？」

青江一時說不出話，但中岡並不認為自己說了奇怪的話，一臉嚴肅地等待學者的回答。

「有動機嗎？」青江問：「被害人有自殺的動機嗎？」

中岡重新坐好，挺直了身體。

「一直由我發問似乎有點不安，所以我回答你這個問題。老實說，水城先生沒有任何自殺的理由。他是知名的影視製作人，有萬貫家產，當然也沒有任何債務讓他被逼到自殺。」

青江第一次聽說被害人從事影視工作，對他來說，完全是不同世界的人。

「既然這樣……」

「是啊，」中岡收起下巴，「我也認為他不可能自殺，只是對到底是否單純的意外存疑，所以正在調查各種可能性。」

「請等一下，既不是自殺，也不是意外的話，只剩下……」他不敢繼續說下去。

「醫生曾經開給被害人水城先生安眠藥，如果在離開旅館前吃下安眠藥，走在山上時，很可能會想睡覺。如果坐下來休息一下，很可能會直接睡著。之後，只要在附近製造硫化氫氣體，自已離開現場。等待充分的時間之後，再戴著防毒面具回到現場，收拾容器。這樣的可能性存在嗎？你能夠斷言絕對不可能嗎？」中岡用平靜的口吻說完之後，用挑釁的眼神看著青江問：「怎麼樣？」

青江舔著嘴唇。

「警視廳認為那是殺人事件，而且凶手是被害人的太太嗎？當地警察完全沒有往這方面想。」

中岡露齒一笑，「這就難說了。」

「如果他們懷疑，一定會說啊。」

「警察的工作就是懷疑各種可能性，但我現在更想知道你的意見。」

青江搖了搖頭，「我認為不可能。」

「為什麼？」

「我剛才也說過，這根本是自殺行為。因為在戶外導致中毒身亡，當然需要產生相當大量的氣體，即使戴了防毒面具靠近也很危險，需要穿化學防護衣。而且，容器中剩下的液體要怎麼處理？如果丟棄在現場，之後趕到的救護人員一定會發現。」

中岡聽了青江的說明似乎很不滿意，但還是點著頭。

「原來如此，的確有點困難。」

「警察真的是什麼事都要懷疑。」

「因為這是我們的工作。」

「雖然我不知道該不該問這個問題，有動機嗎？那位太太有殺害丈夫的動機嗎？」

「這個嘛……」中岡有點吞吞吐吐。

「對了，我聽說被害人的太太很年輕，所以是為了遺產嗎？」

中岡苦笑起來，「任君想像。」

「有錢人死了，警察也不得安寧，不會輕易放過。」

「你說的對，只是這次的事並不光是因為有動機而懷疑。」

「所以？」

「也有私人因素，身為刑警，我想要爭一口氣。算了，不說這些，和你沒有關係，我會繼續調查，今天非常感謝。」中岡恭敬地鞠躬後，大步走向門口。

10

列車在月台停止之前，他就隔著車窗看到對方。深藍色防寒大衣、黑色毛線帽，又用大圍巾圍著脖子，看不太清楚長相，但因為戴著圓框眼鏡，應該沒錯。那是之前在電話中說好的特徵。

車門打開，那須野站上月台。外面並沒有想像中冷，冷風吹在有點發熱的臉上很舒服。

圓框眼鏡的女人走了過來，「你是那須野先生吧？」

「對，今天就麻煩妳了。」

「彼此彼此，請多關照。把行李交給我吧。」

「啊，不好意思。」

女人接過那須野遞給她的行李袋，她手上戴著毛線手套。

「接下來要開車嗎？」

「對，車子停在下面。」

「很遠嗎？」

「差不多十五分鐘左右。」

他們走下月台的階梯，經過自動驗票口。走出車站大樓，天空中飄著雪。果然是北國。

那須野小心翼翼地跟著圓框眼鏡的女人走在路上。雖然人行道上還沒有積雪，但有些地方結了冰。如果在這裡滑倒骨折就慘了。

停車場內是一輛小型休旅車，看車牌就知道那是租來的車子。

圓框眼鏡的女人用遙控器打開了門鎖，坐進駕駛座。那須野打開後車座的門，在寬敞的座椅上坐了下來。

女人發動引擎後說：「那我們出發了。」然後把車子駛出停車場。

那須野看向窗外，路面的雪都清除了，道路兩旁的雪堆得很高。這輛車是四輪驅動車，在雪地行駛應該也沒問題。

「不知道今天從幾點開始拍攝?」那須野問。

「應該從早上六點左右。」

「六點嗎?真辛苦啊。」

他看了一眼手錶,目前剛過下午三點半。

「但真是太驚訝了,」那須野說:「我完全沒想到吉岡先生會找我,吉岡導演竟然來找我。」

「是嗎?」女人的語氣很冷漠,可能對別人的喜悅不感興趣。

「聽說是代打,是代替誰啊?」

女人聽了那須野的問題,微微偏著頭說:「我不太清楚。」

「但妳應該知道演員表吧?演員表上的人有誰沒來?」

女人還是搖了搖頭。

「對不起,我並不瞭解詳細情況,只負責去車站接你。」

「是喔,那就算了。」

「不好意思。」女人看著前方,微微點了一下頭。

「沒關係,妳不必道歉。」那須野嘆了一口氣,翹起了腿。

昨天接到一個姓木村的男人打來的電話,說電影導演吉岡宗孝正在拍攝新片,原本答應要演出的演員臨時無法參加，問他能不能代打。木村好像是助理導演。

『條件之一，必須會滑雪。那須野先生，你學生時代曾經參加過滑雪社吧？所以無論如何想拜託你。』

聽木村說，是一部以雪山為故事舞台的推理電影，預計在年底上映。

那須野已經好久沒有演電影了，更何況是賀歲片。一問酬勞，發現條件很不錯。他這一陣子手頭拮据，正在為此發愁。雖然有經紀公司，但公司的人根本不為他接工作，即使擅自接工作，也不會有人有意見，所以他二話不說就答應了。

『詳情見面再聊，我會派人去車站接你，是一個戴圓框眼鏡的女人，你只要穿能夠在雪地行走的服裝就沒問題。』

木村還說，交通費可以報銷，所以要記得拿車票的收據。

雖然不知道要演什麼角色，希望能夠好好利用這個機會，之後能有一些像樣的工作找上門——那須野心不在焉地看著前方想道。

他的視線移向旁邊，圓框眼鏡的女人默然不語地繼續開著車。即使上了車，她也沒有拿下帽子和圍巾。因為穿著厚實防寒大衣的關係，所以看不出她的體形，但似乎並不胖。那須野移動身體的位置，從後視鏡中確認女人的臉，只能看到她戴著眼鏡的眼睛，但感覺很漂亮。

他和女人在後視鏡中視線交會，「有什麼事嗎？」女人問。

「沒事。」那須野坐回了原來的位置。

車子在不知不覺中駛入了狹小的道路，右側是一片城鎮景象，好像是溫泉街。

女人把車子停在路旁說：「可以請你在這裡下車嗎？」

「在這裡？」

那須野下了車，空氣的溫度和在車站時完全不同，他急忙穿上了剛才在車上脫下的羽絨衣。

周圍什麼都沒有，被雪埋沒的道路兩旁都是樹木。

女人拿出手機，不知道打電話去哪裡。

「辛苦了，我把那須野先生帶來了……在入口的地方……請等一下——那須野先生，你的鞋子可以在雪地上走路嗎？」

「沒問題，我特地穿了這雙鞋子。」那須野抬起穿了雪鞋的右腳。

「他說沒問題……喔，是嗎？……那我先把車子開回去……好，那就一會兒見。」女人把手機放回口袋，對那須野說：「會有其他工作人員來接你，可以請你和他會合嗎？」

「會合？我在這裡等就好嗎？」

「不，可以請你沿著這條路走進去嗎？」女人指著道路旁的一塊看板，上面寫著「散步道入口（往溫泉街）」。

「中途有一張紅色長椅，會有工作人員去那裡接你。」

「我一個人去嗎？」

「不好意思，因為我要把這輛車開去其他地方，這個給你。」

女人遞上行李袋。是那須野的行李袋。

那須野接過行李袋，再度看著散步道的入口。不知道是否剛下過雪，小徑上沒有腳印。

他聽到車子的引擎聲，回頭一看，發現駕駛座上的女人向他行了一禮後，開動了車子。她似乎要調頭，用力轉動著方向盤。

那須野走進小徑，鞋子並沒有在雪地裡埋得很深，所以應該不會太難走。

散步道蜿蜒曲折，被白雪和樹木包圍，小徑上靜悄悄的，只聽到踩在雪上沙、沙的聲音。

他走了五分鐘左右，但周圍的景象沒有太大的變化。

真遠啊——

會不會走錯了？不，這裡沒有岔路，不可能走錯。難道是自己沒看到成為記號的紅色長椅？因為被雪蓋住了，所以沒發現？

正當他內心感到不安時，前方出現了一個小彎道，角落有一張紅色長椅。那須野終於放了心，吐著白氣。

一看手錶，已經超過四點了，天色漸漸暗了下來。

他看向散步道前方。既然要會合，工作人員應該從反方向走過來。如果對方沒帶手電筒就傷腦筋了。他突然在意這種奇怪的事。

他從羽絨衣的口袋裡拿出香菸和打火機，叼了一支菸，正準備點火。

突然聞到溫泉的味道。

就是別人經常說的臭雞蛋的味道。

這裡是溫泉地，當然會有這種味道——正當他這麼想的時候，嘴上的菸掉了下來。

11

天空晴朗，東京難得空氣如此清澈，但並不是整個日本都是晴天。這種時候，北國通常都下雪。日本海上空的水蒸氣受來自大陸的冷空氣冷卻，變成了雪。諷刺的是，夏天持續得越久，那一年的雪量越豐沛，因為海水的溫度並沒有下降。

青江站在研究室的窗前，茫然地望著天空。不，他並沒有茫然，腦袋中回想著四天前來這裡的中岡所說的話。

赤熊溫泉發生的事並不是自殺，也不是意外——他如此暗示，也就是說，那是謀殺，而且他懷疑被害人的妻子與這起謀殺有關。

太荒唐了。第一次聽說時，他這麼認為，而且斷定這種可能性並不存在。

但是，隨著時間的流逝，他漸漸覺得似乎太早認定這種想法荒誕無稽。

那天對中岡說，因為在戶外，所以需要硫化氫氣體才能致死，但仔細思考後，發現並沒有這種必要。如果按照中岡所說的方法，讓被害人睡著，只要在他頭上套一個塑膠袋，然後在塑膠袋中產生硫化氫。由於濃度是關鍵，所以即使塑膠袋內只有少量也能夠使人中毒身亡。在確認被害人死亡後，再用塑膠袋將產生硫化氫的液體和容器封閉，在其他地方丟棄。雖然需要全程都戴上防毒面具，但使用這種方法並不需要穿化學防護衣。

青江之所以會有這種想法，是因為赤熊溫泉事故太匪夷所思，讓他始終耿耿於懷。

當地的確是釋放硫化氫氣體的活躍地區，但正如之前對中岡所說的，難以想像會發生導致死亡事故的「不幸偶然」。

還有另一件事，他難以理解被害人夫妻為什麼會去那個地方。雖然當事人說是沒發現走錯路，但走進這種獸道，難道不覺得奇怪嗎？而且忘了帶相機電池，只有被害人太太回去旅館也很奇怪。如果青江是被害人，至少會和妻子一起回到登山口。

如果這一切都是被害人太太所策劃，一切就有了合理的解釋。

但是，這個推理也有牽強之處。雖然中岡說，是用安眠藥讓被害人昏睡，但怎麼可能剛好睡在那個地方？

果然是自己想太多了嗎？他的思考每次都回到原點。

「教授。」背後傳來聲音，他嚇了一跳轉過頭，發現奧西哲子板著臉站在那裡，戴著眼鏡的鏡片好像閃出一道光。

「怎麼了？突然叫這麼大聲，嚇了我一大跳。」

「我才沒有突然叫你，從剛才已經叫了好幾次。」

「喔？是嗎？不好意思，我沒聽到。」
「不是沒聽到，而是不想聽吧。每次要討論考卷的事，你都心不在焉。」奧西哲子瞪著他。
因為她很瘦，所以臉上的皺紋比同齡的人更多，尤其眉間有很多皺紋，看起來總像是在生氣。
「不是妳說的這樣，而是因為我信任妳。」
「但我也不能擅自交上去啊，雖然你會覺得很無聊，但還是請你配合一下。」
「好，知道了，知道了。」
他低頭看著奧西哲子手上的資料夾。
「請寫出地球大氣成分的化學式，其中哪一個會引起溫室效應？濃度最高的成分又是什麼？……這樣可以嗎？」
「嗯，很好啊，」青江抓了抓眉毛旁，「很不錯的陷阱題，如果學生腦袋不清楚，可能會寫二氧化碳。」
二氧化碳是對地球暖化影響最大的成分，但濃度最高的是H_2O，也就是水蒸氣，水蒸氣也會造成溫室效應。
「接下來是第二題，將〇．一五公克甲苯加入內徑一．六毫米，長五〇毫米細管的擴散軟管內，將擴散軟管設置在三十五度的恆溫槽內，設置擴散軟管的槽內加入〇．五——」
奧西哲子唸到這裡時，桌上的電話響了。她嘆了一口氣，接起了電話。
「喂……是，沒錯……啊？」她皺著眉頭，看向青江，「對，他在……好的，請稍候。」

「怎麼了？」青江小聲問。

奧西哲子按著電話，一臉嚴肅的表情看著他。

「報社打來的，說有事想要請教你。」

「報社？哪一家？」

「北陸每朝。」

那是地方報。青江心頭掠過不祥的預感，「到底是什麼事？」

「嗯，」奧西哲子舔了舔嘴唇，「L縣苫手溫泉好像發生了硫化氫中毒事故。」

一個個子嬌小的女人等在苫手溫泉車站，年紀大約四十五、六歲、短髮、戴著眼鏡，看起來像是很親切的大嬸。車站內沒有其他像是青江要找的人，所以她應該就是姓內川的記者。

雖然還有其他乘客走出驗票口，但對方似乎也立刻發現了青江，跑了過來。

「請問是青江教授嗎？」

青江回答：「是。」她深深地鞠了一躬。

「謝謝你遠道而來，我是北陸每朝新聞的內川。」

她拿出了名片，青江也遞上了自己的名片。

「請問接下來有什麼打算？聽說你已經訂好了旅館，要不要先去旅館？」

「不，我想先去看現場，現在剛好接近事故發生的時間。」

「好，車子等在外面，我帶你去。」

走出小車站，一片白雪茫茫的風景中，有一個小型圓環，原本停在角落的計程車開了過來，停在他們面前，車上亮著「包車」的燈。

「請上車。」內川說，青江上了車。

跟著上車的內川對司機說：「那就請你去我剛才說的路線。」她似乎已經猜到青江想要先去察看現場。

「看報紙說，現場已經被列為禁止進入地區。」計程車出發後，青江說。

「對，我也向觀光振興課的人瞭解了情況，他們也完全沒有想到會發生這種事。」

「之前有沒有測量過硫化氫的濃度？」

「聽說有定期測量，但之前很注意氣體容易聚集的室內，完全沒有想到戶外。」

「原來是這樣。」

青江看向車窗邊，道路兩旁出現了白色的雪牆，雪牆的後方有零星的民宅。

青江昨天接到內川的電話得知，兩天前，苫手溫泉發生了中毒事故，造成一名來自東京的觀光客死亡。負責採訪這起事故的內川在赤熊溫泉的報導中得知青江，所以打電話給他。

她想要請教青江關於這場事故的原因，青江回答說，目前無法明確回答。因為他沒有去過苫手溫泉，也不瞭解現場的狀況，當然不可能發表任何意見。

但內川並沒有退縮，她說可以用電子郵件寄送現場的照片，如果需要什麼資料，她會想盡一切辦法張羅到。雖然聲音聽起來像是大嬸，但強勢的作風果然是記者。

青江說，無法光靠看這些東西進行判斷。但是，他對事故本身並不是沒有興趣，相反地，他很想親自確認。於是，他就在電話中說：「如果妳願意負擔交通費，我可以親自跑一趟。」

原本以為對方不可能答應，沒想到內川立刻興奮地問：『啊？真的嗎？』然後說，希望他務必去一趟，她會負責帶路。

青江之所以會產生興趣，當然是因為一直惦記著赤熊溫泉的事。他認為分析這次的事故原因，或許對赤熊溫泉的對策也會有幫助。

沒想到在短短兩個月內，接連發生了兩起罕見的事故——這是他接到內川的電話時最先想到的事。他猜測今後日本各地硫化氫型的溫泉地都需要研擬相關的對策。

計程車沿著狹窄的雪路前進，很快來到一個三岔路口，但左側禁止通行。一名身穿防寒大衣的警官站在那裡。

「請在這裡停車。」內川說，司機把計程車停在路肩。

內川下了車，走向警官，出示了名片和像是文件之類的東西，不知道在說什麼。圍著圍巾的警官不時看向計程車。

內川走了回來。

「我已經談妥了，但接下來要走路進去。」

「好的。」

青江下了車，和內川一起走在雪道上。他之前就預料到會有這種情況，所以特地穿了雪靴。之前為了調查赤熊溫泉的事故買了這雙鞋，沒想到在其他地方也派上了用場。

狹小的道路穿越山的斜坡，從被雪覆蓋的樹木縫隙中，可以看到右下方有幾棟建築物，問了內川，才知道那裡就是溫泉街。

「從剛才的岔路往右走，就是往溫泉街。」

「這條路通往哪裡？」

「在三月到十一月期間可以通到山的另一側，但目前因為下雪的關係，所以封閉了。」

「所以繼續往前走就不通了嗎？」

「不，前面還有岔路，沿著沒有封閉的那條路一直走，也可以到溫泉街。看目的地在哪裡，有時候可能這條路反而比較近。」

前方有幾個人影。當他們走過去時，站在最前面、戴著安全帽的男人問：「是報社的人嗎？」

「對，今天早上我曾經聯絡過。」

男人點了點頭，「對，我聽說了。」

「目前的狀況怎麼樣？」

「沒怎麼樣……並沒有什麼改變。」

「這是濃度計吧，」青江看著男人手上的儀器，「數值是多少？」

「幾乎是零……」男人訝異地回答。

「喔，這位是泰鵬大學的青江教授，我請他來驗證一下這次的事故，所以帶他一起來。」內川向他說明。

男人難掩困惑的表情，不置可否地點了點頭說：「請多關照。」

青江覺得沒必要拿出名片，巡視周圍後問：「請問現場在哪裡？」

「在前面，」內川說完，又向男人確認：「可以去看一下嗎？」

「可以啊，但只能到入口而已。」

「我知道，青江教授，我們去前面。」

「入口是指？」

「去了就知道了。」

走了一段路，看到幾個男人在右側進行作業，似乎正在設置禁止進入的看板，旁邊是沿著斜坡向下走的小徑入口。

「這裡是散步道，」內川說，「沿著這條路往下走，就可以到溫泉街，所以是捷徑。」

「是喔……到溫泉街的距離是？」

「大約一公里左右。」

「沒想到那麼遠，」青江看向入口深處。路上積著雪，看起來很不好走，「被害人該不會走這條路？」

「沒錯，從這裡走了三百公尺左右後倒在地上。」

內川從背包裡拿出平板電腦，熟練地操作起來，然後把螢幕出示在青江面前，「這是事故現場。」

畫面上是一條被樹木包圍的小徑，內川用手指滑動畫面，螢幕上陸續出現了好幾張圖片。雖然每一張看起來都大同小異，但青江看了之後，瞭解了大致的狀況。那條寬兩、三公尺的小徑上積著雪，有一定的彎度。因為積雪的關係，周圍高了將近一公尺，小徑旁有一張紅色長椅，腳椅幾乎被雪埋住了。

「從相反方向走過來的人看到他倒在長椅旁，發現者是本地人，每個星期會走這條路好幾次。如果沒有那位當地人，可能不會這麼早發現。」

「什麼意思？」

「因為只有夏天至紅葉的季節會利用這條散步道，目前的季節幾乎沒有人會走這條路，穿普通的鞋子很不好走，所以很難理解被害人為什麼會走這條路，而且是單獨一個人。」

「被害人的確是從這裡走進這條小徑嗎？」

「的確是。因為那時候剛下過雪，所以留下了腳印。」

「腳印……」

青江的腦海中浮現雪地上出現腳印的情景，這時，他突然浮現了奇妙的想法。

「想請教妳一個奇怪的問題，只有一個人的腳印嗎？」

「啊？」

「不，我只是在想，那天除了被害人以外，會不會有其他人走這條散步道。」

「喔，」內川點了點頭，「所幸並沒有其他人，因為聽說並沒有其他腳印。」

「是嗎？」

內川以為青江問這個問題的意思是，如果有其他人走進散步道，可能會造成更多人傷亡，但青江是為了確認其他可能性而問了腳印的問題。他想知道被害人是否有同行者，是否那個同行者用某種方法導致被害人硫化氫中毒。因為之前聽了中岡的推理，才會產生這種奇怪的想法，但聽到並沒有其他腳印，終於鬆了一口氣，因為不需要再繼續思考這個奇怪的可能性了。

「你有什麼看法？」內川徵求他的意見。

「從事故現場的照片來看，現場被樹木和雪包圍，如果附近產生硫化氫氣體，很可能會無法散開，以前沒有發生過類似的事故嗎？」

「我也向當地人確認了這件事，好像並沒有發生過，這條散步道上也從來不曾出現過硫磺的味道。」

「不曾有過嗎？太奇怪了。」

「所以我才希望借重教授的專業知識。」內川抬眼望著青江，好像在說，專家怎麼可以像普通人一樣感到納悶。

「有這一帶地形的詳細資料嗎？同時也想知道泉源的分布情況，還要瞭解和溫泉街的位置關係，因為從旅館的浴池排出的硫化氫氣體很可能被風吹來這裡。啊，對了，我還想瞭解當天的天氣，如果瞭解風向和風速，可以作為參考。」青江把想到的資料都說了出來。

「好，我晚上之前應該可以張羅齊全，我會送去你住的旅館。」內川說完，拿出記事本，迅速做了筆記。

他們又在附近察看片刻，坐上計程車回溫泉街。

「被害人是男性吧？多大年紀？」青江在計程車上問道。

「我記得……」內川翻開剛才的記事本，「是三十九歲。」

「這麼年輕嗎？一個人來泡溫泉，我還以為他年紀更大呢。」

「有各式各樣的人，而且他並沒有預約旅館。」

「啊？是這樣嗎？」

「我去查了所有旅館，都沒有他的登記資料，可能是獨自旅行途中，臨時造訪這裡。」

「臨時……嗎？」青江回頭看向後方，「不知道他是用什麼方式去那個散步道的入口，在車站搭計程車嗎？」

「應該是吧，因為並沒有發現車子。」

「所以，他坐上了計程車，但並沒有去溫泉街，而是特地從散步道走去溫泉街嗎？司機先生，有很多這樣的遊客嗎？」

「不，我從來沒載過這樣的遊客，」司機偏著頭說，「目前這個季節，只有本地人會走那條路。」

「那被害人為什麼會去那裡？」青江問內川。

「不知道。」她偏著頭回答。

「他的家屬有沒有說什麼？」

「目前還沒有聯絡到他的家屬。」

「喔？是這樣嗎？所以他的屍體在哪裡？」

「應該在本縣的大學附屬醫院。解剖之後，可能就先安置在那裡。因為聯絡不到家屬，警方也在傷腦筋，正在尋找可以認領屍體的人。」

「他是單身嗎？所以只能從他工作關係著手調查，他從事哪個行業？」

「關於這個問題……」內川突然吞吐起來，「不太清楚，根據他身上的名片，似乎是演員。」

「演員嗎？」內川的回答令人意外。

「但從來沒有聽過他的藝名，所以應該根本不紅，很可能有什麼副業。」

「他的藝名叫什麼？」

「呃，」內川再度低頭看著記事本，說出了那須野五郎這個名字。青江的確沒聽過，也沒看過這個名字。本名叫森本五郎。

青江拿出智慧型手機，在網路上查了一下，搜尋到幾則資料，但都很舊了。

網路上還有照片，他把照片出示給內川看，「是這個人嗎？」

「對，沒錯，我也調查過了，沒見過這個人吧？」

照片也很舊。他的長相很嚴肅，但的確有藝人的瀟灑。

「我平時很少看連續劇，根本是生活在不同世界的人。」

青江說完，把手機放回口袋時，突然想到了什麼。不同世界的人、影視界的人——他記得最近也曾經對另一個人有過相同的印象。

他很快就想了起來。那是從刑警中岡口中聽說，在赤熊溫泉死亡的水城義郎是影視製作人。

在短短兩個月內，連續有兩個影視界的人死亡，而且都是在溫泉地吸入了硫化氫氣體導致死亡，這真的是偶然嗎？

青江想了一下，輕輕搖著頭。那當然是巧合而已。對自己來說是不同的世界，但也許影視界比想像中更大，屬於這個行業的人遇到相同的事故，應該也不是太不可思議的事。

計程車進入了溫泉街，道路兩旁是旅館。由於是非假日，所以人並不多，只有零星幾個像是觀光客的老年人。

「啊！」青江忍不住叫了一聲，因為他看到一張熟面孔從旁邊的旅館走了出來。

「對不起，請停車。」他對司機說道。

「怎麼了？」內川問。

「不，呃……」他不知道該怎麼說明，凝視著那個人。

果然沒錯，就是那個年輕女子。之前在赤熊溫泉時，曾經住在同一家旅館內的年輕女子。她和當時一樣，穿著有帽子的防寒外套，戴了一頂粉紅色針織帽。

「怎麼了？」內川再度問道，「是你認識的人嗎？」

「不，其實也不算是認識……」

青江的目光追隨著那名年輕女子，她走進了隔壁那家旅館。

「呃，請問我住的旅館在哪裡？」

「就在前面，」司機指著前方，「你看，就在那裡，掛著招牌的那一家。」

青江也看到了招牌，點了點頭，看著內川說：

「那我就在這裡下車，我走路過去。」

「沒問題……等我把所有資料都蒐集齊全，再和你聯絡。」

「好，那就麻煩妳了。」

目送計程車載著內川遠去後，青江看著年輕女子走進的那家旅館。她住在這裡嗎？沒想到她再度出現在旅館門口，板著臉走了出來，看到青江後，驚訝地停下了腳步。她似乎也記得青江。

青江一時不知道該怎麼打招呼，於是說了聲：「妳好。」

「你好。」對方露出了警戒的眼神，也打了招呼。

「呃，妳……也去了赤熊溫泉，擅自闖進禁止進入的區域，結果還挨了罵。」

「喔，原來你就是那時候……我就在想，好像在哪裡見過你。」
「我們常見到啊。」
「是啊。」她冷冷地說完，邁開了步伐。
青江並肩走在她身旁，「妳在這裡幹什麼？」
「散步。」
「我不是問這個，而是問妳，為什麼會來這裡。」
「我不可以來溫泉嗎？」
「為什麼來這個溫泉？妳不知道這裡發生了事故嗎？」
她停下腳步，但並沒有看青江。
「妳果然知道。」
她聽到青江這麼說，用力瞪著他說：「你為什麼這麼問？」
「因為我很在意，在發生硫化氫中毒事故的赤熊溫泉遇到的人，又來到發生了同樣事故的這裡，我不認為是偶然，當然會產生疑問，為什麼會發生這種事。」
她揚起形狀很漂亮的鼻子。
「那我也要問你，你為什麼在這裡？你不是也去了赤熊溫泉，又來這裡嗎？我們不是都一樣嗎？」
「我來這裡是因為受委託來調查事故。」

她皺起眉頭問：「調查？」
青江從口袋裡拿出大學的名片說：「這是我的名片。」
「原來你是大學教授。」戴著毛線帽的年輕女子瞥了名片一眼，並沒有接過名片，「你看過這裡的事故現場嗎？」
「我去了現場附近，也看了事故現場的照片。」
「地點在哪裡？我聽說在散步道上，是在哪一帶？」
這次輪到青江皺起了眉頭，「妳也在調查事故嗎？」
「如果我回答是，你就會告訴我嗎？」
「妳為什麼要調查這些事？妳看起來不像是火山學或是環境化學的學者。」
「因為我有興趣，這樣不行嗎？」
「為什麼有興趣？這並不是年輕女生感興趣的題材。」
「這是每個人的自由，請你把詳細的地點告訴我。」
「妳為什麼想知道？」
「這和你沒有關係，拜託你告訴我。」
「正如妳說的，是在散步道上。」
「我想要知道更詳細的地點。」她似乎有點不耐煩。
青江注視著她好勝的臉，她沒有移開視線，直視著他。

「想要請教別人時，首先要自我介紹，這是禮貌啊。妳是誰？」

她吐出一口白色的氣，「好吧，那我不問了。」她舉起一隻手，邁開了步伐。

青江對著她的背影說：「我住在前面的『鈴屋旅館』。如果妳改變心意，請和我聯絡，我明天下午就回東京了。」

她不可能沒有聽到，但並沒有停下腳步，也沒有揮手。青江嘆了一口氣，走向相反的方向。

「鈴屋旅館」並不大，是一棟典型的日式建築。在辦理入住手續時，突然想到一件事。

「今天有沒有一個年輕女子來這裡？戴著粉紅色毛線帽。」

戴著眼鏡的年輕員工眨了眨眼睛，「頭髮很長……」

「沒錯，沒錯，眼尾有點上揚，看起來很好強。」

男員工笑著點了點頭，「對，有來過。」

果然沒猜錯。剛才在計程車上時，看到她從一家旅館走出來，立刻又走進了旁邊那家旅館。她似乎正逐一清查這裡的每一家旅館。

「她有沒有問什麼？」

「有，她拿出一張年輕男人的照片，問那個年輕男人最近有沒有來這裡。因為我沒見過，所以就照實回答了。」

和赤熊溫泉時一樣，她也曾經問了被害人住宿旅館的老闆娘相同的問題。

到底是怎麼回事？和事故到底有什麼關係。

走進房間後，他換上了旅館的浴衣，去大浴場泡了湯，有硫化氫溫泉特有的味道。以前曾發生過客人因長時間泡澡而中毒，目前規定每家旅館必須充分做好排氣和換氣，所以不必擔心。

窗外飄著雪，泡著溫泉賞雪——如果告訴奧西哲子，她一定會斜眼瞪自己，覺得這種打工太奢侈了。青江當然完全不打算告訴她。

回到房間後，接到了內川的電話。她已經蒐集好所有的資料，馬上就會送來旅館。青江和她約好之後，掛上了電話。

晚餐從七點開始，他在晚餐前和內川約在大廳見面。她遞上的大信封中，有溫泉附近的地形圖、記錄泉源位置的地圖，和事故現場和周圍的照片，以及當天的氣象資料，還有到目前為止，記錄了各處硫化氫濃度的數據。青江不由地感到佩服，在短時間內竟然能夠蒐集得這麼齊全。

「謝謝妳，我會參考這些資料後好好研究一下。」

「那就麻煩你了。」

內川鞠躬後，恭敬地道了謝，才離開旅館。

他直接去餐廳吃完晚餐後回到房間，雖然旅館的人已經為他鋪好了被子，但他折好被子，推到牆邊，把桌子移到房間中央，把內川剛才給他的資料攤在桌上。

他首先打開地形圖，調查了當天風的情況。硫化氫比空氣重，容易流向地勢較低的地方，然後積在那裡，但如果風很大，情況就會有所不同。根據氣象資料，當天幾乎沒有風。

既然這樣，從溫泉街排出的硫化氫被風吹到現場附近的可能性很低。他也確認了泉源的位置，但都離現場很遠。

青江看著地形圖，抱著雙臂。散步道附近並沒有泉源，很難預測火山氣體會從哪裡冒出來。極端地說，可能從任何地方冒出來。因為地面只是泥土而已，無法完全阻隔氣體。也許散步道旁有大量噴出火山氣體的點，但問題是該如何找出這個點？

最好做一個模型。青江想道。只要做一個忠實還原現場附近地形的模型，然後把模型放進水箱，用比重比水更重的染料代替硫化氫，就可以確認到底以怎樣的方式擴散。一旦瞭解氣體在事故現場停留的條件，或許可以推測出火山氣體發生的地點。

但他又想到了新的疑問。目前地面被雪覆蓋，積雪是不是會阻隔火山氣體的發生呢？

他想喝啤酒來轉換一下心情，正打算伸手拿電話叫客房服務時，電話鈴聲響了。他接起了電話。

『不好意思，打擾您休息，這裡是櫃檯。』電話中傳來一個男人的聲音。應該就是下午辦理入住手續時負責接待他的男性員工。

「有什麼事嗎？」

『是，那位年輕女子來這裡，說想要見您，我可以告訴她您的房間號碼嗎？』男性員工小聲地問。

「那位年輕女子……喔，是粉紅色帽子。」

『是的。』

青江很驚訝。雖然告訴她自己住的旅館，但並沒有想到她真的會上門。

「沒問題，請她來我房間。」

『好的。』男性員工掛上了電話。

穿著浴衣和棉袍的青江急忙換了衣服。下午對她說，是來這裡調查的，可不希望被她誤會是來泡溫泉的。

他把揉成一團的浴衣塞進壁櫥時，響起了敲門聲。青江打開門，那名年輕女子站在門口，臉上幾乎沒有表情。她沒有戴帽子，可能放在防寒外套的口袋裡。

「請進。」青江說。

年輕女子探頭向房間內張望後問：「你一個人嗎？」

「當然，請進。」

她走了進來，脫下靴子。一走進房間，立刻快步走到桌子旁坐下。她發現了桌上的資料。

「喔喔，沒有交換條件，不能隨便給妳看。」青江急忙收起資料。

她瞪了青江一眼，眼神立刻放鬆下來。「我有事要拜託你。」

「我想也是，否則妳不可能來這裡，但在拜託之前，妳要不要先自我介紹？」

她從口袋裡拿出一張紙，用沒有感情的聲音說：「交換名片。」

「妳剛才不是不願收下嗎？」

「我改變心意了。」

「還真霸道。」

青江把自己的名片交給她，接過的紙上用手寫著羽原圓華的名字，還標了讀音「u-hara madoka」，下面寫著手機號碼。

「這是真名吧？」

她從皮夾裡拿出信用卡，遞到青江面前。信用卡上的確寫著「MADOKA UHARA」的名字，看起來不像是假的。

「好，現在知道妳的名字了，但這稱不上是自我介紹吧？自我介紹要說自己在哪裡、做什麼。妳是做什麼的？學生嗎？讀哪一所大學？」

羽原圓華搖了搖頭，「我不是學生。」

「那妳做什麼工作？可別說妳無業喔，這種人申請信用卡不會通過審核。」

「我無業。」

「我不是——」

「我沒騙你，這張卡是我爸的附卡。」

竟然用這一招。青江很想咂嘴。

「那妳爸爸是做什麼的？」

「醫生。」

「叫什麼名字？在哪家醫院？」

羽原圓華聽了他的問題，板起了臉。

「自我介紹時，一定也要同時介紹父親的情況嗎？」

青江說不出話。他想不出該如何反駁。

羽原圓華臉上的表情稍微放鬆了。

「你剛問我在哪裡、做什麼，我可以回答這個問題。我在找人，為了找人，所以去了很多地方。」

「是個年輕男人吧？」

她挑了一下眉毛，「你知道？」

「我聽赤熊溫泉的老闆娘說的，還有這裡的櫃檯人員。聽老闆娘說，對方是妳朋友。」

她拿出智慧型手機，迅速操作後，把螢幕對準了青江。螢幕上露出笑容的男人二十歲左右，看起來很瘦。

「他是我很重要的朋友，我無論如何都要找到他。」

「為什麼？難道他失蹤了？」

「嗯，就是這樣，所以希望能夠得到你的協助。」羽原圓華露出嚴肅的眼神，她這句話中難得充滿了感情，青江覺得聽起來不像是信口開河。

「我要協助妳什麼？如何協助？妳想拜託我什麼事？」青江姑且問道。

「教授，你不是在調查那起事故嗎？所以可以去現場吧？」

她突然叫青江教授，青江有點不知所措，「現場……」

「就是事故現場，你不是去過了嗎？」

「不，我並沒有去現場，只去了入口。因為那裡禁止進入。」

「但他們委託你調查——」

青江伸手制止她說下去，搖了搖頭。

「委託我調查的並不是警察或是公家機關，而是報社，所以我並沒有任何特權，當然也不可能進入禁區。」

「……原來是這樣。」羽原圓華難掩失落。

「如果我可以進入禁區，妳想幹什麼？」

「當然是希望你帶我一起進去。你是大學教授，帶助理或學生去也很正常。」

青江注視著她小巧的臉龐。

「為什麼？妳的目的不是要找失蹤的朋友嗎？和硫化氫事故有什麼關係？」

羽原圓華撇著嘴，從鼻孔吐著氣，「不好意思，不能告訴你。」

「為什麼？」

「我不是說了，不能告訴你嗎？而且和你沒有關係，完全沒有任何關係。」她用令人討厭的口吻說完後，指著裝了資料的信封說：「這個給我看一下。」

青江抓住信封說：「如果妳願意告訴我詳細情況，我可以給妳看。」

「你聽了不會有任何好處。」
「不，滿足好奇心是很大的好處。」
羽原圓華很不耐煩地嘆著氣，抬頭看著牆上的時鐘。青江也跟著看，時鐘指向九點半。
「我剛才看到有照片。」她嘟噥道。
「照片？」
「那是不是現場的照片？我看到有長椅，紅色的長椅。」
「那又怎麼樣？」
羽原圓華沒有回答，站起身來準備離開，青江慌忙追了上去，抓住了她的手臂，「妳等一下。」
「好痛，放開我。」
青江鬆開了手，「妳想幹什麼？」
她摸著剛才被握住的部分，「我沒有義務要回答吧？」
「妳該不會打算現在去現場？」
她沒有說話，青江確信他猜對了。她打算進入散步道去找紅色長椅。她剛才看時鐘，猜想這麼晚了，應該已經沒有人守在那裡。
「別亂來，那裡是禁區，而且那裡雖然是散步道，晚上很危險。」
「別管我，難道你打算報警嗎？」

「我雖然不會這麼做……」

「謝啦。」羽原圓華說著，開始穿靴子。青江急了，不能讓她這樣去散步道。一方面是因為她危險，但更覺得如果現在讓她離開，可能以後也無法再見到她了。如果無法再見面，他極度膨脹的好奇心就永遠無法得到滿足。

「等一下，妳等一下。」

已經穿好靴子的她一臉訝異地轉過頭。

「好吧，我給妳看資料。雖然我很想知道詳情，但今天先忍耐一下，所以請妳再進來吧。」

無論如何，要先賣人情給她。

「不用了，」沒想到羽原圓華很乾脆地回答，「我已經穿好鞋子了，再見。」說完，她伸手去握門把。

「等一下，妳等一下。」青江用手按住了門。

她皺起眉頭，「這次又有什麼事？」

「我去……我和妳一起去。年輕女生單獨去太危險了，如果妳不同意，我就報警。怎麼樣？」

羽原圓華露出夾雜著困惑和猶豫的表情，青江很慶幸她並沒有露出不高興的表情。

她終於動了動嘴唇說：「那你趕快準備。」

散步道靠溫泉街那一側的入口也掛著大大地寫著「禁止進入」的看板，還拉起了封鎖線。青江用手電筒照亮了散步道，小聲嘀咕道：「慘了。」

「怎麼了？」羽原圓華問。

「剛才不是下過雪嗎？散步道上有積雪，我們走進去的話，會留下腳印。」

「有什麼關係？沒有人知道是我們留下的腳印。」

「但有人進入禁區，可能會引起風波。」

「沒關係。」羽原圓華完全不介意，走進了散步道，雪地上清楚地留下了她靴子的腳印。青江雖然很擔心，但也跟了上去。

沒有風，散步道上靜悄悄的，只聽到兩個人踩在雪地上的聲音，放眼望去，只看到被白雪覆蓋的樹木，周圍一片雪白，手電筒的光照得比想像中更遠。暗夜中的雪景充滿幻想的味道。

「沒想到這麼遠。」青江走了二十分鐘左右時說道。

「是啊，但死去的那個人也是走這條路吧？」

「不，被害人好像是從相反方向走過來。當時也剛下過雪，聽說散步道上只有被害人的腳印。」

「相反方向？他是怎麼去那裡的？搭巴士之類的嗎？」

「好像不是，唯一的可能應該是搭計程車，但我搭的那輛計程車的司機說，沒有客人會在那種奇怪的地方下車。」

青江和羽原圓華說這些事時，再度對這件事產生了疑問。被害人為什麼這麼做？從相反方向走進散步道，到底有什麼意義？

但他更在意羽原圓華的朋友，那個朋友到底和硫化氫事故有什麼關係？他的腦海掠過一個想像，該不會是她朋友造成了兩起事故？果真如此的話，就可以合理解釋她為什麼會到事故發生的地方來找她的朋友。但是——青江本身具備的專業知識立刻否定了這樣的想像。不可能。因為這並非人為造成的事故。刑警中岡說的那種強硬方式或許有可能引發赤熊溫泉的那起事故，但這次並不可能。被害人獨自走進散步道，現場也只有一個人的腳印。這又不是本格推理小說的情節，他想不到任何方法可以在雪地上行走，卻不留下任何腳印。

「是不是那個？」他正在思考這些事，聽到羽原圓華這麼說道，然後把自己的手電筒照向前方。青江也看向那個方向，但並沒有看到長椅。「在哪裡？」他問道。

「那裡啊，你看。」她稍微加快了步伐，青江也跟了上去。

散步道呈現一個彎道，路旁有一個長方形的雪塊。羽原圓華停在雪塊前，用戴著手套的手撥開了雪，出現了長椅的椅面，椅背也露了出來。

「真的耶，蓋了這麼厚的雪，妳竟然還看得出來。」

青江覺得如果是自己，恐怕會錯過。

「小事一樁，我只是事先想像了椅子的狀態。」羽原圓華說完，用手電筒在周圍照了好幾次，最後讓手電筒的光停在上方的斜坡上。

「妳在幹什麼？」青江問。

「嗯……我在找氣體從哪裡冒出來。」

「應該是從上面，硫化氫比空氣更重，如果是夏天，即使氣體從地面噴出來，也會馬上擴散。」

「因為地熱的關係，產生了上升氣流，對不對？」

羽原圓華一派輕鬆地回答，青江忍不住看著她的側臉。

「妳瞭解得真清楚，完全正確。相反地，冬季時地面溫度低，沒有風的日子，空氣幾乎不會流動，所以氣體都會向地勢低的地方移動，聚集在窪地之類的地方。」

她一臉不悅地小聲嘀咕，「所以才挑選目前的季節。」

「挑選？什麼意思？」

「沒什麼。」她皺著眉頭，抓了抓戴上了毛線帽的頭，「教授，你有沒有聽說關於被害人的情況？」

「什麼情況？」

「任何情況都可以，地址、姓名或是職業。」

「喔，我聽說了他的名字和職業，好像是一個不紅的演員。」

「演員？」羽原圓華的雙眼似乎亮了起來，「叫什麼名字？」

「呃，好像是叫那須野五郎。」

她重複了這個名字後又問：「還有呢？」

「我只聽說了這些，還有警方因為找不到人來認領屍體，所以覺得很傷腦筋。」

「是喔。」她的表情明顯感到落寞。

「妳為什麼會在意被害人的事？和妳失蹤的朋友有什麼關係？」

她露出冷漠的眼神看向青江，「你不是說要忍耐嗎？」

「啊……？」

「雖然很想知道詳情，但今天先忍耐一下，難道這句話是說謊嗎？」

「不，當然不是說謊。」

「既然這樣，就不要問啊。」羽原圓華轉過身，說了聲：「走吧。」然後邁開了步伐。

她默默地沿著來路往回走，青江腦海中浮現了很多疑問，但並沒有說出口。一方面是因為剛才答應她不問，更因為羽原圓華的後背發出了讓他無法問出口的力量。

他們回到了入口，青江回頭看著散步道，嘆了一口氣。雪地上清楚地留下了他們的腳印。

「明天早上有人看到之後就慘了。」

「別擔心，」羽原圓華說：「很快就會下雪。」

青江仰頭看著天空，發現了閃爍的亮點，「有星星啊。」

「那只是現在而已，」她斷言道，「半夜十二點多就會下雪。」

「妳怎麼知道？」

她沒有回答，走向溫泉街。

青江和羽原圓華在「鈴屋旅館」前道別，青江說要送她去住宿的旅館，但她語氣堅定地拒絕了。青江不希望被她認為有非份之想，所以並沒有堅持。

回到旅館的房間，換了浴衣後，他再度看那些資料。因為去過現場，所以更能夠把握各種數值代表的意義，但他還是忍不住在意羽原圓華的事，遲遲無法專心。

他不經意地看向窗外，發現外面開始下雪。青江看了手錶，發現時針指向零點零五分。

12

『誰啊？』按了門鈴後，對講機內傳來冷漠的應答聲。

「我是公所的人，矢口先生，可不可以請你開門。」中岡努力用開朗的聲音說道。

『公所？有什麼事？我正在忙。』

「不會占用你太多時間，一下子就好，麻煩你了。」

對講機中傳來咂嘴的聲音，但似乎打算開門了。中岡嘴角上揚，等待門打開。因為門上有貓眼監視器。

隨著打開門鎖的聲音，門打開了，身穿運動衣的瘦男人一臉訝異地探出腦袋。年紀大約三十歲。

「有什麼事？」他皺著眉頭問道。

「你是矢口直也先生嗎？」

「是啊。」

中岡微微鞠了一躬，亮出了警察徽章，「謝謝你願意開門。」

矢口臉色大變，「警察？」

「對，警局也算是公所啊。」

「我什麼都沒做啊。」他的神情很緊張。

「我知道，只是有幾個問題想要請教一下，我可以進去嗎？」

「不，這個……」矢口似乎很在意屋內的情況。

「喂，你在幹嘛啦？」這時，屋內傳來女人慵懶的聲音，「你門開著很冷啊。」

「少囉嗦，閉嘴。」矢口對著屋內說道。

中岡忍不住苦笑，「原來你有客人，真不巧啊。」

「對不起，可以去其他地方談嗎？」

「好啊，當然。」

十五分鐘後，中岡和矢口在附近的一家咖啡店面對面坐了下來。

「你認識水城千佐都女士吧？她以前的花名叫伶香。」

「認識啊……」矢口的臉上露出了警戒的表情。
「聽說你們認識很久，在銀座的『紅』一起工作了超過五年，下班之後也經常一起去喝酒。」
矢口慌忙搖著手。
「我們並沒有特殊的關係，只是因為我們都是新潟人，所以很聊得來而已。雖然有一起去喝過酒，但並不是兩個人單獨去而已，如果和『紅』的女孩子交往，馬上就會被開除。」
「是嗎？太奇怪了，因為有人看到你們在假日的時候見面。」
矢口驚訝地張了張嘴，連續眨了好幾次眼睛。
「只有一次而已，她叫我陪她去買東西，去選送給客人的禮物。她買了一條領帶，真的，沒騙你。」
「好吧，姑且當作是這麼一回事。」
「我沒騙你，伶香怎麼可能看得上我這種在酒店當少爺，貧困潦倒的人。」矢口嘟著嘴說。
「好吧，那我相信你。也許你們沒有特殊的關係，但至少關係很不錯吧？否則怎麼可能找你陪她去逛街買東西呢？聽說她結婚之後，你們也經常見面。去年年底之前在『紅』上班的小姐說，是你這麼告訴她的。」
「沒有經常見面，而且最近完全沒有見面，甚至沒有聯絡。」
「最後一次見面是什麼時候？」

「呃，是什麼時候呢？」矢口微微偏著頭，「好像是一年前，也差不多是目前的季節。」

「是你找她的嗎？」

「才不是呢，她說想要和我見面，但我們只是見面而已，甚至沒有吃飯。」

「是喔，當時聊了什麼？」

矢口的眼神飄忽之後，小聲地回答：「我不記得了。」

「伶香沒有事，卻找你出來嗎？結果你們沒有一起吃飯嗎？」矢口低頭不語，中岡瞪著他繼續說道，「我說矢口先生，刑警上門問你這些事，通常手上已經掌握了相當的證據。我不是說了嗎？我曾經向你們店裡的小姐瞭解過情況，你只要把告訴她的事也告訴我就好了。」

矢口抬起頭，「她只是有事問我而已。」

「嗯，所以你只要把她問你的事告訴我就好。反正有足夠的時間，你可以慢慢回想。要不要先喝口咖啡？咖啡都冷了。」中岡拿起了自己的咖啡杯。

矢口喝了一小口咖啡後，略帶遲疑地張著嘴。

「她要我告訴她暗網的網址。」

「暗網是什麼？」

「就是暗黑網站啊。」

「就是所謂的地下網站吧。」

矢口點了點頭，用手背擦著嘴巴。

「以前聊到這個話題時，我曾經說過大部分網站都不可靠，但我知道一個值得信賴的網站，她記住了我說的這句話。」

「她有沒有告訴你，她為什麼想知道這個？」

「她說是她老公叫她打聽的。」

「她老公？」

「她老公做影視方面的工作，好像打算拍一部以暗網為主題的電影，所以想調查一下這種網站的實際情況，所以問伶香知不知道那方面的事。」

「所以你告訴她了嗎？」

「對。」矢口輕輕點了點頭。

「你現在知道那個網址嗎？」

矢口從口袋裡拿出智慧型手機，操作了幾下，把手機螢幕對著中岡。中岡在記事本上記下了上面的網址。

「你相信她說的話嗎？真的是她老公問她的嗎？」

「我覺得聽起來像說謊，但我覺得不要問太多比較好，所以就沒有追問。」

「你覺得她真正的目的是什麼？」

中岡問道，矢口偏著頭回答說：「這就不知道了。」

「那個網站主要委託什麼工作？」

「不清楚。」矢口再度不置可否地掩飾道。

矢口伸手想拿咖啡杯，中岡一把抓住了他的手，扭住他的手指。矢口的臉扭曲起來，「好痛……」

「別再給我裝糊塗了，你應該很瞭解那個網站吧？你剛才不是說，只有那個網站很可靠嗎？」中岡說完，才鬆開他的手。

矢口摸著自己的手說：「是見不得人的工作，那個網站裡的人，只要付錢，什麼事都願意做。」

「殺人嗎？」

矢口舔了舔嘴唇，露出遲疑的表情，「雖然沒有明確寫，但也有些委託一看就知道是這種內容。」

「原來如此，」中岡喝了一口咖啡，「你知道水城義郎……她老公死了嗎？」

矢口伸出下巴點了點頭，「我聽說了傳聞，好像是去溫泉時死了。」

「你聽到之後有什麼想法？」

「什麼想法……」

「你可以實話實說，反正沒有別人聽到，不必擔心，我不會告訴伶香。」

「既然這樣，那就……」矢口用手指撥了撥頭髮，「我覺得她成功了。」

「成功了？什麼意思？」

「我猜想她可以得到一大筆遺產，她原本就是為了錢而結婚。不是啦，是她自己這樣告訴大家，是真是假就不知道了。」

「是喔。」中岡喝完了咖啡。

「你說最近沒有和她聯絡，沒騙我吧？」

「我沒騙你。」

「之後會和她聯絡嗎？」

「不會，我想應該不會。」

「是喔。」中岡點了點頭，拿起桌上的帳單，站起來之前問矢口：「為什麼你能夠斷言可以信任？」

「啊？」

「那個地下網站。在許多不可靠的網站中，只有那一個可以信任，不是嗎？你怎麼知道？你不要說什麼是聽別人說的這種一戳就破的謊言，否則會給你帶來更多麻煩，你要老實回答。」

矢口的太陽穴跳動著。

「看來你曾經利用過。」

聽到中岡的問題，矢口回答說：「只有一次。」

「你委託嗎？還是受委託？」

「受委託。」

「什麼時候的事？」

「兩年前，因為我臨時需要錢……」

「你幹了什麼？殺人嗎？」

「怎麼可能？」矢口瞪大了眼睛，「是搬運行李，開車把在葛西的行李運到名古屋，名古屋有人接應，只要把東西交給那個人，就可以領到錢。」

「什麼行李？」

「兩個紙箱。」

「裡面是什麼？」

「我沒看，因為對方交代絕對不可以看。」

「紙箱有多大？重量呢？」

「差不多這麼大。」矢口雙手張開一公尺左右，「份量很重，一個可能超過二十公斤。」

「你拿到多少錢？」

「十萬。」

中岡猜想紙箱裡裝的應該是被截成一段一段的屍體，而且應該是謀殺的屍體。只要讓在地下網站僱用的好幾個人分別遺棄屍體，即使屍體被人發現，警察也很難藉由遺棄途徑查到凶手。

「在東京和名古屋之間跑一趟就有十萬嗎？挺好賺的嘛，但這種行為違反了貨物汽車運送事業法。」

「對不起。」矢口縮起了身體。

「別擔心，忘了今天和我見面的事，我也會忘了這件事。」中岡站了起來，拍了拍矢口的肩膀說：「沒問題吧？」

「是，當然，是，謝謝。」

矢口縮起脖子點著頭，中岡走向了收銀台。

走出咖啡店，他一邊走，一邊回想著剛才的對話。矢口的違法行為背後可能隱藏著殺人命案，但要追蹤兩年前運送的紙箱恐怕很困難，更何況這是在其他分局的轄區內發生的事，和中岡沒有關係。

問題在於水城千佐都，她想要知道地下網站的網址到底有什麼目的？

正當他在想這些事時，口袋裡的手機震動起來。一看到來電顯示，立刻撇著嘴接起了電話。

「喂？」

『你又混去哪裡了？』電話中傳來成田股長不悅的聲音。

「我在追查赤熊溫泉事件的線索。」

他在祕密偵查水城千佐都之前，曾經徵求過成田的同意。

『你還在查那起案子嗎？』

「我才剛開始查沒多久啊。」

『大學的教授不是對你說，沒有謀殺的可能嗎？我勸你別耗費太多時間。』

「我有做好其他工作啊。」

『這樣很好，但又有新工作了。有人在六本木的ＫＴＶ打架，被打傷的人傷勢嚴重，打人的傢伙逃走了。目前人手不夠，你去支援一下。』

「知道了。」

問了詳細位置後，中岡掛上了電話，剛好有一輛計程車駛來，中岡舉起了手。

在前往現場的途中，中岡的意識仍然圍繞著赤熊溫泉的事，他越調查，越發現那不像是一起單純的意外。

死亡的水城義郎老家是千葉的望族，父親經營多項不同的事業，其中一項是廣告業，水城在大學畢業後，曾經進入那家公司工作。他在公司製作廣告，之後正式參與影像製作。在三十歲時自立門戶，曾經製作了多部電影，其中有好幾部電影的票房收入在排行榜上名列前茅。水城也親自企畫了不少故事和角色，在周邊商品和書籍的著作權方面的收入也很豐厚。雖然不知道詳細的數字，但他的資產至少不會低於五億圓。

正如水城三善在信中所寫，他曾經結過兩次婚，兩次都不到一年就和太太離了婚。他沒有小孩，在兩年前第三次結婚之前，都獨自住在大豪宅內。

雖然他無法建立幸福的家庭，但在電影界獲得了崇高的地位。

他具備真材實料的慧眼，但也是十足的生意人——這是認識水城義郎的人共同的意見。

對於有才華的人，即使是默默無聞的年輕導演，他也會積極起用。相反的，即使是已經有成就，也很有名的導演，只要認為缺乏新鮮感，就會毫不猶豫地拒絕繼續合作，也因此和不少人交惡，但水城完全不在意這種事。

他在題材方面也毫不妥協，對追逐流行的作品不屑一顧，更別說是重拍的電影，只要有人提出這種企畫，就會激怒他。

不知道是否因為這種個性帶來的負面影響，這十年來，他都沒拍什麼大片子，但中岡從幾個電影人口中打聽到令人在意的消息。

水城最近不時說，『要拍一部讓世人嘆為觀止的電影』，雖然沒有人知道具體內容，但有一名導演說：『他不是那種會因為面子或是誇張而說這種話的人，既然他這麼說，一定已經有了特別的企畫。』

水城雖然是這種人，但似乎被千佐都迷昏了頭，他向周圍人發下豪語，無論如何都要把她弄到手，他也真的做到了，但他似乎知道並沒有得到她的愛，曾經用「她看上了我的財產，我用錢買到了千佐都這個女人」這番話來評論自己的婚姻。這些情況和水城三善信中所寫的完全相符。

水城千佐都是新潟縣人，高中畢業後來到東京，一開始在六本木的酒店上班，但很快就轉去銀座。「紅」是她在銀座的第二家店，在店裡的花名叫「伶香」。

關於換去銀座的理由，千佐都曾經對交情不錯的小姐說：『因為我想認識有錢的老頭。』六本木的客人也有不少有錢人，但年紀都很輕，所以並不符合她的要求。

『如果對方太年輕，當他變成老頭子時，我也變成老太婆了，老人照顧老人太辛苦了。既然同樣都要照顧老人，不如趁自己年輕的時候照顧。當對方死了之後，自己的年紀還可以充分享受人生，而且可以用繼承的遺產無憂無慮地過日子，難道不覺得這樣很棒嗎？』

聽到她這麼說，覺得很有道理。中岡找到的那位酒店小姐這麼說。

雖然搞不懂千佐都為什麼會建立如此極端的人生計畫，但聽說她遇到單身有錢的年老客人，就會積極展開攻勢。只不過她並不會露骨地賣弄風騷，而是不經意地關心和體貼對方，而且會讓對方明確地感受到。

在經歷過幾個客人之後，最後遇到了水城義郎。水城第一次來店裡就對千佐都一見鍾情，之後經常去店裡捧場。千佐都也掌握了他的財產情況，認為他是理想的對象。

他們認識了幾個月後結了婚，讓周圍人跌破了眼鏡，但千佐都始終如一的態度也讓「紅」的大部分員工感到嘆為觀止。

這種事並不稀奇，年輕女子因為金錢而嫁給年長男人的事時有所聞，年邁的丈夫比妻子早死的可能性很高，即使是為了金錢而結婚，對年輕妻子來說，只要等到那一天，就可以繼承所有遺產，殺人所冒的風險太大了。

但在水城千佐都的案例中，有一個無法忽略的事實。那就是如水城三善所說，在案發的三個月前，水城義郎曾經買了好幾個保險。某家保險公司的保險員說：『水城先生起初不怎麼願意，但最後覺得自己萬一有什麼三長兩短，讓年輕的太太吃苦就太可憐了，所以最後才簽了約。』

保險金總額超過三億，雖然是高額保險，但目前所有的保險公司都沒有對事故起疑心。

雖然越調查越覺得可疑，但同時又覺得怎麼可能做得如此明目張膽，那簡直就像是故意引起別人的懷疑。

中岡去了赤熊溫泉，當地的警察幾乎已經認定是意外，縣政府環境保全課的磯部也在為防止意外再度發生傷透腦筋。

但是，水城夫婦投宿旅館的老闆娘提供了重要線索。

水城夫婦這次前往溫泉旅行是妻子千佐都提出的，水城義郎甚至根本不知道赤熊溫泉這個地方。

中岡努力尋找謀殺的可能性，但即使他是外行人，也知道無法預測火山氣體的濃度會在什麼時候、哪裡變得特別高，於是想到了人為製造硫化氫氣體的方法。雖然被泰鵬大學的青江徹底否定，但他至今仍然沒有放棄。

他無法忘記在調布的老人公寓遇見水城千佐都的事。

請你徹底調查，直到滿意為止——千佐都滿臉自信的笑容這麼對他說。

中岡確信，那並不是無辜者的表情。

13

咚咚咚。青江正在看研究生的報告，聽到了敲門聲。「請進。」他回答後，門打開了，奧西哲子走了進來，手上拿著大信封。

「你在忙嗎？」

「也不算忙，我正在看這個。」他指著報告。

「喔，原來是他的……」奧西哲子挑著眉毛問：「怎麼樣？」

「我有點驚訝。我覺得以前在哪裡看過這篇文章，結果發現完全照抄了我以前在專業雜誌上寫的內容，妳應該也已經發現了吧？」

「我當然發現了啊，但我覺得還是由青江教授直接提醒他比較好。」

青江重重地嘆了一口氣。

「他為什麼會這麼做？難道他以為把抄襲的論文給被抄襲者看，還能夠矇混過關嗎？」

「他應該並不知道原典是你寫的，可能有其他人抄襲了你的論文，當作自己的論文發表，結果我們學校的研究生又再度抄襲。」

「啊？」青江張大了嘴，但想了一下後，終於理解了奧西哲子所說的狀況，「……原來是這麼一回事，所以他是抄襲了別人抄襲的論文。」

「教授，可以請你去提醒他嗎？」

「我拒絕，」青江搖了搖手，「這根本是浪費時間，只要告訴他，抄襲被發現了就好。」

「我知道了。」

青江把報告丟進旁邊的垃圾桶，問：

「妳找我有什麼事？」

「有你的限時郵件。」

「限時郵件？哪裡寄來的？」

奧西哲子遞上大信封，「是北陸每朝新聞寄來的。」

「喔。」青江點了點頭，接過了信封，果然不出所料，寄件人是「北陸每朝新聞」的內川小姐。他立刻撕開了信封。

「可能寄了刊登了採訪報導的報紙，她真有心。」

「因為你協助她調查，這是理所當然的啊。」

「是這樣沒錯啦。」

青江拿出信封內的東西，他果然沒猜錯，的確是報紙。報紙上附了一張便箋，內川親筆寫著『託教授的福，我完成了報導，特此寄上，萬分感謝，日後也請多關照。』

信封內有兩份相同的報紙，青江把其中一份放在奧西哲子面前說：「如果妳有興趣，也可以看一下。」

「好啊。」她拿起了報紙。

報紙的其中一頁貼了黃色的便利貼，打開一看，在「舊聞重提」的專欄內，介紹了苫手溫泉發生的那起事故，在簡單說明後，以專家意見的形式介紹了青江的看法。

溫泉地附近的所有泥土中，都可能產生硫化氫和二氧化碳，這次事故現場的散步道上方可能也有這種地方。原本被壓在積雪下的氣體很可能因為某種原因一下子噴發出來，硫化氫比空氣更重，在無風狀態下，尤其在地面溫度很低的冬天，因為沒有上升氣流的關係，所以會一直往下沉，最後聚集在地勢較低的地方或窪地。事故現場可能同時具備了這些不良的條件。硫化氫有臭雞蛋的味道，但並沒有強烈的刺激味，多吸幾口之後就會適應。很可能在不知不覺中吸入了致死量，導致運動神經受創。

青江闔上報紙，問助理：「妳覺得怎麼樣？」

「沒有特別的問題，我認為是很恰當的見解。」

「問題就在這裡。說恰當很中聽，但說到底，就是四平八穩的意見。特地去現場察看，卻只能發表這種意見，身為專家，我認為太失職了。」

「不需要這麼自責，只不過是報紙的報導而已。」

「不，我覺得自己很不中用。我可以對妳說實話，這起事故有很多匪夷所思的地方，至今都無法瞭解原因。」

「是這樣嗎？」奧西哲子微微皺起眉頭，「比方說，有哪些匪夷所思的地方？」

「硫化氫的異味——這篇報導上也提到，就是臭雞蛋的味道，但這次的現場附近以前從來不曾有過這種味道。只要仔細思考一下就發現這是理所當然的事，因為不可能在這麼危險的地方建散步道。聽當地人說，散步道周圍都草木茂盛，也沒有經常看到野生動物的屍體。如果附近有噴出硫化氫氣體的地方，植物的生長情況會變差，動物也會死亡。妳是不是也覺得很奇怪？」

奧西哲子推了推眼鏡。

「這樣的確有點奇怪，但自然環境可能會急速發生變化，有可能是附近的火山活動產生的影響。」

「我也曾經考慮到這個問題，但我總覺得不是單純的意外。」

奧西哲子一臉訝異的表情偏著頭問：「如果不是意外，那會是什麼？」

「所以，應該是——」青江原本想說是人為造成的，但最後把話吞了下去。因為目前還不適合這麼說，「我認為……不是單純的意外，而是牽涉到更複雜因素的意外。」

「也許吧，但是教授，你在這件事上已經盡了職責，所以是否可以回到原來的工作上。事務局已經來催，請你趕快完成由你擔任主席的那場研究會的稿子。」她戴了眼鏡的雙眼瞪著青江。

「喔，妳是說那個，我知道，我馬上就寫。」

「請你在明天之前完成，」奧西哲子說完，走到桌子旁，把青江剛才丟進垃圾桶的報告撿了起來。「那我先告辭了。」她轉身走向門口。

「等一下，」青江叫住了她，「妳知道那須野五郎這個演員嗎？」

奧西哲子推了推眼鏡，「那須野？」

「五郎。那須野五郎，在苫手溫泉去世的被害人，好像是演員。」

奧西哲子搖了搖頭，「不知道，沒聽說過。」

「是嗎？果然是這樣，好，沒事了。」

「那個人怎麼了嗎？」

「不，沒事。我以為妳知道，妳去忙吧。」

她露出納悶的表情，說了聲：「告辭了。」走了出去。

青江看著門關上後，吐了一口氣，翹著雙腿，靠在椅背上。他的腦袋思考著太多事情，所以不想寫奧西哲子催促他寫的那篇研究會的文章。

赤熊溫泉和苫手溫泉這兩個溫泉地所發生的事，真的只是中毒意外嗎？雖然他在這兩起事件中，都以專家的身分發表了意見，但自己會不會犯下了很大的錯誤？他始終無法擺脫這種不安。有幾個原因。剛才對奧西哲子說的是其中之一，但最重要的原因，就是羽原圓華。青江覺得遇見她之後，好像所有的風景都改變了。

她到底是誰？她在找的年輕人到底是誰？為什麼她在發生中毒事故的地方尋找那個年輕人？他們兩個人和事故有什麼關係？如果有某種關係，就代表那並非單純的意外事故。

兩起中毒事故有一個共同點，都是從事影視工作的人遇害。赤熊溫泉的是影視製作人，苫手溫泉的是演員。原本以為純屬巧合，但因為羽原圓華的出現，令人無法無視這個巧合。

青江打開桌上的筆電，登入了網路，首先搜尋了「那須野五郎」，雖然立刻出現了搜尋資料，但和之前用手機查的時候一樣，沒有什麼重要的內容。幾年前為止，還不時在電視劇中演一些小角色，之後的情況不太清楚。雖然他曾經演過電影，但已經是將近十年前的事了。那部電影名叫《廢墟的鐘》，但青江根本不知道有這部電影。

他突然想到一件事，搜尋了關於這部電影的資料。因為他想到也許和在赤熊溫泉發生事故的影視製作人有關。

那個製作人好像叫水城義郎——

他很快查到了電影的資料，在演員表中當然沒有見到這個名字，就連工作人員名單中也沒有看到。他順便看了劇情介紹。電影描寫一個失去年幼記憶的女人回到了從小長大的故鄉，雖然使用了「人性的尊嚴到底是什麼？」這種誇張的廣告詞，但青江完全不想看。

他又接著搜尋了「水城義郎」，發現有很多筆資料，連維基百科都有他的資料。因為方便的關係，他點進了維基百科。

根據維基百科所介紹的資料，水城義郎和那須野五郎不同，他的經歷很漂亮。除了電影和電視劇以外，還曾經擔任舞台劇、音樂會和娛樂活動的製作人，和他合作的演員和藝術家也都是知名人物，但他的活動顛峰期只到十年前為止，最近的消息不多，和那須野五郎一樣。

調查這種事也沒有意義——他正想關掉視窗，突然停下了手。因為他在水城義郎製作的電影清單中，發現了《凍唇》這部電影。

青江在二十年前曾經看過這部電影，這部電影在國外影展中得到大獎，引起了廣泛的討論。

在很有地位的有錢人家出生的少年，因為偶然的機會認識了一個傾國傾城的妓女。少年雖然表面上偽裝成優等生，卻漸漸沉溺於毒品和性愛。劇情本身有點偏激，但充滿啟發，而且影像唯美，就連對電影一竅不通的青江也覺得是一部出色的電影。

他又去維基百科查了這部電影的資料，製作人欄中的確出現了水城義郎的名字。

原來他曾經製作過那部電影——

青江突然對他產生了親近感。因為在他至今為止所看過的電影中，那部電影絕對可以列入前三名。

他確認了演員表，心想也許那須野五郎會在那部電影裡演一個小角色，但演員表中並沒有這個名字。

他又不經意地看向工作人員表，發現導演和編劇是一個叫甘粕才生的人。他以前曾經聽過這個名字，就連對電影不太瞭解的青江也聽過，可見是知名的導演。

他看著那個名字時，覺得有哪裡不對勁，好像曾經在哪裡見過，而且就在剛才見過。

他抱著一線希望，重新回到了介紹電影《廢墟的鐘》資料的網頁，果然沒錯，那部電影的導演也是甘粕才生。

青江雙手抱在腦後，注視著電腦螢幕。

這到底是怎麼回事？純屬巧合嗎？雖然那須野五郎和水城義郎之間沒有交集，但透過甘粕才生，兩個人之間就有了交集。

他決定繼續調查這個人物，他在維基百科中輸入名字，按下輸入鍵，很快就出現了甘粕才生的相關內容。他的經歷也絲毫不輸給水城義郎，三十歲時，以錄影帶電影導演踏入這個行業，一年後，擔任劇場版長篇電影的導演，在國外影展獲得高度肯定，之後也接二連三拍了多部暢銷電影和話題作品，三十六歲時，以《凍唇》一片獲得多個獎項。他的作品兼具娛樂性和文學性，曾經被認為是背負著日本電影界未來的標竿人物。

青江看到這裡，忍不住感到納悶。「曾經」這兩個代表過去式的字，顯示他辜負了這樣的期待嗎？青江確認了他的作品一覽表，發現這十年都沒有拍任何電影，《廢墟的鐘》是他最後一部電影。

青江想著這些事，繼續往下看，忍不住感到驚訝。因為他看到了以下的內容。

『四十七歲時，因家中發生硫化氫意外，讓我失去了家人，當時的打擊讓我無心思考電影的事（摘自部落格）。』

14

一回到家，立刻聞到了咖哩的味道。青江拎著公事包，打開了客廳的門。

「我回來了。」

就讀中學二年級的兒子壯太坐在沙發上玩手機，他沒有抬頭看父親一眼，不發一語地站了起來，低頭看著手機，走進隔壁自己的房間。

妻子敬子從廚房探出頭說：「你回來了，要不要馬上吃飯？」

「嗯。」他回答後朝走廊走，想著至少還有老婆回答自己，走進了臥室。

換好衣服後回到客廳，坐在餐桌前吃咖哩。昨天吃漢堡排，前天吃炸豬排，大前天好像吃炸蝦。青江家從幾年前開始，晚餐的菜色就以壯太愛吃的菜為優先，已經很久沒有吃燉蔬菜或是燙青菜之類的菜餚了，因為壯太不喜歡吃。

和兒子一起吃完晚餐的敬子坐在沙發上玩手機，身為母親的敬子也這樣，當然不可能管教壯太。從手機時代開始就有這種跡象，智慧型手機幾乎剝奪了家人之間的談話。青江最近根本沒有從正面看過壯太的臉，也幾乎沒有聽過他的聲音。

即使如此——

只要他身體健康，就很值得慶幸了。

他一邊吃著咖哩，一邊回想起在大學辦公室看的文章。那是甘粕才生的部落格文章，因為他在維基百科的外部連結欄內看到了『NON-SUGAR LIFE（甘粕才生的近況）』部落格。

點下連結後，立刻連到了那個網站。那的確是甘粕才生的部落格，但日期已經是六年多前，最新一篇文章的標題是『暫別』。他看了之後，發現部落格文章的內容很沉重，讓青江有點不知所措。

我決定一個人出門旅行一段日子。

雖然有很多原因，但最大的原因，應該是想要一個人。

這段日子，我一直在想失去的家人。因為這是我唯一能做的事。

我想著我的家人，持續在這個部落格寫文章，因為我想用某種方式留下我和他們之間的點點滴滴。

但是，也許是時候考慮下一個階段的事了。家人是我最重要的寶貴財產，但已經是過去式了。無論是去了天堂的由佳子或是萌繪，甚至是奇蹟似恢復的謙人，對我來說，都已經是過去。對我而言的兒子，並不是目前的謙人；如同對現在的謙人來說，我並不是父親一樣。任何人無法都一直活在過去之中，只能一步一步走向未來。一旦這麼做，就會有新的發現。雖然無法保證，但只能如此相信。

我還沒有決定要去哪裡，總之，必須離開目前的環境。

我希望有朝一日，可以再度拍電影。無論未來會發生什麼事，無論未來等待我的是什麼，都無法改變我是電影人這個事實。最近，我終於開始有這種想法，雖然目前的我還無法預料將會在什麼時候，也許還需要一段時間。

最後，我要感謝我的家人。

由佳子，謝謝妳。萌繪，謝謝妳。謙人，謝謝你。

你們拯救了我，因為有你們，我才能活到今天，才想要繼續活下去，衷心感謝你們。

（致陪伴我至今的各位讀者）

非常感謝各位這麼長時間的陪伴，原本以為不會有人看這種沉悶的廢文，沒想到讀者的反應非常熱烈，超乎了我的想像，讓我倍感驚訝。尤其是那些和我一樣，在類似的情況下失去家人的讀者所寫的留言，在令我心痛的同時，也帶給我很大的勇氣。我深刻體會到，得知並不是只有自己一個人在痛苦，帶給我極大的救贖。

一位在出版社工作的朋友看了我的部落格，建議我出版成書。雖然覺得這麼拙劣的文章直接出書似乎不太妥當，但我希望能夠讓更多人看到我的文章。之前有些內容寫得不夠詳盡，我將加以補充，並修正文字，希望這些內容有機會付梓。屆時如果各位願意再度閱讀，我將倍感榮幸。

如上所述，我決定踏出新的一步。這將是一次重新審視自我的旅行，所以將暫停更新本部落格，希望下次能夠以不同的方式和各位見面，更希望屆時能夠寫一些更快樂的事。

珍重，再見。

光看這篇文章，完全搞不懂發生了什麼事。只知道甘粕才生決定用某種方式解決困擾自己多年的煩惱。

根據最後的附記，這個部落格之前似乎都定期更新，既然有人邀他出版，也許一系列的文章構成了一個故事，所以從新的文章開始看並不恰當，因為時間的順序顛倒了。

他瀏覽了一下，發現以前的文章都保留著。甘粕才生在七年前開設了這個部落格，根據維基百科上的資料推算，是發生硫化氫意外的翌年，第一篇文章的標題是『尋求光』。

我決定開始寫部落格，原因如標題所寫，因為我覺得自己好像終於看到了光。

或許有人知道，幾個月前，我家發生了悲劇。那天之後，我覺得自己始終處於一片昏天暗地之中。

最近，我終於能夠面對自己身上所發生的事。同時，也稍微瞭解了自己這個人。

所以，我試著用文字記錄。因為我覺得寫下自己從絕望的瞬間開始，漸漸找回可以感受到微光的日子，和目前的日常生活，或許可以傳達某些事。這是身為創作界無名小卒的我目前唯一能夠做的事，同時，我期待可以藉此緬懷我重要的家人。

在此向造訪本部落格的讀者聲明，我接下來要寫的絕對不是快樂的內容，只是一個老大不小的男人的哭訴。不想看這種內容的人請速離開，這是我的請求。

這裡似乎是故事的起點。從這裡開始，到最新一篇文章為止落幕。

之前的文章都使用敬語，在空了幾行後，聲明『接下來將用第一人稱的小說形式書寫』後，就進入了正文。

正文的內容很殘酷。

五個月前，我在北海道的日高，因為我想拍一部以愛努人為主題的電影，所以正在採訪愛努人的文化和受到歧視的真實情況。製作人水城義郎先生也和我同行，每天晚上，我們大啖當地名產，討論著新電影的事。我們並不是要拍一部灰暗的社會派作品，而是要讓世人從新的角度瞭解愛努人，拍出一部生動活潑的電影。

第三天早晨，我接到了一通電話。手機螢幕上顯示了一個陌生的號碼。我接起電話，才知道是警方打來的。我有一種不祥的預感。因為警方不可能帶來什麼好消息。

『請你心情平靜地聽我說。』

果然不出所料，電話中的警官用沉重的聲音對我說。我以為可能發生了車禍，猜想可能是家中某人發生了車禍。

沒想到，警官接下來說：

『你家裡出了大事。』

既然說是家裡，代表並不是車禍。我接著想到可能發生了火災，所以就問警官：

「是火災嗎？」

我的聲音發抖。

『不是，是中毒事故，應該是硫化氫。』

我完全聽不到警官說的話。不，聲音傳到了我的耳朵，但因為太出乎意料，無法進入腦袋。

「啊？什麼？你說是什麼事故？」

『中毒事故。雖然很難啟齒，但你的家人因為氣體中毒身亡了。』

這時，我仍然聽不懂氣體中毒這幾個字，只聽到最後幾個字。我心跳加速，全身發冷。

「誰？誰死了？」

我的聲音發抖，幾乎語不成聲。

『你的夫人和千金，真是遺憾，在此表達由衷的哀悼。』

雖然警官說的話很普通，但我的腦袋頓時一片空白，完全不記得之後的事。聽水城先生說，我握著手機顫抖不已。

我拋開所有的工作，搭上了飛機。在飛機上，我一直用毛巾按著眼睛。因為我淚流不止，空服員好幾次過來關心。雖然我很感謝，但很希望讓我一個人安靜。

我一邊哭，滿腦子都在想為什麼會發生這種事。因為聽說這場悲劇很可能並不是意外。

我腦筋一片混亂，但還是在和警官對話後，大致瞭解發生了什麼狀況。雖然內容令人難以置信，很希望一切都不是真的，但我似乎不得不接受事實。

那天早晨，一名晨跑的民眾在我家附近聞到了奇怪的異味。那是硫磺的味道。那個男人立刻按了鄰居家的門鈴，希望鄰居趕快報警。因為當時發生了不少用硫化氫自殺的事件。

警方很快趕到，進入我家後，發現我的妻子由佳子、女兒萌繪和兒子謙人在屋內已經無法動彈，當場確認了由佳子和萌繪已經死亡，只有謙人有生命反應，送到醫院，但仍然昏迷不醒。

雖然整件事令人難以置信，但最讓我感到震撼的是，硫化氫來自萌繪的房間，聽說她房間的門上貼著『內有硫化氫』的紙。

萌繪想在自己房間內自殺，結果把由佳子和謙人也一起捲入。

為什麼？

我當然想問萌繪這個問題。才剛滿十六歲的她，為什麼會選擇走上不歸路？她到底有什麼煩惱？

我也想問妻子由佳子。難道妳沒有發現嗎？完全沒有察覺女兒深陷煩惱嗎？沒有發現女兒痛苦得想要死嗎？妳們不是生活在一起，為什麼沒有發現這些危險的徵兆，這樣還算是母親嗎？

我很清楚，這當然只是遷怒，而且是推卸責任。父親也有義務察覺女兒的改變，不能把因為工作忙碌，很少回家當作藉口，但是，如果我不發洩內心的憤怒，精神幾乎要崩潰了。

部落格的第一篇文章到此結束。原來遇到了這種事，難怪會覺得自己始終處於昏天暗地之中。他一定費了好大的力氣，才終於接受事實，而且在短短五個月後就重新站起來，令人佩服。

就連有孩子的青江也很難想像失去妻子和女兒有多麼悲痛，應該會覺得是一場噩夢，搞不好會想要自殺。青江這麼想著，點開了下一篇文章，發現標題正是『我整天都想死』。

我在分局的遺體安置室看到了由佳子和萌繪的遺體，兩個人都穿著睡衣。雖然我見過她們的睡衣，但看到遺體時，我難以想像那是我的妻子和女兒。這並不光是基於精神上的理由。

如果讀者中有人想要用硫化氫自殺，聽我一句話，千萬別這麼想。如果非死不可，最好選擇其他方法。硫化氫可以死得很輕鬆的說法絕對是胡說八道，如果不是謊言，她們母女的遺體不可能這樣面目全非，連皮膚的顏色也不像是人類。

向我說明情況的刑警說，因為不是自然死亡，所以會送去解剖，但死因應該是硫化氫中毒。

「請問你知道你女兒自殺的動機嗎？」

雖然刑警這麼問我，但我完全不知道。我腦筋一片混亂，根本沒辦法思考。

萌繪的房間內並沒有留下遺書。

「你有沒有聽說她在學校遭到霸凌之類的事？」

對於這個問題，我也只能搖頭。

刑警又說了令我意想不到的事。他說這並不是單純的自殺，也是刑事案件。因為由佳子和謙人是萌繪自殺行為的被害人，罪狀是殺人和殺人未遂。因為萌繪已死，最終會因為嫌犯死亡而做出不起訴處分。

聽刑警說，硫化氫自殺最惡劣的，就在於波及周圍人的危險性很高。警方在接獲報案後，疏散了我家周圍一百公尺的住戶，偵查員進入家中時，也都全副武裝。

妻子和女兒死了，兒子昏迷不醒，而且女兒被視為罪犯，妻子和兒子是受害人。聽到這些事，我更加陷入了絕望。在分局上廁所時，我看著鏡子，忍不住笑了起來。那是無力的笑，但我猜想當時的自己有點發瘋了，刑警好幾次問我：「你沒事吧？」

走出警局後，我滿腦子只想著要什麼時候死。活著也沒意思，我失去了所有的一切，以前拍的電影，以前的成就根本不是財產，也無足輕重。我再度深刻體會到，這個世界上，家人才是最重要的東西。

15

吃完咖哩，青江走進了書房。雖然是只有兩坪多大的房間，但這是在家中唯一能夠獨處的寶貴空間。如果多生一個孩子，這個空間早晚會保不住，幸好並沒有發生這種情況。

書房內也有一台筆電。他打開筆電，登入『NON - SUGAR LIFE』——甘粕才生的部落格。部落格以每週一次的頻率更新，每次的文章都很長，可能他寫完草稿，經過多次推敲後才上傳到部落格。雖然他描寫了充滿緊張的情節，但文字很平穩。

青江在大學的辦公室看到甘粕才生聽了刑警的話之後，悲嘆著離開了警局。想到甘粕才生內心所承受的創傷，也忍不住難過得感到窒息。他不知道該不該往下看，最後決定回家後再繼續。他難以預料甘粕才生之後所面臨的悲劇，因為下一篇文章的標題是『一線希望，然後絕望』。如果看了之後心情沮喪，可能會沒有力氣回家。從大學回家的路程很遠，而且電車很擁擠。

青江深呼吸後，繼續看了下去。

看了由佳子和萌繪的遺體後，我完全不想做任何事，也完全不想思考。雖然有人和我說要辦守靈夜和葬禮，我也充耳不聞。即使做這種事，她們母女也不可能回來，一切都是白費力氣。

我想死。我想馬上一死了之。要怎麼死？我想起刑警告訴我，用硫化氫自殺會波及其他人，所以當然不可能考慮這種方式。我走在路上，尋找著高樓。因為我想到可以跳樓自殺，但這也可能會造成他人的困擾。最後我想到可以上吊，認真思考家裡哪裡有辦法上吊。

之所以沒有付諸行動，是因為謙人。十二歲的長子還在加護病房，所幸他的房間在三樓，才得以保住一命。據說硫化氫氣體會往下沉，萌繪的房間在二樓，我們夫妻的房間也在二樓。萌繪死在自己房間，但由佳子在走廊上昏倒。警方推測她發現異常，準備去女兒房間察看，結果在走廊上斷了氣。

謙人送去醫院後，搶救了數十個小時。我發自內心地希望可以救活他，希望他可以醒來，甚至覺得可以用自己的性命來交換。因為只有他才是我心靈的支柱。

事件發生的第二天晚上，謙人的主治醫生終於向我說明了詳細的情況。

「狀況暫時穩定下來了。」

醫生的話讓我鬆了一口氣，因為我一直擔心會連謙人也失去。

「他醒了嗎？」

聽到我的問題，醫生露出尷尬的表情。

「還沒有醒嗎？」

我再度問道，醫生下定決心回答說：

「甘粕先生，雖然你兒子救活了，但希望你知道，你無法再見到以前那個兒子了。」

「什麼意思？」

「這……你見了之後就知道了。」

「那我要見他，請讓我馬上見他。」

我幾乎快撲向醫生了。

幾分鐘後，我在加護病房內看到了兒子。在看到他的瞬間，我承受了和見到由佳子和萌繪遺體時不同的衝擊。

謙人身上插了很多管子，還有很多電線，連著各式各樣的儀器。他已經變成儀器的一部分。

他微微張著眼睛，但顯然什麼都沒看。即使我叫他，他也完全沒有反應。

「雖然目前使用人工呼吸器進行輔助，但仍然有自主呼吸。」

雖然醫生這麼說，但我覺得只是安慰我而已。

這到底是怎麼回事？目前暫時是這樣的狀態，過一陣子，會有所改善嗎？他會清醒嗎？

我緊抓著最後一線希望，但醫生對我說出了令人絕望的宣告。

你兒子恐怕一輩子都會這樣。

當我回過神時，發現自己坐在地上。我無法站起來，眼看著地上漸漸變溼。隔了很久，我才知道那是自己的眼淚。

早知道不應該看。青江心想。

妻子和女兒死了。唯一倖存的兒子變成了植物人。如果自己遭遇這麼大的悲劇，必定無法承受，不知道該靠什麼活下去，可能真的只想一死了之。

青江猶豫起來，不知道該不該繼續看下去，即使繼續看下去，也只會讓自己的心情變得更糟，但他仍然無法擺脫這個部落格上所寫的事，和溫泉區的事故，以及羽原圓華之間有某種關係的預感。

而且，這個部落格最新的一篇文章中提到『奇蹟似恢復的謙人』，如果像這篇文章中所寫的，成為『儀器的一部分』，不可能使用這樣的描述。

甘粕謙人從如此絕望的狀況復活了嗎？

青江看了下一篇文章的標題，發現是『下定決心。一線光明』。

看來非讀不可。他操作了滑鼠。

日復一日過著行屍走肉般的日子，多虧朋友幫忙，順利處理完妻女的後事，但我完全不記得守靈夜和葬禮是如何舉辦的。雖然我向前來弔唁的賓客致意，只不過我完全不記得了，我只是在葬禮上讀了由親戚準備的文章，當然不可能有記憶。

我每天的工作就是去探視謙人。雖說是探視，但我根本無能為力，即使帶食物去看他，也完全沒有任何意義。再好吃的水果，謙人也無法吃；再漂亮的花，他也看不到。我還是每天去看他，對他說話。雖然他完全沒有反應，但那是我唯一力所能及的事。

我對謙人說的話，幾乎都是關於他幼時的回憶。他出生時，如何受到眾人的祝福；第一次全家旅行、幼稚園的運動會、慶祝七五三節——

但是，我很快就無法再對他說話了，因為內容已經枯竭。無奈之下，只能一再重複相同的話，卻漸漸感到空虛。

我完全不瞭解謙人最近的情況。不知道他在學校有哪些朋友，平時都玩什麼，喜歡吃什麼、不喜歡吃什麼，以後的夢想是什麼。我對他一無所知。回想起來，這也是理所當然的事，因為我已經很多年沒有好好照顧家人，把家裡所有的事都推給由佳子，自己專心拍電影，甚至為這種生活方式感到自豪。只能說，我真的是一個天大的笨蛋。

我對於自己到底瞭解妻子由佳子多少這件事存疑，甚至忘了最後一次好好和她聊天是什麼時候。以前她經常找我商量很多事，也會向我傾訴在育兒問題上的煩惱，但不知道從什麼時候開始，她不再對我說這些事。應該不是煩惱和需要商量的事都沒有了，而是對完全不顧家的丈夫感到失望，遇到困難時，不是試圖自己解決，就是去找別人商量。

我對妻子都是這樣，當然更不瞭解女兒萌繪。老實說，我甚至不知道她就讀的高中在哪裡，也不知道她的制服是什麼樣子。在她的葬禮上，她的同學穿了制服來為她上香，我才第一次看到她高中的制服。其中一個舞蹈社的同學告訴我，萌繪也參加了舞蹈社。我從來沒看過萌繪跳舞，也第一次知道她喜歡跳舞。

刑警問我是否知道萌繪的自殺動機時，我無法順利回答，不是因為我腦筋一片混亂，而是因為我根本不瞭解萌繪，所以無從回答。

想到這裡，我終於發現，我並不是因為這起事件失去了家人，而是家人早就離我遠去，去了一個我伸手也不可及的地方。而且導致這種狀況的不是別人，正是我自己。雖然事件發生後，我流了無數次眼淚，但也許我根本沒有資格流淚。

我接下來該怎麼辦？妻子和女兒已死，兒子昏迷不醒，我是不是已經走投無路了？

煩惱再三，我得出了一個結論。我要找回我的家人。雖然我再也無法和她們共同生活，卻可以找回我們曾經是一家人的日子。

我想要瞭解由佳子、萌繪和謙人。妻子、女兒和兒子到底是怎樣的人，我重要的家人到底走過了怎樣的人生？

警方也多方調查了萌繪自殺的理由，尤其針對她學校相關的人員進行了深入的調查。因為當中學生和高中生自殺時，首先會懷疑是否遭到霸凌，但在學校方面調查後，並沒有發現霸凌的跡象。警方也調查了萌繪的手機，也沒有發現任何可能會導致她自殺的線索。

『也許有難以向他人啟齒的煩惱。』

負責偵辦這起案子的刑警在歸還萌繪的遺物時曾經這麼說，從他說話的語氣判斷，他們似乎打算放棄追查自殺動機。警察很忙，沒有時間浪費在因為嫌犯死亡而獲得不起訴處分的事件上。

但是，對我來說，這才是起點。我當然想知道萌繪自殺的原因，但也想瞭解由佳子和謙人。

我決定各方打聽我的家人。我拿起通訊錄四處打電話，一旦找到和由佳子熟識的朋友，就去和對方見面；我也曾經去萌繪的高中，在大門外一直等到舞蹈社的練習結束，以便向社團成員打聽萌繪的情況。在謙人參加的足球隊，我逢人就打聽誰和謙人最要好，最後得知是守門員川上，當然也去找了川上，向他打聽了謙人。

我知道對那些人來說，我的行為造成了他們的困擾。因為我一旦找到他們，就不會輕易讓他們離開，有時候甚至會和他們聊將近兩個小時，但從來沒有人對我露出不耐煩的表情。

「請妳談談我的妻子。」

「可不可以請妳告訴我萌繪的事？」

「我想瞭解謙人是怎樣的人。」

當我這麼拜託時，每個人都欣然應允，只要時間允許，都會暢所欲言。起初我以為是同情我，同情一個因為不幸事件而失去家人的中年男人，但有一次，萌繪的同學在聊起她時突然哭了起來，訴說著失去朋友的痛苦，我才發現自己有了天大的誤會。

他們並不是向我提供協助，也完全不認為和我聊那些事是在協助我，他們也想要回憶、談論由佳子、萌繪和謙人，這也是他們緬懷故人的方式。

我內心產生一股暖流。

原來我的家人受到朋友的喜愛和珍惜，雖然他們並沒有特別優秀，也沒有什麼才華，但他們周圍有很多愛他們的朋友。

我下定決心，要去找更多人。雖然不知道會花多少時間，但在他們能生動鮮活地出現在我內心為止，我想要聽很多很多關於他們的事。

當我終於準備踏出第一步時，謙人的醫院有了新的進展。

主治醫生和我討論今後的治療方針時，提出了這個建議。

要不要帶謙人去開明大學醫院的腦神經外科檢查一下？雖然醫生說了很多費解的話，來說明如此建議的理由，大致是以下的內容。

・謙人目前是植物人，但檢查後發現，他的大腦損傷並不嚴重，只是損傷的部位是未知的領域，目前住的這家醫院以前不曾治療過相同的病例。

・開明大學醫院的腦神經外科曾經治療過幾名極其特殊的大腦損傷病患，也有不少病例擺脫了植物人的狀況。

・羽原全太朗博士是腦神經細胞再生的最高權威，創造了好幾種劃時代的手術方法。

我聽了之後，無法立刻相信。因為醫生這番話代表謙人有可能擺脫目前的狀態，那是在深沉的黑暗中找到的一線光明，或許比針孔更小、更弱，但仍然是一線光明。

但是，主治醫生補充說：

「只是費用相當可觀。」

我搖了搖頭。錢的事根本不重要。由佳子留下了不少遺產，她的保險也領到了不少錢。只要有需要，我做好了投入所有財產的準備，問題在於謙人有沒有希望改善。當我問主治醫生這個問題時，他回答說，不知道。

「我只是提議一個可能性，我們無法保證任何事。」

我終於發現，原來他們已經束手無策，所以想讓我們早點離開。但是，主治醫生提出這個建議的理由並不重要，只要有百分之一，不，百分之〇．一，不不不，百分之〇．〇一的可能，即使可能性無限接近零，只要不完全是零，就值得一賭。

面談後，我像往常一樣去了謙人的病房看他。他仍然露出失焦的雙眼看著虛空，我看著他的眼睛說：

「謙人，我們來創造奇蹟。」

同時我想到，把目前的心情記錄下來也不壞。

青江看著電腦螢幕，忍不住嘆著氣。

原來是這樣。他終於瞭解，原來甘粕才生在那時想到要設立部落格。

青江不由地感嘆，這個叫甘粕才生的人太堅強了。雖然他不時自我貶低，但那是普通人無法做到的，他在絕望中仍然為了抓住一線光明而努力站起來，讓青江感到欽佩。

但是，還有另一件事──

青江無法忽略這次文章中所出現的名字。開明大學醫院腦神經外科羽原全太朗博士，是腦神經細胞再生方面的最高權威。

他不知道「羽原」是不是罕見姓氏，但和鈴木、田中或是佐藤之類的姓氏不一樣，不可能純屬偶然。

而且，羽原圓華說，她的父親是醫生，所以八成錯不了，就是這個人。如此一來，她和甘粕才生就有了交集。

青江又看了部落格下一篇文章的標題，是『開始祈禱的日子』，看了內文後，發現記錄了轉院的辛苦、調查了開明大學醫院腦神經外科之前的成就，以及謙人在轉院之後，接受的各種檢查，可以充分感受到甘粕才生在最後的機會上孤注一擲的想法。同時，他一次又一次告訴自己『不可以過度期待，所謂奇蹟，就是發生機率低於萬分之一的事。只要謙人的狀況不要持續惡化，只要能夠繼續活在世上就好。開明大學醫院腦神經外科在相關方面有相當的成果，羽原博士也被稱為天才，只不過他並不是神。不，即使是神，有時候也會束手無策。無論診斷結果如何，都不要失望，因為我們已經沒有什麼可以失去了。』

羽原全太朗終於要向他宣布診斷結果了。那篇文章的標題是『驚人的事實』。

羽原博士是感情不外露的人，從第一次見面時就是如此。他相貌堂堂，眼神不會讓人產生壓力，不說話的時候雙唇靜靜地閉著。我猜想他是不希望病人對他有過度的期待。

「我先說結論，這是極其罕見的病例。至今為止，我看過很多病人，但從來不曾有過類似的病例，因此，在目前也無法說出哪一種治療方法有效。」

果然是這樣。我努力不讓失望寫在臉上。

「所以，他已經無藥可救了吧？謙人一輩子都會那樣。」

我預料他會說出肯定的回答。這麼說或許會被認為有點奇怪，但如果真的不行，我希望早一刻知道答案。可能因為不斷的期待、不斷的失望，我的身心已經極度消耗。

沒想到羽原博士並沒有這麼說。

「甘粕先生，我只說這是極其罕見的病例，並沒有說無藥可救，但也無法保證一定能夠治好。」

我聽不懂這句話的意思，沒有吭氣，博士向我細說分明。雖然內容很費解，但博士用通俗易懂的方式向我解釋，所以就連外行人的我也大致瞭解了究竟。

博士認為謙人的大腦幾乎正常，只有某個部分受到損傷，所以目前變成了植物人，該損傷部分是現代大腦醫學尚未瞭解的部分，既不知道為什麼會發生目前這種症狀，也不瞭解謙人的大腦到底發生了什麼事。

「很明確的是因硫化氫中毒造成的，氧氣無法送入大腦，導致一部分腦細胞壞死，但受到損傷的部位和其他人完全不同。目前無法瞭解為什麼會發生這種情況，可能只是偶然，也可能是謙人與生俱來的體質關係。總之，只受到這點損傷簡直是奇蹟。」

我對奇蹟這兩個字產生了抵抗。因為這是發生好事時所使用的字眼。

「奇蹟？什麼奇蹟？雖然我不知道醫學上的情況，我只知道我兒子意識仍然沒有恢復，而且仍然是植物人。」

我的語氣有點咄咄逼人。

博士注視著我的臉說：

「甘粕先生，我什麼時候說過令郎沒有意識？」

我一時無法理解他這句話的意思。

「啊？什麼意思？」

「我說的是，謙人應該有意識，而且他甚至可能能夠聽到別人說話。」

「這……怎麼可能？」

我懷疑自己聽錯了，因為我之前從來沒有想過這個可能性。

「之前的醫院從來沒有提過……我只聽說即使叫他，他的腦波也沒有任何變化。」

「我們使用了只有本大學才有的腦功能解析裝置，可以檢測到分子程度的變化。謙人發出了訊號，只是訊號非常弱。雖然目前是半睡眠狀態，但維持意識的大腦細胞仍然發揮功能。」

博士這番話是自從事件發生後，我第一次聽到的福音，我無法相信，甚至覺得在做夢。

但是，下一剎那，我想到了另一件事。

如果謙人有意識，卻無法活動，也無法說話，這種生活對他而言是多大的痛苦？果真如此的話，沒有意識反而比較輕鬆。

對於我的疑問，博士說，這很難說。

「雖然有意識，但目前並不知道有何種程度的意識，也不知道是否能夠感受到痛苦。總之，目前要思考的是，該如何救他。」

「可以救嗎？」

「不知道。正如我剛才所說，至今為止，完全沒有任何一起相同的病例。目前的首要任務，就是想盡一切辦法修復損傷的部位，只是難以預料結果。只能在觀察的同時，摸索治療方法。」

「那就拜託了。」我鞠躬說道，「要花多少錢都沒有關係，我會想辦法張羅，請你救救謙人。」

「這不是錢的問題，」博士說，「我曾經做過多次腦神經的再生手術，但成功率並不高，而且我也多次提到，我們也是第一次接觸類似謙人的病例，不知道會發生什麼狀況，搞不好可能會惡化，這樣也沒問題嗎？」

「沒問題。」

我毫不猶豫地回答。謙人還能怎麼惡化？

博士向我說明了手術的內容，內容還是很複雜，我不太能夠理解，大致來說，有兩大手術，

第一是在損傷部位植入經過基因改造的癌細胞，另一個是在大腦中埋入電極，傳送特殊的脈衝波。雖然我對這樣的手術感到不安，但對方是專家，只能交給他全權處理。事後我才知道，只有羽原博士才有能力動這種手術，專家之間稱之為「羽原手法」。

和博士見面後，我去見了謙人。我緊緊握住他的手。我想起博士說，他應該有意識，淚水忍不住流了下來。博士還說他也許能夠聽到聲音，所以我想對他說說話，卻想不到該說什麼。

青江很慶幸最先看了最新的文章，如果沒有看那篇文章，從最舊的文章開始看，一定會很在意被稱為羽原手法的手術到底有沒有成功。但最新的文章中明確提到謙人已經恢復了，代表手術獲得了成功。

但是，令青江在意的是，最新的文章中還有這樣一段話。

『甚至是奇蹟似恢復的謙人，對我來說，都已經是過去。對我而言的兒子，並不是目前的謙人；如同對現在的謙人來說，我並不是父親一樣。』

這段話是什麼意思？是某種比喻？還是發生了什麼事，破壞了他們父子關係？

總之，必須看下去才知道。

部落格的文章細膩地描寫了隨著手術的日子接近，內心中不安和期待激烈交錯的精神狀態，有時候遷怒他人，或是突然感到沮喪。青江覺得情有可原，如果是自己，恐怕早就逃走了。

看到部落格的下一篇文章標題時，青江忍不住感到訝異。因為標題是『龍捲風……』。為什麼會在這裡出現龍捲風？

看了之後，發現了意外的事實。在甘粕謙人即將動手術之際，羽原全太朗的妻子突然死亡。原因就是龍捲風。十一月初連假時，羽原太太帶著女兒一起回北海道的娘家省親，遇到了突如其來的龍捲風，被壓在瓦礫堆下死了。

那個女兒是羽原圓華嗎？所以她也遭遇了龍捲風嗎？雖然她活了下來，難道她親眼目睹了母親的死亡嗎？

甘粕才生用以下的文字描述了當時的情況。

得知意外後，我感到愕然。太不幸了。幸好他的女兒平安無事，但想到羽原博士失去了摯愛的妻子，不由地感到難過。與此同時，我也有很自私的想法。聽說原本博士也打算去北海道，但因為要為謙人動手術，所以臨時取消了。我很慶幸博士沒有同行，也很擔心謙人的手術情況。不知道會不會中止？如果無限期延期，必須等到博士的精神狀態恢復才能動手術該怎麼辦。雖然我忍不住想這些問題，但當然沒有說出口。

青江認為這想法理所當然，因為畢竟關係到自己的兒子是否能夠擺脫植物人的狀態，任何人都會擔心手術的事。而且，龍捲風是自然災害，只能怪運氣不好。

繼續往下看，發現手術按原定計畫進行。羽原全太朗對甘粕才生說：『死去的人無法復活，我的工作是幫助在死亡邊緣的人。』太帥了。青江忍不住對著電腦嘟噥。

下一篇部落格文章中，記錄了手術當天的情況。甘粕才生當然不瞭解手術室內的情況，所以只能祈禱手術成功。

手術順利結束，但並不代表成功了。甘粕才生在文章中提到『當腦神經細胞再生，謙人醒來時，才能稱為成功』。

從這個時候開始，部落格的文章不再是過去的記錄，而是即時記錄每天生活中發生的事，文章內的日期和發表的日期一致。

甘粕才生在守護謙人的同時，持續瞭解妻子和兒女生前的記錄，每次聽到自己完全不瞭解的事，他就會驚訝、感動和失望。失望的時候通常都帶有自責，文章中多次出現類似『我身為父親，竟然連這種事也不知道，實在太慚愧了』的記述。

妻子由佳子的娘家家境富裕，擁有好幾棟不動產，經濟上並不依賴丈夫，也不曾吃過苦。她高度肯定身為電影人的甘粕才生，也對女兒和兒子說，支持他拍出好電影，是他們全家的義務。

萌繪和謙人也支持甘粕才生的生活方式，尤其謙人很尊敬父親，只要是父親拍的電影，他都會一看再看，同時對同學說，希望自己以後也能夠從事影視工作。

我一無所知，真的太無知了。我不知道由佳子隨時為我準備了喜愛的食物和酒；整理了我為數龐大的影像軟體，默默在電腦上打清單。我不知道萌繪為了我這個因為虛冷症，一到冬天，手指就很僵硬的父親，親手打了一副毛線手套，也不知道她還打了和手套相同的腿套，在平時練舞時使用。我不知道謙人拿出我的舊吉他，練習我拍的電影中的插曲，更不知道他們姊弟計畫在我生日時，由謙人演奏，萌繪唱歌，讓我大吃一驚。我真的是徹頭徹尾的大笨蛋。

從部落格的文章中，可以深切感受到他莫大的後悔。雖然知道家人很愛自己是一件高興的事，但其中有兩個人已經離開人世，另一個人也前途未卜，也許反而會感到痛苦，他在部落格中寫道，『如果知道他們討厭我，或許我的心情反而比較輕鬆』。

在幾篇內容大同小異的文章後，有一篇名為『覺醒』的文章。青江帶著某種預感看了下去，他的預感完全正確，文章中提到了謙人出現了恢復的徵兆。

羽原博士突然打電話來，我有點手足無措，以為謙人的病情惡化，但並非如此，博士的聲音中並沒有沉重的感覺。

『總之，請你來醫院一趟。』

博士只對我這麼說。

我立刻去了醫院，博士在謙人的病房內。

「請你看一下。」

博士說完，開始操作旁邊的螢幕，螢幕上是用ＣＧ畫出的大腦形狀，謙人的頭上戴著有很多電極的頭罩。

接著，博士在謙人的耳朵旁說：「足球。」螢幕上的圖像發生變化，大腦中有一部分顯示了紅色。

接著，博士又說：「咖哩飯。」大腦的另一個部分變紅了。

這是怎麼回事？我問博士。

「我們建立了他表達想法的方法，想像運動和想像食物時，大腦會使用不同的部分，我們利用了這一點。」

說完，博士又問謙人：「你是男生？還是女生？如果是男生，就想足球；如果是女生，就想咖哩飯。」

下一剎那，發生了驚人的事，剛才想像足球時的部位變紅了。

「那我問你的年紀，你現在是十歲嗎？如果正確，就想足球；如果不正確，就想咖哩飯。」

謙人對博士的問題回答了「咖哩飯」，也就是「不正確」。

「那你現在十一歲？」

他還是回答：『咖哩飯。』

「你現在十二歲？」

我屏住呼吸，注視著螢幕，螢幕上出現的回答是「足球」。

正確地說，謙人已經十三歲了，但在發生意外之後，他失去了對時間的感覺，所以當然會對是不是十二歲的問題回答了「是」。

我和博士互看著。

「令郎的大腦還活著，能夠聽到我們的聲音，同時明確表達想法，只是無法用身體表現而已。」

聽了博士的話，我的眼淚快要流下來了。我原本以為一輩子都無法再和兒子溝通了。

我走到謙人身旁問：

「你知道我是誰嗎？可以聽到我的聲音嗎？如果知道，就想足球。」

然後，我帶著祈禱的心情看著螢幕，但螢幕上顯示的既不是「足球」，也不是「咖哩飯」。

「怎麼了？是我啊，我是爸爸，你不知道嗎？」

結果還是一樣。

「我們曾經問了幾個問題，他似乎無法回答關於人際關係的問題，實不相瞞，他也不知道自己的名字。」

博士的話令我感到愕然。

「名字也……」

「不必著急，我們等待謙人能夠用身體表達自己想法的那一天。」

「會有這麼一天嗎？」

「應該會，他的大腦每天都在變化，只是即使能夠表達，也不知道是否能夠用說話的方式表達，可能只是動動手指而已，請你做好心理準備。總之，他的腦神經細胞確實在不停地再生，只要再過一段時間，一定會比現在更好。」

我點了點頭回答說：「好。」即使只是動動手指也足夠了。

這天之後，之前隱然的希望變成了明確的形式。羽原博士說，復健需要漫長的時間。反正我有的是時間，無論是幾年或是幾十年，都會等下去。

但是，現實朝著好的方向，背叛了我的預料。

短短一個月後，再度發生了奇蹟。

這篇文章結束得意猶未盡，但似乎正往好的方向發展。

從文章中可以感受到甘粕才生的喜悅，和羽原全太朗這位醫師的高超醫術，成功地和植物人謙人進行了溝通。足球和咖哩飯——能夠想到這種方式實在太令人佩服了。

下一篇文章的標題是『生命的閃爍，以及……』。追隨這些文字的青江內心也產生了期待。

羽原博士再度打電話叫我去醫院，病房內，謙人坐了起來，他的頭上已經沒有滿是電極的頭罩了。

博士露出微笑說：

「請你看看謙人的眼睛。」

說完，他問謙人：「你是不是可以聽到我說的話？」

謙人眨了兩次眼睛。

博士轉頭看著我說：

「這是代表ＹＥＳ，如果是ＮＯ的話，就眨三次眼睛，這是我和謙人決定的。」

我因為驚訝而心跳加速。

「他可以自由眨眼嗎？」

雖然他之前也會眨眼，但我一直以為只是生理現象。

「可以，他終於可以控制自己身體的某個部分了，而且——」

博士說完，把食指豎在謙人的臉前，左右緩緩移動。謙人的眼睛也跟隨著他的手指移動。

「他也可以活動眼球了，他可以看到東西，他正在逐漸康復，這是很令人驚訝的事。在修復大腦神經細胞的同時，也恢復了功能，而且速度遠遠超乎我的想像。」

博士的這句話簡直就像來自上帝的聲音。

我走到謙人面前，看著他的臉。

「謙人，你可以聽到嗎？我是爸爸。你可以看到吧？你可以看到爸爸的臉，對吧？」

謙人眨著眼。一次、兩次、三次、四次……

我看著博士問：「這是怎麼回事？」

「眨四次眼代表不知道，謙人仍然不知道自己是誰。」

喝。

「是嗎？」

博士的話讓我感到有點失望，但我搖了搖頭，我不是更應該為謙人的康復感到高興嗎？晚上，我喝啤酒慶祝。在可怕的事件發生後，我也曾多次借酒消愁，但第一次覺得酒這麼好喝。

青江繼續瀏覽部落格的文章。『下巴微微活動』、『表情？』、『流質食物』、『用手指表示』，從文章的標題就可以清楚知道，謙人以驚人的速度康復。從所寫的日期來看，數週的時間內發生了戲劇性的變化。

透過部落格的文章知道，謙人可以和外界溝通，所以周圍人能夠為他做一些他想要做的事，這些事再度促進了他大腦活化，他的狀況越來越好。就連為他動手術的羽原全太朗也用「驚人」來形容他的康復狀況。

手術後八個月，謙人有了表情，也可以吃流質食物。雖然還無法發出聲音，但嘴唇可以活動，甘粕才生在文章中寫道，『好像隨時都會開口說話』。

在用特殊的方法復健後，他可以慢慢活動雙手和雙腳的肌肉。一旦進入這個階段，只要在介面上下點工夫，就可以操作電腦。謙人掌握了操作方法，終於能夠進行雙向溝通了。一篇標題為『我是誰？』的文章，記錄了當時的情況。

前一天晚上，我就幾乎無法闔眼。終於可以和謙人交談了。至今為止，都是我單方面發問、命令，但以後可以聽謙人的想法，終於可以知道他在想什麼了。

但是，在期待的同時，也不由地感到害怕。

事件發生至今已經一年多了，這段期間謙人以怎樣的心情活著？必定充滿了難以想像的痛苦，老實說，要接受這個事實有點害怕，但是，我不能逃避。如果我不接受，還有誰能夠接受？

我擔心的是，謙人似乎失去了記憶。他忘了自己是誰，也想不起我是誰。

羽原博士說，無法預料記憶能不能恢復。因為他大腦受到了損傷，任何情況都可能發生。

我帶著期待和心理準備前往醫院。

病房內，謙人坐在床上，前面有一台電腦。他的右手上裝了特殊的裝置，可以捕捉指尖活動的神經訊號，移動游標。

早安。我對謙人說。他看著我，眨了兩次眼睛。這是他向我打招呼的方式。想到事故剛發生時的情況，現在他能夠做到這件事，簡直就像在做夢。

「你可以和他隨便聊聊，任何事都沒有關係。」

聽到羽原博士這麼說，我有點緊張。其實我已經想好了對謙人說的第一句話。

「你有什麼事想問我嗎？」我對他說。

謙人聽了之後，遲遲沒有反應。我以為他沒聽清楚，想要再度開口。這時，電腦的游標突然移動了，他操作著螢幕鍵盤。

謙人說的第一句話是——

（我是誰？）

我看了不由地感到心痛不已。他果然還沒有恢復記憶。

「你是謙人。甘粕謙人，這麼寫。」

我在事先準備的便條紙上寫下了他的名字，出示在他面前。他注視了很久之後，用電腦寫下了第二句話。

（你是誰？）

雖然經過這麼長的時間，終於能夠和兒子對話了，我卻感到難過不已，但現在不是嘆息的時候。謙人一定更痛苦。

「我是爸爸，是你的父親，我叫甘粕才生，拍電影的，你知道電影嗎？」

謙人最近已經能夠有表情，但當時完全沒有表情。他就像假人模特兒般面無表情地寫下這句話。

（我知道電影，不知道你。）

「哈哈哈，」我只能乾笑，「你果然不知道，那就沒辦法了，那由佳子這個名字呢？還有萌繪呢？你知不知道？」

謙人的回答是（不知道）。

「那學校的事呢？同學或是老師，不管是誰都沒關係，你記得誰的名字嗎？」

我抱著最後一線希望問。

但是，謙人在電腦螢幕上寫的是（羽原醫生、山田小姐、岡本小姐）。

山田小姐是負責謙人的護理師，岡本小姐負責他的飲食。

「還有沒有其他人？足球隊的川上呢？他是守門員，聽說是你最好的朋友。他說等你清醒了，他想來看你。要不要我帶他來？」

謙人停頓了一下，才開始寫回答。他終於寫好了。

（我不想。）

「你不想？不想什麼？」

他的回答是（我不想談這些事）。

我發現謙人的身體微微顫抖著。

羽原博士在我身後說：

「請不要再問人際關係的問題。」

對謙人來說，談論他不記得的事似乎只會造成他的痛苦。

我點了點頭，再度看著謙人。

「好，不談這些。那聊聊你喜歡的事，你想聊什麼？」

停頓了一下，游標在電腦螢幕上移動。

（我累了，想休息。）

我這才想到，這些作業對謙人來說，也很耗費體力。

「喔，對喔，沒錯，不好意思。好啊，你休息吧。」

然後，我對他說：「謝謝。」

我看著電腦螢幕，期待謙人也會寫（謝謝），但游標沒有再移動。我看著謙人的臉，他已經閉上了眼睛。

青江嘆了一口氣，輕輕搖著頭。

值得紀念的父子交談並不如甘粕才生期待的那麼感人，雖然兒子清醒，終於能夠溝通是極大的喜悅，但如果兒子根本不認識自己是他父親，根本稱不上恢復了家庭關係。

之後的部落格文章也記錄了甘粕才生努力喚醒謙人的記憶，但謙人的記憶無法恢復。謙人的康復越來越明顯，終於能夠發出聲音，手腳也能夠活動了，但仍然想不起過去的任何事。不，應該說，謙人對自己的過去毫無興趣，甘粕才生寫下了以下這段文字。

謙人想要活出和過去完全不同的人生，獲得重生的他只關心如何提升自己的能力，只專注於這一件事。他熱心復健，只要一有空，就進行言語發聲練習，對電腦也能夠運用自如，他玩遊戲、上網瀏覽、看影片。病房內出現了半年前難以想像的景象。

「太難以想像了，只能說是奇蹟。」

羽原博士看著我的臉，興奮地說道。

「我曾經治療過多名持續性植物狀態的病患，靠我的手術康復的病例也不少，但從來沒有任何一個病人能夠恢復得這麼好。我們檢查之後發現，他大腦損傷的部分幾乎完全修復了。我也不知道為什麼會這樣，這是極其珍貴的病例，我已經向大學申請了預算，想要徹底進行調查，這樣就可以減輕你的經濟壓力，你願意提供協助吧？謙人已經同意了。」

我回答說，當然願意協助。在回答的同時，忍不住感到空虛。協助？我能夠提供什麼協助？不，我什麼都不做才是「協助」吧？

經濟壓力根本不是問題，原本就打算為了謙人，可以耗盡所有的家財，如果能夠因此找回唯一的家人，簡直太便宜了。

我能夠找回我的兒子嗎？

每當我走進病房，謙人渾身都散發出憂鬱。雖然他從來沒有明說，但我可以感受到，他一定覺得這個整天和他聊往事，「自稱是父親的中年男人」很煩。

如果謙人的記憶恢復，我無論如何都想問清楚一件事。那就是萌繪自殺的理由。雖然曾經去了很多地方，向很多人打聽，但最終還是不得而知，所以謙人是唯一的希望，也許萌繪有什麼只有家人才知道的祕密。

但是，如果謙人連自己是誰都不記得了，問他這種問題也是枉然。他根本不知道自己曾經有過姊姊。

「我是不是不要再來這裡比較好？」

我鼓起勇氣問道。

（不知道，我無所謂）

我感到愕然，但我拚命克制著，努力不讓心情流露在臉上。因為謙人現在已經能夠瞭解他人的表情。

「你無所謂嗎？是喔，原來是這樣。」

我若無其事地說道。

（對不起）

看到螢幕上的這一行文字，我覺得一個季節已經結束了。

這是部落格倒數第二篇文章，然後就是那篇置頂的文章『我決定一個人出門旅行一段日子』。

原來是這麼一回事。青江終於恍然大悟，他終於瞭解最新一篇文章中『甚至是奇蹟似恢復的謙人，對我來說，都已經是過去。對我而言的兒子，並不是目前的謙人；如同對現在的謙人來說，我並不是父親一樣』這段話的意思了。

甘粕才生也許覺得即使陪伴在兒子身旁，也無法對他有任何幫助。謙人獲得了重生，準備邁向新的人生，自己的存在只是阻礙。

那必定是痛苦的決定。對甘粕才生來說，那是第二次和家人訣別。第一次是告別妻子和女兒，第二次是向兒子的心告別。他克服了這一切，向未來踏出了一步。

無法得知這對父子之後的情況，部落格的文章到此結束，而且至今已經過了六年。不知道甘粕才生目前人在哪裡？在做什麼？不知道謙人康復到什麼程度？

不，還有更重要的事——

更重要的是，這個部落格中所寫的一連串故事和最近發生的硫化氫事故到底有什麼關係？乍看之下，似乎沒有任何關係，但青江無法忽略散落在這些文章中的關鍵字。

在溫泉地的硫化氫事故中喪生的兩名被害人都和電影導演甘粕才生有關，甘粕才生的妻子和女兒因硫化氫而死，倖存的兒子被天才醫生羽原全太朗救了回來，醫生的女兒羽原圓華前往發生硫化氫事故的溫泉地尋找一個年輕人——

不行。青江搖著頭。他完全搞不清楚是怎麼回事，無論怎麼排列那些關鍵字，似乎都無法拼湊出一個故事。

16

「完全不認識。」

奧西哲子挽起白袍的袖子，在整理實驗器具的同時冷冷地回答，完全沒有看青江一眼，她的態度似乎在說，沒時間陪他閒聊。

「妳回答得真快，能不能稍微仔細想一下。」

戴著眼鏡的奧西哲子面無表情，終於轉頭看向青江。

「根本不需要考慮，我沒有任何朋友或熟人在開明大學醫學院，更不要說是腦神經外科，對我來說，根本是不同的世界。」

「是喔，果然是這樣喔。」

青江踢著地面，讓坐著的椅子轉了一圈。他來到研究室，因為是上課時間，所以學生都去上課了。他坐在學生的椅子上。

「怎麼了？教授的周遭有人要看腦神經外科嗎？」

「不，並不是，只是我想聯絡一個人。」

「那個人在開明大學醫學院嗎？」

「對，是腦神經外科的人。」

奧西哲子雙手扠在腰上，皺著眉頭問：「為什麼？」

「這個……有點解釋不清楚。」

「那算了，我不會追問。」

「不是，我並不是要隱瞞，是真的很難說明。」

「所以我說不需要說明，上次的稿子寫好了嗎？研究會誌的序言，你說好今天要交的。」
「喔，妳是說那個……我馬上寫。」
「那就拜託了。」奧西哲子冷冷地說完，低頭繼續工作。
青江抓了抓頭，緩緩站了起來。
看了甘粕才生的部落格後，他始終在想一件事，這樣真的好嗎？
青江受委託調查赤熊溫泉和苫手溫泉發生的事故，他推測兩起事故都是不幸的意外。赤熊溫泉根據他的推論，建立了對策，苫手溫泉的事故雖然並不是官方委託他調查，但他的意見刊登在北陸每朝新聞上。
然而，青江現在對自己的推論越來越沒有自信，他覺得兩個溫泉地所發生的事故有某種關聯性，也許這兩起事故不是偶然發生，而是必然會發生。如果是必然引發，那就不是事故，而是事件了。同時，因為有人因此身亡，所以是殺人事件。
果真如此的話，自己該怎麼辦？難道要打電話給兩個溫泉地的縣警總部，說那兩起事故可能是殺人事件嗎？如果對方問有什麼根據，該如何回答？能夠回答因為遇見了一個奇妙的女生，而且在這兩起事故中發現了匪夷所思的共同點嗎？如果警方問犯案手法，到底該如何回答？因為青江本身認為這種事故很難人為引發。
他想要見那個女生。他想見羽原圓華。她一定知道某些事。
之前在苫手溫泉時，她交給青江的那張紙上寫著電話號碼。青江剛才鼓起勇氣打了那個電話，但電話中傳來一個上了年紀的女人聲音。他立刻知道，那並不是圓華。

「呃，我是泰鵬大學的青江……請問、妳不是羽原小姐吧？」

『我不是，你撥打幾號？』

青江說出寫在紙上的數字，電話中的女人說，的確是她的手機號碼，並沒有打錯。

「我想確認一下，請問妳認識名叫羽原圓華的女生嗎？」

『對不起，我不認識。』

「是嗎？打擾了。」

掛上電話後，他無力地垂著頭。羽原圓華給了他假號碼。

但仔細思考後就發現，即使她留下的是真實的手機號碼，也未必能夠見到她。而且，即使見到了她，她應該會和在苫手溫泉時一樣，無法期待從她口中得知任何線索。

既然如此，就只能指望甘粕才生的部落格文章中提到的羽原全太朗了。原本希望可以透過某種方式和他接觸——

青江準備離開研究室，伸手打算開門時，電話響了。奧西哲子立刻接起了電話。

「這裡是青江研究室。」

青江打開門，正準備走出去，奧西哲子叫住了他。「教授！」

「找我的？」

她捂住了電話說：「之前來過的那位姓中岡的警察，他說希望再見你一次。」

「他喔……」青江的腦海中浮現中岡充滿野性的長相。

他突然想到，也許可以和他商量。

「妳告訴他，隨時可以來找我。」

奧西哲子再度把電話放在耳邊。她板著臉，可能覺得青江的稿子又要拖稿了。

大約三十分鐘後，中岡出現了。和上次不同，這次沒有帶伴手禮。

「不好意思，在你百忙之中打擾。」中岡走進青江的辦公室後，再度鞠躬說道。

「不，你來得正好，我剛好有事要請教你。」

中岡聽到青江的話，訝異地挑起眉毛問：「什麼事？」

「等一下再說，先聽聽你的事。」

「好，」中岡坐直了身體，「或許你覺得我煩人，因為這些還是為了赤熊溫泉的事故。不瞞你說，我仍然在懷疑那是人為的事件。」

青江點著頭。

「我想也是，否則你不可能來找我。」

「沒錯，就是這樣。你還記得我上次說的事嗎？我問你有沒有可能用安眠藥讓被害人昏睡後，再製造硫化氫，導致被害人中毒身亡，你很乾脆地否認了這個可能性，說完全不可能。」

「我當然記得。」

那次之後，青江認為只要用塑膠袋套住被害人的頭，即使在戶外，只要少量硫化氫就可以讓被害人中毒身亡。難道中岡也發現了這個可能性嗎？

但刑警說：「我之後也考慮了各種可能性，也認為有相當的難度，我查了驗屍報告，在被害人身上並沒有驗出安眠藥的成分。」

「原來是這樣。」

既然這樣，當然就排除了這種可能性。

「於是，我思考了其他可能性。雖然我不是專家，但還是絞盡腦汁拚命想，結果想到了一種可能性，所以今天又來打擾。」

「原來是這樣，那一定要洗耳恭聽，請問是什麼可能性？」

中岡從西裝內側口袋裡拿出了記事本和原子筆。

「假設這支原子筆是被害人，首先，讓被害人獨自站在某個地方。以地形來說，就是氣體容易累積的地點。」他把原子筆豎在桌子上，「然後在遠處放一個水桶之類的容器，放置的地點在被害人上風的位置。假設這本記事本就是容器。」他把記事本放在離原子筆三十公分的位置，「將液體在這個容器中混合，產生硫化氫氣體。產生的氣體會吹向下風。這時候，凶手戴著防毒面具，躲在上風的位置。不久之後，被害人周圍的氣體濃度就會增加，最後死亡。」說完，他讓原子筆倒了下來。「你認為我的推理如何？」

青江看了桌上的原子筆和記事本後，抬起了頭，看著中岡充滿野心的雙眼。

「你的推理很大膽，你認為被害人的太太做了這些事嗎？」

「不，」中岡微微偏著頭，「如果是這個方法，單獨進行可能很困難，因為必須在極短的時間內在地勢有高低落差的地方來回跑，所以，我猜想還有另一個人，那個人製造了氣體，同時收拾了容器。」

「你是說，被害人的太太還有共犯？」

中岡沒有回答這個問題，反問他：「你認為有可能嗎？」

「你的想法很獨特，很可惜，我只能說不可能。」

「為什麼？」

「因為確實性太低了。你有沒有看過現場？因為是在山裡，所以你可能認為有很多地方可以藏身，但現場是在溪流旁，如果不想讓被害人看到，就必須躲去二十公尺外的地方。由於地形很複雜，所以根本無法預測產生的硫化氫氣體會流去哪裡，也沒有人能夠保證風向不發生變化。對凶手來說，那是極其危險的方法。」

中岡沉默片刻後問：「可不可以用電風扇？」

「電風扇？」

「可以使用電池的電風扇，只要用電風扇製造風，就可以讓氣體流向目標方向。」

中岡離奇的想法再度讓青江感到啞然，每個刑警都會有這種千奇百怪的想法嗎？

「我認為很困難，因為靠電池供電的電風扇很難把風吹到二十公尺外。」

「如果是無風的日子，只要控制出風的方向應該就沒問題，氣體會自動往下沉。雖然你剛才認為二十公尺的距離很遠，但在住宅區發生硫化氫自殺時，要疏散半徑五十公尺內的居民。」

「中岡先生，問題就在這裡，那是在室內，如果在戶外，想要達到致死濃度，就必須製造大量氣體。一旦這麼做，很可能會傷及無辜。即使凶手肉眼可以看到的範圍沒有人，沒有人能夠預測氣體會向哪裡擴散，還是說，凶手認為造成其他犧牲者也無所謂？」

中岡的表情似乎無法苟同。

「也可能凶手只是沒有想那麼多。」

「嗯，」青江悶哼了一聲，「很難說，不實際試一下，無法得知結果……」

中岡探出身體問：「所以，可能性並不是等於零嗎？」

「不，」青江偏著頭，「可能性應該是零。我說不實際試一下，無法得知結果的意思，是如果事先沒有實地練習，絕對不可能辦到，必須在現場多次實驗，確認重現性。難道被害人太太在事故發生前，曾經去過當地嗎？」

「不，這……我會確認一下。」中岡打開記事本，用原子筆記錄著。

「我認為應該沒有。因為那是一個小村莊，如果多次前往，很可能會被別人看到——」青江說到這裡，突然想起一件事，忍不住「啊！」了一聲。

「怎麼了？」正在記事本上寫字的中岡抬起頭。

「不……但是，如果不是被害人的太太本人，而是共犯事先去做過多次實驗，則又另當別論。」

「原來如此，」中岡心滿意足地點了點頭，「謝謝，很有參考價值。」

青江注視著刑警正在寫字的手。

「你打算根據這個推理持續偵查嗎？」

「暫時打算這麼做，根據你的說法，如果是人為引發，凶手必須事先做好周全的準備。既然這樣，留下證據的可能性非常高。」中岡闔上記事本後，放回內側口袋，「對了，你說要找我的是什麼事？」

「喔……其實最近又發生了一起硫化氫中毒事故，地點是在苫手溫泉，所以再度委託我進行調查，但這次是報社委託。」

「苫手溫泉，那不是很有名的溫泉嗎？喔，原來也發生了類似事故，但那應該是事故吧？」

青江摸了摸鼻子下方。

「和赤熊溫泉時一樣，看起來像偶發的事故，只是有許多疑點。」

「哪些疑點？」

青江把事故的詳細情況，以及之前對奧西哲子說明的內容——現場附近之前從來不曾有人聞到硫化氫的異味，也沒有對植物和動物造成影響。

中岡抱著雙臂，微微揚起下巴。

「在那種地方發生中毒事故的情況很罕見嗎？」

「應該很罕見。當然，因為是自然界的事，發生任何事都不奇怪。」

中岡連續點了好幾次頭，一臉無法釋懷的表情，「所以，你要問我的是？」

青江用雙手搓著自己的大腿，那是他在說一些難以啟齒的話時特有的習慣。

「也許請教你有點奇怪，只是我有點在意。我在調查赤熊溫泉的事故時，曾經在禁區內遇到一個人，我之前並不認識她，但上次去苫手溫泉時，又遇到了她。」

「喔……」中岡豎起食指，「那個人也和你從事相同的研究嗎？」

「不是，她不是學者，而是一個年輕女子。」

「年輕女子？」中岡瞪大了眼睛。

「年紀大約不到二十歲，她說她不是學生，所以應該和地球化學或是火山學之類的學術研究沒有關係。」

「所以只是溫泉迷嗎？」

「不是，」青江搖著頭，「她顯然是來調查事故現場，而且目的是為了找人。」

「找人？」

中岡露出訝異的表情，青江把之前和羽原圓華的對話告訴了他，當他說明結束時，發現刑警一臉匪夷所思地撇著嘴角。

「怎麼回事？那個年輕女子到底是誰？」

「不知道，因為有這件事，我開始覺得在兩個溫泉地發生的事故很可能並不是事故，所以覺得應該告訴你一下。」

「原來是這樣，」中岡收起下巴，「你剛才說，苦手溫泉的被害人是演員？」

「是名叫那須野五郎的演員，赤熊溫泉的被害人好像是影視製作人，也就是說，兩個人都從事影視工作。」

中岡用力吸了一口氣後吐了出來。

「青江教授，你知道你剛才說的事，包含了很重要的問題嗎？」

「嗯，大概知道……」

「之前我認為赤熊溫泉的事件即使是他殺，也是因為謀財害命，但如果和苦手溫泉的事結合，事情就完全不一樣了，必須同時考慮這兩件事，搞不好是連續殺人事件。」中岡雙眼發亮地說道。他可能因為有點激動，所以說話的速度也變快了。

「我倒是沒想到這些問題，但對於那個叫羽原圓華的女生，我發現了一件事。」

「你發現一件事？什麼事？」

「中岡先生，你有沒有聽過名叫甘粕才生的電影導演？」

「甘粕？不，我沒聽過，我平時很少看電影。」

青江說明了自己調查了那須野五郎和水城義郎的共同點，發現了甘粕才生的過程。當他說到甘粕才生因為硫化氫事故而失去家人時，中岡的神情更嚴肅了。

「這是怎麼回事？不可能有這樣的巧合。」

「我也這麼認為，所以調查了甘粕才生。呃，中岡先生，你現在有時間嗎？」

「時間？我沒問題啊，原本的行程隨時可以更改。」

青江點了點頭後站了起來，從自己的辦公桌抽屜中拿出一疊資料。他將甘粕才生的部落格文章按照日期的先後順序列印了下來。

「比起聽我說明，看這些文章比較直接。雖然份量還不少。」

「那我就來拜讀一下。」中岡神情有點緊張地拿了起來。

「你慢慢看，我在隔壁房間，有事隨時叫我。」

「好的，謝謝。」

青江走出辦公室。中岡至少要三十分鐘才能看完這些文章。

青江估計時間差不多了，再度回到辦公室。中岡坐在沙發上發呆，看到青江後，好像突然驚醒般猛然挺直身體，那疊列印稿放在桌上。

「你看完了嗎？」青江在他對面坐了下來。

中岡點了點頭，「看完了。」

「你有什麼看法？」

中岡發出低聲悶哼後說：「用一句話來說，就是有點搞不清楚重點。老實說，前半部分讓我有點抓不到頭緒，雖然出現了硫化氫，但似乎和溫泉地發生的事完全沒有關係，看到一半時，甚至不想繼續看下去。」

「我能理解，我覺得能夠充分感受甘粕先生的悲傷。」
「也許是這樣，但是幹刑警這個行業的人，對這種事都很遲鈍，我甚至納悶，你為什麼要我看這些文章。但進入後半部分——」中岡拿起那疊文章，翻開後半部分，「出現了羽原全太朗這個醫生，實在太令人驚訝了。」
「對，」青江回答說，「我猜想是那個女生的父親。」
「看了這個部分後，我終於瞭解了，也完全能夠理解你為什麼認為不可能只是巧合，我也認為其中有蹊蹺。」
「對不對？只是我完全想不透彼此到底有什麼關聯。」
「我也有同感，看起來掌握關鍵的羽原父女和硫化氫並沒有直接的關係。」
「對啊。」
青江嘆著氣，總覺得好像看見了什麼，卻又什麼都看不見，甚至覺得其實什麼都沒有，只是自己以為有什麼。
「事故的現場，」中岡嘟噥道，「只有被害人的腳印，對嗎？」
「呃……」青江不知道他在問什麼。
「我是問苫手溫泉的事故現場，你剛才不是說，散步道上只有被害人的腳印嗎？」
「喔，」青江用力點了點頭，原來是說這件事，「沒錯。」
中岡把頭轉向一旁，沉思了片刻，然後把頭轉回來看著青江說：

「我剛才說的方法可行嗎？在比現場地勢高的地方製造硫化氫氣體，如此一來，凶手就不會留下腳印。」

「你是說，苦手溫泉也是謀殺嗎？」

「我想在這個前提下思考，你認為有可能嗎？」

「很難說，實際操作時，應該會覺得很困難。」

「你剛才不是說，事先經過多次實驗，就有可能嗎？」

「是啊，多次實驗……中岡先生，剛才我想起一件相關的事。」

「什麼事？」

「羽原圓華正在找的那個年輕男人，曾經去過赤熊溫泉兩次。」

「啊？」中岡瞪大了眼睛，「兩次是……？」

「第一次是事故發生的一個星期之前，和被害人住在同一家旅館。事故發生的前一天，有人在事故現場附近看到他。看到他的人就是他第一次住宿的那家旅館的老闆娘。」

中岡的視線在半空中飄忽著，思考片刻後，再度看著青江。

「你剛才說，如果被害人的妻子多次實地造訪做實驗，可能會被當地人看到，但如果做實驗的是共犯，就另當別論了。」

「我說過，因為我想起了那個男人。」

「所以說，」中岡指著青江的胸口，「羽原圓華這個年輕女生在找的那個男人，有可能是水城義郎的太太的共犯。」

「我也有這種想法，不，但是——」青江輕輕攤開雙手，「我還是認為，你剛才說的方法很不確實，即使多次進行實驗，恐怕也很難成功。」

「青江教授，目前就暫時不要拘泥細節問題，假設有人能夠用什麼巧妙的方法，讓在不遠處的人因為硫化氫中毒而死亡，如此一來，或許可以有所發現。」

「比方說，是怎樣的方法呢？」

「目前還不知道。青江教授，我可以偷偷向你透露一件事，水城義郎的妻子曾經對地下網站產生了興趣。」雖然旁邊沒有人，但中岡壓低了嗓門說道。

「地下網站……」

青江也知道。因為利用地下網站殺人的事件曾轟動一時，據說甚至有人委託地下網站殺人。

「當我得知這個線索時，想到被害人的太太可能去地下網站找共犯，但也可能並不是，可能在完全意想不到的地方發生了黑暗的邂逅。」

「你是說，那個人就是羽原圓華正在找的人？」

「仔細想一下，就會發現很合理。總之，我需要再調查苫手溫泉的事故，還有那個叫羽原圓華的年輕女生。」

「你要去見羽原博士嗎？」

「應該會。」

「如果得知任何有關羽原圓華的消息……」

中岡露齒一笑，點了點頭，「我知道，我會馬上向你報告。」

「拜託你了。如果這兩件事不是事故，而是人為的事件，我有義務揭發真相。」

「我知道，對了——」中岡指著桌上的資料，「不知道他之後怎麼樣了。」

「他？」

「那個少年，好像叫謙人，從植物人康復的少年。」

「喔……我也很在意。」

「部落格之後就沒再更新嗎？」

「沒有。」青江站了起來，把桌上的筆電搬了過來，打開電腦後，連上了網路，點進了甘粕才生的部落格，「這是最新的一篇文章。」

中岡露出認真的眼神看著。

「關於這個叫甘粕才生的人，有沒有更詳細的資料。」

「只要在網路上搜尋，就可以查到他身為導演的相關資料。」

「你的電腦可以借我用一下嗎？」

「好，沒問題。」

中岡在鍵盤上打字，他的動作很熟練，很快就找到了幾筆資料。

「看來他是很出色的電影導演，有人稱他為天才或是鬼才。」

「沒錯，他拍的電影中，也有我喜歡的作品，那部電影叫《凍唇》。」

中岡似乎並沒有聽到青江的話，他持續搜尋資料，不一會兒，螢幕上出現好幾張照片，似乎是他在首映會或是現場拍攝的工作照。

「原來他年輕時很帥。」中岡放大了其中一張照片說。

那是甘粕才生的臉部特寫，照片上的人很年輕，可能才剛當上導演不久，的確相貌堂堂。

青江看著照片，漸漸萌生一種奇妙的感覺。中岡想要關掉照片的頁面，他立刻制止說：「等一下。」

「怎麼了？」

「不是，我覺得……好像在哪裡看過這張臉。」

「可能是電影簡介之類的吧。」

「不是，我從來沒買過那種東西，而且是最近看到的——」說到這裡，他的記憶猛然甦醒，「啊？不會吧？」

「怎麼了？」中岡焦急地問。

「她……羽原圓華給我看的照片。和她正在找的那個年輕男人長得很像。」

「啊？但是年齡不符啊。」中岡說到這裡，似乎也發現了問題，用力張大了眼睛。

「羽原圓華在找甘粕謙人……嗎？」

青江問，但中岡沒有回答。

兩個人一起看著電腦螢幕，甘粕才生年輕的笑臉中充滿自信。

17

開明大學醫學院的會客室內除了牆上的風景畫外，毫無裝飾。中岡忍不住思考來這裡的客人都聊些什麼。他不禁想像著一流大學醫學院會有很多利益，可能經常有牽涉到巨額資金的密談。

他四天前才和泰鵬大學的青江見面。他的人生中，第一次和理科系的大學有如此密切的關係。中岡本身讀的是經濟，只不過當年所學的知識完全沒有派上任何用場。

今天上午，他打電話到開明大學醫學院，直截了當地說想見腦神經外科的羽原博士。只要說自己是警察，對方通常都會很快轉接。果然不出所料，接電話的人態度很客氣地告訴他，羽原目前正在忙，一個小時後應該可以接電話。中岡在一個小時後打了電話，對方很快就轉接給羽原。

中岡說，希望見面談一談。羽原理所當然地問他有什麼事。中岡認為不能這麼快亮出底牌，只告訴他說：「關於令千金的事。」

電話的彼端傳來了倒吸一口氣的動靜。

『圓華發生了什麼事嗎？』

光是聽到這個問題，就已經大有收穫了。羽原全太朗和圓華果然是父女。

「不，不是這樣，只是偵查工作的一部分。」

『偵查？我女兒牽涉到什麼事件嗎？』

「目前還不清楚。」

『到底是什麼事件？』

羽原接二連三地發問，中岡堅持見面後詳談，並約好在兩個小時後見面。

開明大學的校園很大，中岡費了好大的工夫才找到醫學院的櫃檯。他報上姓名後等了一會兒，一個身穿黑色套裝的女人出現在他面前。她年約三十歲，眉清目秀，身材很好。跟著她走去會客室的途中，中岡忍不住開口問她：「妳也是醫生嗎？」對方輕描淡寫地回答：「我是做事務工作的。」

中岡喝著那個女人為他倒的日本茶，思考著對付羽原的方法。目前不知道對方知道什麼，也不知道和溫泉區發生的事有什麼關係，也就是說，完全不知道對方願不願意全面協助偵查工作，所以很希望能夠在不亮出自己底牌的情況下，多瞭解對方的狀況。

和青江見面到今天的這段期間，中岡做了幾項調查，其中也包括調查甘粕謙人。

據青江說，羽原圓華正在找的那個年輕人神似甘粕才生年輕時的樣子，既然這樣，那個人很可能就是甘粕謙人。在八年前處在植物人狀態的謙人已經徹底康復，可以自由活動了嗎？

於是，他想到可以向當年照顧謙人的護理師瞭解情況，甘粕才生的部落格上提過那個護理師的名字。是「山田小姐」。他向開明大學醫院詢問後，發現當時有兩名護理師姓山田，進一步調查後，得知山田佳代當時負責照顧謙人，只不過她在三年前已經調去其他醫院工作了。

中岡立刻去拜託山田佳代，在醫院內的咖啡店見了面。山田佳代身材矮小微胖，看起來很親切。

當中岡問起甘粕謙人，她柔和的表情立刻緊張起來。

她回答說，因為是之前醫院的事，她不太記得了。

「只要把妳記得的事告訴我就好，根據他父親在部落格上所寫的內容，六年前，謙人的康復狀況良好，之後到底怎麼樣？順利康復了嗎？」

「這個……我不太清楚。」山田佳代結巴起來。

「為什麼？不是由妳負責照顧的嗎？」

「是啊，但並不是一直都由我照顧，很快就換了別人。」

「即使是這樣，既然在同一家醫院內，應該會聽到他後續的狀況吧？有沒有聽說他可以說話了，或是可以站起來了？」

「不，因為病人轉去其他病房了，所以我真的不知道。」

「其他病房？但不是還在開明大學醫院嗎？」

「雖然是這樣，但那家醫院很大……」山田佳代邊說邊看著牆上的時鐘，顯然希望能趕快離開。

「可不可以請妳告訴我之後負責照顧甘粕謙人的護理師名字？」

沒想到她搖了搖頭說：「我不知道。」

「妳不是需要交接工作嗎？」

「這種事可以想辦法解決，總之，我不知道。對不起，我可以離開了嗎？因為我還在上班。」

中岡沒有理由挽留她，無奈之下，只好向她道謝。山田佳代立刻匆匆離開咖啡店逃走了。

她的態度顯然有問題，似乎有人對甘粕謙人的事下了封口令。果真如此的話，到底是為什麼呢？

接著，中岡決定著手調查甘粕才生，但他以前住的房子已經拆除，不知道他的下落，也不知道他的聯絡方式。於是，中岡再度拜訪了之前調查水城義郎時曾經見過的那些人，其中有些人和甘粕才生也很熟，尤其編劇大元肇是在硫化氫自殺事件後，曾和甘粕見過面的少數幾個人之一。

「那起事件也讓我受到很大的打擊。」大元肇坐在堆了很多書籍和資料的桌子旁，一臉沉痛的表情說道。他個子瘦小，可能五十歲左右，下巴長滿了鬍渣。

他說的那起事件，當然就是甘粕萌繪的自殺。

「我協助他辦了守靈夜和葬禮，看到甘粕先生的樣子，實在為他擔心，很怕他一個人的時候會想不開。雖然大家都說他是鬼才、怪胎，但才生畢竟也是人生父母養的。我相信你已經知道了，他太太和孩子也沒能躲過一劫，他可能覺得自己被推入了地獄。」

聽大元說，事件發生後，他主要是為了原本企畫的電影無限期延期，才會和甘粕見面討論。

「想到終於可以再度和甘粕一起合作，我一直很期待，但這也是無可奈何的事。事件發生後，見到才生先生時，發現他的眼中沒有靈魂，對他來說，電影根本已經不重要了。」

大元說，他最後一次見到甘粕是在六年前，因為必須討論共同製作的電影的著作權問題，所以大元主動和他聯絡。

「雖然比事件剛發生時好一點，但還是很沒精神，也幾乎沒在聽我說話。」

他們見面時並沒有談論女兒的自殺事件，也沒有聊甘粕謙人的狀況。

之後雖然用電子郵件討論了幾次公事，如今完全沒有聯絡，但大元知道一件有關甘粕的事。

「差不多一年前，我從熟識的編輯口中得知才生先生好像要出書，似乎是他的半生傳記。包括那個部落格的文章在內，要用傳記小說的方式，寫下至今為止的人生。」

中岡想起部落格最後一篇文章中也提到了類似的事。看來經過幾年之後，這個計畫似乎終於要實現了，但大元說，那本書至今還沒有出版。

中岡確認了那位編輯的姓名和電話後，也打聽了甘粕才生的電話。大元操作著智慧型手機，出示了甘粕才生的手機和電子郵件信箱，但和其他人所知道的相同，也就是說，目前已經停用了。中岡這麼告訴大元後，大元點了點頭：「果然是這樣。」

中岡問他，有沒有聽說過任何關於甘粕才生的傳聞。

「不好意思，完全沒有。我們這個行業起起伏伏很劇烈，一旦被世人遺忘，就很難有翻身的機會，他具備了出色的才華，真是太遺憾了。」大元總結這句話時，好像在緬懷故人。

以上就是中岡這幾天的成果，很可惜並沒有像樣的收穫，正因為如此，他無論如何都希望可以從羽原全太朗身上打聽到一些消息。

他看著記事本，正在整理思緒時，聽到了敲門聲。

「請進。」中岡闔起記事本站了起來。

門打開了，一個瘦男人走了進來。一頭短髮已經有點花白，臉很瘦，但完全沒有窮酸相。戴著黑框眼鏡，平靜的眼神中可以感覺到他的聰明。中岡不由地想，聰明人外表就與眾不同。

「我是羽原，讓你久等了。」

「不，很抱歉，突然上門打擾。」中岡遞上了名片。

兩個人面對面坐下來後，再度聽到敲門聲。羽原應了一聲。

剛才帶中岡來會客室的女人走了進來，托盤上有兩個茶杯。她把茶杯放在他們面前後，把中岡剛才喝完的空茶杯放在托盤上，行了一禮後離開了。

「所以，」羽原伸手拿起茶杯，「你要談關於我女兒的什麼事？」語氣比電話中更平靜。

「在此之前，我想先請教另一個人的事，是你以前動過手術的病人。」

「哪一個病人？」

中岡停頓了一下後說：「名叫甘粕謙人的少年，不，已經又過了好幾年，現在可能已經成年了。」

羽原的眉毛微微抖了一下，但表情幾乎沒有變化。

「甘粕謙人的確是我的病人，你想瞭解他什麼？」

「首先是他目前的情況，我透過他父親的部落格得知了他，但部落格在六年多前就停止更新，所以無法瞭解他之後的情況。」

羽原喝了一口茶後，放下了茶杯。

「你為什麼想知道？」

「因為有可能牽涉到一起事件，雖然很想向當事人瞭解情況，但我不知道他的電話，所以我在想，也許你會知道。」

羽原輕輕搖著右手的食指。

「他好幾年前就出院了，我們也不知道他目前在哪裡、在做什麼。」

「好幾年前……那他出院時的狀態如何？根據他父親寫的部落格，六年前已經能夠使用電腦了，之後的恢復也很順利嗎？」

羽原目不轉睛地注視中岡的臉後，突然笑了起來。

「我相信你也知道，未經當事人同意，我們不能擅自透露病人的隱私。」

「我當然知道……」

「但這個問題應該沒有大礙，正如你所說的，他恢復得很順利，看起來和普通人沒什麼兩樣。」

「太厲害了。」中岡瞪大了眼睛。他的確這麼認為。

「關於甘粕謙人，我能透露的就只有這些，無論你再問什麼，我都無法回答。我剛才也說了，我們有義務要為病人保守祕密，更何況我們並沒有掌握太多關於他的情況。他是以前的病人。」雖然他的語氣很柔和，卻不容別人爭辯。

「我知道了，那就進入正題，關於令千金的事。」中岡坐直了身體，「羽原圓華小姐目前人在哪裡？」

羽原推了推黑框眼鏡，翹起了腿，緩緩靠在沙發上，「她去旅行了。」

「旅行？去哪裡旅行？」

「不知道。」羽原聳了聳肩，「不知道她目前人在哪裡，因為那是她的流浪之旅。」

「造訪各地的溫泉嗎？」

「溫泉？」羽原露出狐疑的表情後聳了聳肩，「可能也會去那種地方，但我不瞭解詳細情況。」

「她一個人嗎？」

「是啊，她說要在二十歲之前去日本各地旅行。她從小就是一個與眾不同的孩子。」

「年輕女生一個人……你不會擔心嗎？」

羽原聽到中岡的問話，面無表情地搖了搖頭。

「十八歲已經是成年人了，問題在於有沒有判斷是非的能力，我女兒具備了這種能力。」

「你很信任她。」

羽原露出冷漠的眼神問：「不行嗎？」

「不，我覺得很好，她從什麼時候開始旅行？」

「她一個月前離開家裡。」

「你們有聯絡嗎？」

「她偶爾會傳簡訊給我，目前似乎一切都很好。」

「你們有沒有通電話？」

「暫時沒有，我女兒可能覺得沒什麼特別想說的話。我也很忙，沒事也不會想要打電話。」

「她最後一次傳簡訊給你是什麼時候？」

「我忘了，」羽原偏著頭，「我想應該是十天前。」

「是什麼內容？只要不會涉及隱私的範圍就好。」

「沒涉及什麼隱私，她只是說，她很好，叫我不要擔心。」

「可不可以讓我看一下那通簡訊？」

羽原用鼻子冷笑了一聲，推了推眼鏡。

「給你看也沒問題，可惜我已經刪除了，因為不是什麼重要的內容。」

「刪除？既然是單獨出門旅行的女兒傳來的訊息，不是會一直保存到她平安回來嗎？」

「也許有人會這麼做，但我並不會，不行嗎？」羽原的語氣聽起來有點像在挑釁，但也許只是個性使然。

「是嗎？那可不可以請教令千金的聯絡方式，只要電子郵件信箱和手機號碼就好。」

羽原猛然挺起了背。

「告訴你也沒問題，但我想瞭解大致情況。你在偵查的是什麼案件？為什麼要打聽我女兒的消息？」

雖然他嘴唇露出了笑容，但雙眼露出了學者特有的冷漠眼神。中岡在他的視線注視下，立刻思考起來。

如果過度隱瞞，這個人恐怕什麼都不會說——他看著羽原全太朗，得出了這樣的結論。

「我正在調查兩起在不同地點發生的死亡事故，」中岡下定決心後說道，「目前仍被視為意外事故，但很可能是事件。」

「什麼事故？」

「某種中毒引起的死亡，我只能說到這裡。」

「是喔……那和我女兒有什麼關係？」

「不知道，只是有人剛好在發生那兩起事故的地方都看到了令千金，兩者都是鄉下地方的村莊。詳細情況我不方便透露，兩個地點之間的距離超過三百公里，而且有人看到令千金的地方都在事故現場附近。警方當然不可能忽略這個事實，所以當然想要向她瞭解一下情況。」

羽原用力吐了一口氣，再度推了推眼鏡。

「你不會告訴我事故的詳細情況吧？」

「敬請見諒。」中岡微微低頭。

「那至少告訴我這個問題的答案。如果只是單純的事故，刑警不可能展開偵查。你說很可能是事件，所以是謀殺嗎？」

中岡想了一下，點了點頭，「可以這麼認為。」

「我女兒和殺人命案有關嗎？」

「因為我想要確認，所以才想知道她的聯絡方式。」

「好。」

羽原把手伸進上衣內側，拿出了智慧型手機，然後看著放在桌上的中岡的名片，立刻操作起來。

不一會兒，中岡口袋裡的手機響起了收到簡訊的聲音。拿出手機一看，是羽原傳來的，內容是電子郵件信箱和電話號碼。

「但是，」羽原收起手機的同時說：「即使你傳簡訊給我女兒，也不知道她是否能夠收到，電話也未必能夠接通。因為她好像設定了很多限制。」

「拒絕陌生來電和陌生郵件嗎？」

「沒錯。」

「原來是這樣。」中岡點了點頭，指著羽原的胸口說：

「你現在可以打電話給令千金嗎？如果接通了，可不可以把電話交給我？」

羽原注視著中岡的眼睛，似乎想要看穿刑警到底有什麼企圖。

這位天才醫生終於移開視線，拿出手機，單手操作後，放在耳邊。

過了一會兒，羽原說：「接不通。」

中岡默默伸出手，想要確認他說的話是否屬實。羽原察覺了他的意思，嘆了一口氣，把手機遞了過來。中岡接過手機後放在耳邊，的確聽到了電話無法接通的語音應答，電話號碼也沒錯。

「謝謝。」中岡把手機交還給羽原。

「我女兒很任性，只有自己想說話時才會接電話。」

「有緊急情況時怎麼辦？」

「到目前為止，並沒有發生過任何需要緊急聯絡的事，但如果發生這種情況，電話不通時，應該會傳簡訊。如果她看了之後，認為的確很緊急，就會主動打電話。」

「原來如此，那可不可以麻煩你傳簡訊給令千金，把我名片上的電子郵件信箱和手機號碼告訴她，並告訴她，希望她不要拒接我的電話和簡訊？」

羽原想了一下後，輕輕點了點頭。

「好，等我有空的時候會傳給她。」

「如果可以，希望越快越好。」

「現在馬上嗎？」

「對。」中岡看著對方的眼睛。

羽原想要說什麼，但最後還是閉上了嘴，開始操作手機。

他似乎已經寫好了簡訊內容，遞到中岡面前問：「這樣可以嗎？」

手機螢幕上寫著『這個人可能會和妳接觸，不要拒絕』，然後又寫下了中岡的姓名、職業、電子郵件信箱和手機號碼。

「沒問題。」中岡說，羽原當著他的面傳了簡訊。

「還有其他要問的事嗎？」羽原把手機放回口袋問道，「如果沒有的話，我差不多該告辭了。」

「還有最後一個問題，」中岡豎起手指，「請問羽原圓華小姐和甘粕謙人是什麼關係？」

羽原驚訝地張大了眼睛，他第一次露出慌亂的神色。

「……我不太瞭解你這個問題的意思，請問是什麼意思？」

「就是字面的意思，我想知道他們之間的關係。」

羽原皺了皺眉頭，緩緩地閉上眼睛後又張開，看著中岡說：

「圓華是我女兒，甘粕謙人是我的病人，我只知道這些而已。」

「你是說，他們之間並沒有直接的關係嗎？」

「據我所知是如此。」羽原悠然地回答，剛才的慌亂已經消失了。

「我知道了，不好意思，在你百忙中打擾。」中岡站了起來。

「彼此彼此，很抱歉，無法提供任何有用的資訊。偵查過程中，如果發現任何關於我女兒的事，請隨時和我聯絡，我會盡力協助。」

「謝謝，到時候再麻煩你。」

中岡鞠了一躬，說了聲：「告辭了。」走出了會客室。他內心下定決心，下次一定要掌握可以戳破這個天才醫師謊言的王牌。

18

聽到『告辭了』的聲音同時，刑警的身影從螢幕上消失了，只看到為刑警送行而起身的羽原全太朗，接著，聽到了關門的聲音。過了一會兒，羽原轉身看向這裡——也就是設置在掛畫上的隱藏式攝影機，舉起一隻手，似乎在說，已經沒事了。

桐宮玲關上開關後，螢幕立刻變黑了。她看了一眼手錶說：「沒想到他這麼乾脆就離開了，我以為他不會輕易放棄。」

「因為他手上並沒有足夠的牌，」武尾回答道：「我猜想他從羽原博士的態度中發現，博士有所隱瞞，和這種對象多聊也沒有意義，他應該會多蒐集情報之後再上門。」

桐宮玲五官端正的臉轉向他，「不愧是很有才幹的前刑警。」

「我以前是在警備課，而且是鄉下地方的分局。」武尾低著頭。

自從羽原圓華在東京下大雪的日子逃走之後，武尾便一直在家裡待命。雖然這段期間薪水照領，但他不知道這種狀態會持續多久，內心始終感到不安。因為如果圓華不回來，自己早晚會失業。

沒想到兩個小時前，突然接到了桐宮玲的電話，請他到開明大學一趟，但並不是到數理學研究所，而是指定在醫學院的病房大樓。她在電話中說，詳情見面再聊。

武尾立刻換好衣服趕來，而後被帶到這個房間，見到第一次到數理學研究所時曾見到的那個人。他自我介紹說，他叫羽原全太朗，是圓華的父親，同時也是開明大學醫學院腦神經外科的教授。

「雖然有點遲了，但感謝你護衛圓華。雖然——」羽原揚起右側臉頰，「她早晚會回來，到時候還請你多幫忙。」

武尾鞠躬說：「到時候請多關照。」

羽原滿意地點著頭。

「我知道你對很多事感到匪夷所思，但聽桐宮說，你從來沒有問過。」

武尾沒有吭氣，因為他覺得現在不應該開口。

「等一下會有刑警來找我，」羽原神情嚴肅地說：「他只說是為了我女兒的事，除此以外完全沒有透露。」

武尾點了點頭，他認為那位刑警找上門，並不是形式化的打聽消息而已。

「你應該也知道，我女兒至今仍然下落不明，但因為特殊的原因，所以並沒有請求警方尋找失蹤人口。我們希望可以靠自己的力量找到我女兒。」

武尾還是默然不語，只是點了點頭。

「我完全無法預料刑警會說什麼，但我希望能夠隱瞞圓華失蹤這件事，所以即使刑警打聽圓華的事，我也打算對他說，雖然知道她目前的情況，只是不知道她人在哪裡，然後設法從對方口中套出一些消息。武尾先生，我想拜託你從螢幕上監視我和刑警的對話，如果認為有必要，請你向我提供建議。」

「螢幕？」

「就是這個。」桐宮玲指著桌子上的螢幕、擴音器和平板電腦。

「會客室內設置了隱藏式攝影機和麥克風，可以在這裡聽見、看見羽原博士和刑警的談話。」

「也就是說，」羽原接著說道，「希望你能夠協助我和警察周旋，既然對方是專家，我當然也需要專家協助。」

武尾搖了搖頭，「我不是什麼專家……」

「即使是前專家，對我來說，也是寶貴的戰力，你願意協助我嗎？」

「我之前只是鄉下地方的警察，我不知道有沒有能力和警視廳的刑警交鋒。」

「沒關係，你願意協助我嗎？」

沒有理由拒絕。武尾點了點頭，「既然這樣……」

「太好了。」羽原嘴角露出了笑容。

他們很快就決定了方法。武尾和桐宮玲一起在這個房間透過螢幕監視羽原和刑警的對話，必要時，由武尾透過平板電腦向羽原發出訊息，訊息將會顯示在羽原所帶的黑框眼鏡鏡片上。這種類型的產品已經上市，只是很少有外觀和普通眼鏡無異的款式。一問之下才知道，那是數理學研究所的關係企業新開發的試用品。

準備就緒後，把刑警帶進了會客室。刑警走進會客室後，完全沒有察覺室內裝了隱藏式攝影機和麥克風。

羽原和刑警開始談話，但武尾感到困惑不已。因為談話中提到了甘粕謙人這個陌生的名字，所以他無法向羽原提供任何建議。

不一會兒，聽到他們終於談到了羽原圓華，武尾提出了一個建議。「請向他確認，是不是在調查殺人命案？」

響起了敲門聲，桐宮玲說：「請進。」的同時站了起來。武尾也站了起來。

羽原全太朗走進房間，他已經拿下了眼鏡，對著他們上下揮了揮手，示意他們坐下，自己也拉開椅子坐了下來。

「怎麼樣？」羽原看向武尾，「我的應對有問題嗎？」

「完全沒有問題，應對非常恰當。刑警要求你立刻打電話給圓華小姐時，我忍不住緊張起來。」

「我也很意外，但我根本無所謂。因為我知道即使打了，電話也不會通。」

「你當時的決斷很出色。」

「你要我確認是不是針對殺人命案進行調查的建議幫了很大的忙，讓我一下子鎮定下來。但為什麼要問這個問題？」

「我有兩個目的。首先想確認刑警是否把圓華小姐列為嫌犯，如果是殺人命案，一定會確認不在場證明，但他完全沒有問相關的問題，也就是說，圓華小姐並不是嫌犯。」

「原來如此，另一個目的呢？」

「我想瞭解是不是刑案，如果是，又是何種程度的刑案。那名刑警是麻布北分局的人，如果是針對殺人命案進行偵查，通常由警視廳搜查一課進行主導。可見目前還沒有確認那是一起刑案，最多只是暗中偵查的階段。」

「原來是這樣，真是太了不起了。」

羽原深感佩服地連連點頭，但武尾並不覺得有什麼了不起，只能垂下視線。

「好，」羽原說，「問題在於我們有沒有得到尋找圓華的線索，刑警中岡的談話中，有沒有什麼線索？」

「首先必須確定是什麼事故，」桐宮玲操作著平板電腦，「他剛才提到中毒，所以，我可以在最近一個月的新聞報導中搜尋中毒這個關鍵字……」她的指尖在液晶螢幕上滑動後，吐了一口氣，「有超過七十筆資料。」

「中毒也有各種不同的情況，食物中毒、藥物中毒、氣體中毒……」

「應該可以排除藥物中毒，」武尾說：「因為這樣很有可能是事件，不會說是事故。」

「的確有道理，他還說，發生的地點是在鄉下地方，會不會是吃了什麼特產品，導致食物中毒？」

桐宮玲俐落地操作著平板電腦，「東京以外的地方發生食物中毒的事件也超過三十起。」

「有這麼多啊。」

「而且，並不一定所有的事件都會上報，最好還有其他關鍵字。」

「還有其他關鍵字嗎？」羽原摸著下巴，微微偏著頭。

「呃，」武尾開了口，「發生的地點不是在溫泉區嗎？」

「溫泉區？」

「對，剛才博士回答說，圓華小姐去旅行時，中岡曾問，去造訪各地的溫泉嗎？我覺得他故意用這句話來測試博士的反應。」

「被你這麼提醒，他的確好像說過這句話。」羽原嘀咕道。

桐宮玲操作著平板電腦。

「用溫泉和中毒的關鍵字，查到有一篇報導相符。一名男子在L縣的苫手溫泉死亡，研判是吸入了火山氣體導致中毒。」
「火山氣體？這看起來完全沒有關係吧？」
羽原說這句話時，一件事閃過武尾的腦袋，迅速膨脹成了想法。他忍不住「啊！」了一聲。
「怎麼了？」羽原問。
「圓華小姐失蹤的幾個星期前，我曾經看過類似的報導，但我記得並不是苫手溫泉。」武尾看著桐宮玲說：「就是圓華小姐說要獨自外出的那一天。妳記得嗎，她突然拿起報紙閱讀？那份報紙上刊登了那篇報導，因為我想知道圓華小姐到底在看哪篇報導，事後又看了一遍，所以記住了。」
「圓華是在一個月前消失的。」
桐宮玲的指尖在液晶螢幕上迅速滑動。
「是這個嗎？觀光客在赤熊溫泉村的山中死亡，日期也相符。」
「就是這個，」武尾說：「就是在赤熊溫泉，沒錯。」
「報導的詳細內容是什麼？」羽原催促道。
「赤熊溫泉村發生了一起一名在附近散步的男性遊客在山中突然死亡的事故。」桐宮玲朗讀著那篇報導，「男子的妻子發現了異狀，當救護隊員趕到時，聞到現場附近有淡淡的臭雞蛋味道。赤熊溫泉村的泉源含有硫化氫，可能是因為地底冒出的氣體暫時累積，導致濃度增加，引起中毒死亡——」

「硫化氫！」羽原的神色立刻緊張起來。

桐宮玲默默點了點頭，她的表情也散發出不尋常的氣息。

「有沒有更詳細的情況？比方說，被害人的身分之類的。」

「……有。被害人是住在東京都港區的影視製作人，名叫水城義郎，六十六歲。他們夫妻在前一天一起住在赤熊溫泉。」

桐宮玲把螢幕轉向羽原，讓他確認「水城義郎」這四個字。

「刑警中岡所屬的麻布北分局也在港區。」

「影視製作人……」羽原皺著眉頭，「再確認一下剛才的報導，就是苫手溫泉的那篇報導，說是火山氣體，具體是什麼氣體？」

「請等一下。」桐宮玲滑動著指尖。

「查到了。男子在苫手溫泉散步道上死亡的事件，解剖結果發現死因是硫化氫中毒。」

「果然是這樣，中岡說，發生事故的兩個地方距離超過三百公里，如果是赤熊溫泉和苫手溫泉的話就符合了，苫手溫泉的被害人是什麼人？」

「名叫森本五郎的三十九歲男子。除此以外，並沒有其他情況。」

羽原用力深呼吸，抱著雙臂，「妳有什麼看法？」

「我覺得應該就是，」桐宮玲說：「硫化氫中毒這件事無法忽略，中岡除了問圓華小姐以外，還問了謙人的事。」

「關於這件事，聽說之前負責照顧謙人的護理師打電話到數理學研究所，說有刑警向她打聽謙人的事，她當然回答說什麼都不知道。」

「應該也是中岡吧？」

「八成是他。」羽原點了點頭後問武尾，「你知不知道甘粕謙人的事？」

武尾搖了搖頭，「剛才教授和中岡談話時第一次聽到。」

「是嗎？所以你應該聽不懂我們剛才在說什麼。」

「對。」

羽原垂下雙眼，遲疑片刻後，看著桐宮玲說：

「妳把謙人的事告訴他。」

桐宮玲用力收起下巴說：「要說到何種程度？」

羽原停頓了一下說：「基本的情況。」

「好的。」桐宮玲回答後，操作著平板電腦，然後露出冷漠的眼神，把螢幕拿到武尾面前。

螢幕上寫著「甘粕謙人」四個字。

「剛才和中岡的談話中也提到過，甘粕謙人是羽原博士的病人，因為不幸的事件變成了植物人，但之後奇蹟似地康復。之後，謙人因為某種因素，開始在數理學研究所生活，但在去年春天突然失蹤了。不知道他為什麼失蹤，雖然留下了一封信，但信上只寫了感謝醫院和羽原博士。除了他以外，還有另一個人也生活在數理學研究所，就是你很熟悉的羽原圓華小姐。她比任何人更擔心謙人，很可能擅自外出去找他。為了避免她做出這種魯莽行為，我們決定派人監視她，所以就找了你，武尾先生。」

武尾微微吸了一口氣。果然是這樣。圓華逃走時，他曾經這麼猜測，看來完全正確。

「再重回剛才的話題，」桐宮繼續說道，「謙人遭遇的不幸事件，就是他被捲入了他姊姊的自殺。那不是普通的自殺，而是硫化氫引起的中毒死亡，他的媽媽也被捲入，因此送了命。」

「啊！」武尾叫了起來，原來是這樣。

「聽了這些說明，你應該能夠理解我們會注意到赤熊溫泉和苫手溫泉事故的原因了。」

羽原說道，武尾點頭表示同意，「我很瞭解，對甘粕謙人來說，硫化氫是決定他命運的物質。」

「但是，」桐宮玲說：「目前並不知道他對發生在自己身上的悲劇有什麼看法，因為他喪失了事件發生之前的記憶。」

「失去記憶嗎？」

「對。當他醒過來時，已經是植物人狀態，完全不知道自己是誰，也不知道為什麼會遇到這種事，在藉由其他方式溝通之後，他才終於瞭解狀況。」

武尾說不出話，他完全無法想像如此嚴酷的狀況。

「如果你想進一步瞭解謙人，可以看這個，」桐宮玲把平板電腦的螢幕轉向武尾，螢幕上出現一個網站，「那是謙人的父親所寫的部落格。」

「原來有這個……」

桐宮玲突然想到了什麼，手指在螢幕上滑動著。

「果然沒錯。博士，請你看這裡，這裡提到了姓水城的影視製作人。」

羽原凝視螢幕後嘟噥說：「那就更沒錯了。」然後看著武尾說：「謙人的父親是電影導演甘粕才生。」

「喔……」武尾恍然大悟。他之前聽過這個名字。

「正如桐宮剛才說的，謙人戲劇性地康復，但也同時喪失了對過去的記憶。得知這件事後，甘粕才生就漸漸不再來醫院，最後完全不再出現。我們也無法聯絡到他，一直持續到今天。」

「原來是這樣。」

羽原打了一個響指。

「我們來整理一下問題。圓華得知了赤熊溫泉的事故，為了尋找謙人而失蹤了。她為什麼認為那起事故和謙人有關？如果真的有關，謙人到底在那起事故中扮演了什麼角色？」

「中岡懷疑是殺人命案的理由也令人在意。正如武尾先生所說，既然搜查一課沒有出動，代表並沒有明確的根據懷疑是他殺，難道是他個人掌握了什麼線索嗎？」

羽原皺著眉頭，緊閉雙唇，注視著武尾。「我想聽聽前警官的意見。」

武尾乾咳了一下說：「中岡的談話中，有一件事讓我很在意。」

「什麼事？」

「我記得他剛才說，在事故發生的兩個地方，都有人看到圓華小姐。」

「他的確這麼說，有什麼問題嗎？」

「他是怎麼掌握這個消息的？」

「啊？」羽原一臉意外地和桐宮玲互看著。

「如果圓華小姐是誰都認識的名人，在赤熊溫泉和苫手溫泉都有人說看到羽原圓華的證詞或許合情合理，但圓華小姐並不是名人，如果有人在事故現場看到她，把這件事告訴刑警，最多也只是說，看到一個年輕女生而已。即使在兩個溫泉區都有相同的證詞，為什麼中岡會知道是同一個人，知道那個人就是羽原圓華呢？」

「是不是目擊者問了她的名字？」桐宮玲難得很沒自信地說完後，搖了搖頭，「不可能，圓華小姐不可能輕易說出自己的本名，更不可能在兩個地方都自報姓名。」

「我有同感。如果在好幾個地方蒐集到目擊證詞，而且那個人不是名人的話，只有一種可能，那就是警方針對某個特定人物進行調查，拿著那個人的照片四處打聽，但聽中岡所說的話，是因為有目擊證詞，所以才會注意到圓華小姐，順序根本顛倒了。」

「的確是這樣，那中岡到底是從哪裡得到了目擊證詞呢？」

「有一種可能，就是在影片或是照片中看到。比方說，在兩處溫泉區所設置的防盜監視器都拍到了圓華小姐，但如果是這樣，又留下了如何查到她真名的疑問。」

「不，這不可能，」桐宮玲斬釘截鐵地說：「圓華小姐不可能犯下被監視器拍到的疏失。」

「我也這麼認為。」羽原點著頭說。
「如果是這樣，就只剩下唯一的可能。那就是目擊者是同一個人，同一個人在兩處溫泉區看到了圓華小姐，之後又因為某種契機得知了她的名字，並告訴了刑警中岡。」
「等一下，同一個人前往兩處事故現場？會有這種事嗎？警察嗎？或是媒體相關……？」
「因為兩處溫泉區屬於不同的縣，所以不可能是同一個警官前往兩個事故現場，媒體記者倒是有可能。記者先去赤熊溫泉採訪那起事故，之後因為發生了類似的事故，所以又去了苫手溫泉。的確有這種可能。」
羽原指著桐宮玲說：
「徹底調查報導那兩起事故的所有新聞，也許可以找到同時採訪這兩起事故的人。」
他還沒有說完，桐宮玲的手指就在螢幕上迅速滑動，她的眼神就像是注視著目標的狙擊手。
「很棒的著眼點。」羽原看著武尾說道：「桐宮果然沒看錯你，太了不起了。」
「過獎了。」武尾鞠了一躬，然後低下了頭。他很不習慣被稱讚。
「博士，」桐宮玲叫了一聲，聲音充滿緊張。
「有沒有找到？」
「不是媒體記者，但我發現了造訪過這兩個事故現場的人。」
「是誰？」
「一名學者。」

「學者？」

武尾抬起頭。羽原看著桐宮玲遞到他面前的平板電腦螢幕。

不一會兒，羽原小聲嘀咕，「泰鵬大學地球化學系……嗯。」

19

咖啡杯裡的咖啡剩下一半時，咖啡店的門打開了，一個身穿西裝的男人走了進來。年紀大約四十多歲，個子並不高。

男人巡視店內，目光停在中岡放在桌上的紙袋上。那是知名百貨公司的紙袋，他們約定用這個作為記號。

中岡起身迎接那個男人，「請問是根岸先生嗎？」

「是。」對方有點緊張地回答，他可能很少和刑警打交道，似乎可以聽到他急促的呼吸聲。

中岡拿出名片後自我介紹。那個男人也拿出名片，名片上印著文學書籍編輯部主編的頭銜。

根岸找來服務生，點了飲料，中岡也請服務生收走自己的杯子，又點了一杯咖啡。

「不好意思，在你百忙中打擾。」中岡坐下後，再度道了謝。

「你在電話中說，是從大元先生那裡得知我的名字，對嗎？」根岸問。

「沒錯，因為我目前調查的事件需要瞭解甘粕才生先生的狀況，所以在向認識甘粕先生的人四處打聽。聽說貴出版社打算出版甘粕先生的書？」
「的確有這個企畫，我記得是去年一月的時候，甘粕先生突然打電話給我，說有東西想要給我看。因為我們八年未見，所以有點驚訝。」
「你們以前就認識嗎？」
「以前曾經出過一本他的書，是名叫《凍唇》的電影改編的小說，賣得還不錯，也很受好評，所以我們曾經提案想推出續作，但之後就沒了下文，我以為甘粕先生已經沒有意願出書了……」
服務生送來兩人份的咖啡。中岡沒有加牛奶，喝了一口。
「所以是相隔多年主動聯絡。甘粕先生當時的情況怎麼樣？」
根岸用小茶匙攪動著杯子裡的咖啡，露出若有所思的表情。
「用一句話來說，就是完全變了一個人。他以前就很瘦，那次更瘦了，但並沒有氣色不好，或是憔悴的感覺。」
「所以他看起來精神很好嗎？」
「也不能說是精神很好，但表情很平靜，有一種任何事都無法把他壓垮的感覺，或者可以說是豁達。」
「我懂……你們談了些什麼？」

「他說他根據自己的經歷，寫了一本傳記小說，問我願不願意看。我之前就看過甘粕先生的部落格，所以問他是不是根據部落格的文章整理的，他回答說，部落格只是開頭的部分，主要是以之後的生活為主。我說很希望立刻拜讀。因為我之前就注意到他的部落格，也很想知道甘粕先生之後的生活。」

「所以，你看了他的稿子嗎？」

「當然。」

「怎麼樣？」

根岸張了張嘴，但隨即又閉上，舔了舔嘴唇後才說：「是一部力作。」

「怎樣的內容？」

「他用充滿臨場感的筆鋒，詳細記錄了從那起可怕的事件發生至今為止的生活。」

「部落格上只寫了六年多前的事，所以他的作品也提到了之後的事嗎？」

「沒錯。」

「具體是哪些事？可不可以請你告訴我內容？只要大致的內容就好。」

根岸露出為難的表情。

「恕我無法未經作者的同意，擅自透露尚未發表的作品，更何況是根據實際情況所寫的傳記，因為事關作者的隱私。」

「即使是為了偵查工作也不能通融嗎？」

根岸用指尖抓著顴骨。

「關於這件事，請問是在偵查什麼事件？」

「對不起，恕我無法透露。」

根岸訝異地皺起眉頭問：「甘粕先生有什麼嫌疑嗎？」

「不是不是，」中岡搖著手，「不是你想的那樣。不瞞你說，我想瞭解的是他的兒子甘粕謙人，因為我想知道部落格的最新一篇文章之後，他們父子關係到底怎麼樣了。」

根岸點了點頭，似乎終於恍然大悟，「如果是這樣，即使聽了手記的內容也沒有意義。」

「為什麼？」

「因為手記中幾乎沒有提到他兒子。」

「是這樣嗎？」

「對，只有部落格上寫的那些而已。」

太意外了。謙人是唯一倖存的親人，即使對方不記得自己是父親，不是也會隨時掛念在心裡嗎？

「所以請你諒解。」

「我知道，但可不可以請你至少說說大概的內容，或許可以成為參考。拜託你了。」

根岸皺起鼻子沉思片刻，最後終於很不甘願地點了點頭，「你不會告訴別人吧？」

「當然不會。」

根岸再度點了點頭，終於開了口。

「甘粕先生的部落格停止更新後，他開始四處流浪旅行。用他的話來說，就是斬斷和過去的所有聯絡，尋找通向未來的大門。但是，他的旅行很辛苦，因為在精神上承受了很多痛苦。有時候連續好幾天都無法入睡，或是產生幻覺。雖然部落格的文章中看起來他好像已經重新站起來了，但事實並非如此，他甚至在手記中提到，在輾轉各地期間，他發現自己並不是在尋找通往未來的大門，而是在尋找自己的死亡之地。看到這些文字的時候，心裡真的很難過。」

中岡在記錄的同時，忍不住皺起眉頭。光是聽到這些，也覺得心情很沉重。

「但是，」根岸壓低了聲音，「甘粕先生的考驗並沒有結束。」

「考驗？什麼考驗？」

「接下來的內容很敏感，請你千萬不能告訴別人。因為——」根岸舔了舔嘴唇，繼續說道：「因為他發現了他女兒自殺的原因。」

「啊！」正在做筆記的中岡抬起頭，「真的嗎？」

「對，但甘粕先生聲明，那只是自己的想像，同時還寫道，萌繪可能不是自己的女兒。」

中岡用力吸了一口氣，「為什麼會這麼想？」

「甘粕先生在鄉下的電影院遇到一個男人，文章中稱他為A先生。他們都很喜歡電影，所以很談得來，看完電影後，他們一起去喝酒。A先生並沒有發現和他一起喝酒的是甘粕才生，喝了一會兒，A先生說了一件奇妙的事。他說他的一個朋友每個月都會去東京見女兒，為他生下女兒的是有夫之婦，當作是自己和丈夫的女兒養育，而且那個丈夫是知名的導演──」

「光是這樣……」

「還有一件事，」根岸說：「A先生還說，那個女兒在三年前自殺了，時間剛好吻合。」

中岡微微向後一縮，拿起咖啡杯喝了一口，「甘粕先生聽了之後呢？」

「他當然問了A先生那個朋友的名字，A先生不肯說，甘粕先生說出了自己的真實身分，而且說自己的女兒也自殺了，A先生嚇得臉色發白，推說和那個朋友不是很熟，關於他女兒的事也是聽別人轉述的，所以不知道是真是假。甘粕先生說沒關係，硬逼著他說出那個朋友的姓名，A先生才終於告訴他，那個朋友叫田所，而且也說了公司的名字。啊，但是田所只是假名字，文章中並沒有公布真名。」

「甘粕先生有沒有去見那個姓田所的人？」

「他去了對方公司，但是──」根岸聳了聳肩，攤開雙手，輕輕搖著頭，「田所已經死了，在三年前上吊自殺，而且就在甘粕先生的女兒去世的兩個星期後。」

中岡倒吸了一口氣，「他得知女兒自殺，也走上絕路嗎？」

「甘粕先生也是這麼想像，他調查了田所過去的行為，果然發現他頻繁去東京。田所雖然是單身，但曾經告訴周圍人，自己有小孩。」

「這或許是決定性的……」

「甘粕先生寫道，他回顧以前的事，發現很多跡象都可以證實這件事。比方說，謙人經常告訴甘粕先生，他不在家的時候，他太太帶著他女兒外出，而且他女兒每次都悶悶不樂，或是心情很惡劣，即使問她怎麼了，她也回答沒事……原本覺得青春期的女生，心情容易起伏，沒想到她內心有這些糾葛。」

「這些糾葛是……」

「甘粕先生推測，萌繪不可能沒有察覺母親帶她去見的那個男人是自己的親生父親。也就是說，她知道自己背叛了戶籍上的父親，去和母親不忠的對象見面，這種罪惡感讓她痛苦不已。我認為這種想像並不是毫無道理。」

中岡默然不語地點了點頭，他同意根岸的意見。

「而且，甘粕先生認為萌繪的個性很敏感，很可能對自己的存在產生了疑問，覺得自己是母親外遇生下的孩子，有什麼資格活在這個世界上。甘粕先生認為，種種要素結合在一起，最後終於爆發，才會導致那起事件，只不過他已經無法確認，因為相關的人都離開了這個世界。」

根岸用力吸了一口氣，喝了一口咖啡後，抬起了頭。

「於是，甘粕先生又有了新的苦惱。對自己來說，家人到底是什麼？他再度搞不清楚這件事。妻子的心、女兒的心到底在哪裡？自己心目中的家庭到底是什麼？那個家無法再讓他感到安全。他覺得自己像行屍走肉，也失去了活下去的動力。」

「他在那樣的狀態下，竟然還可以重新站起來。」

「雖然他感到虛脫無力，總算沒有放棄『千萬不能死』的想法。他告訴自己，目前能夠做的事，就是活下去，然後他再度邁開了步伐，然後前往各地，接觸各式各樣的人，漸漸療傷止痛。那些故事很感人，也富有文學性。」

根岸介紹了其中幾個故事。甘粕曾經去年幼的孩子遭到殺害的夫妻經營的玩具店幫忙；一個在一流企業工作，卻因為偷竊而遭到開除的前菁英員工和他分享了身為遊民的生活方式；也曾經帶著一隻他取名為「小凱」的黑狗一起旅行。

「不久之後，甘粕先生終於達到了一個境界，他覺得自己所看到的就是一切，背後的隱情或是真相都很虛無，他和妻子、女兒和兒子在一起時，享受了很多幸福的時光，這樣就足夠了。」根岸重重地吐了一口氣，「以上就是手記的概要。」

中岡用潦草的字在記事本上寫下了『自己看到的就是一切』這句話。「謝謝你。」

「從手記上來看，甘粕先生並沒有和他兒子見面。」

「聽起來好像是這樣。書什麼時候會出版？」

「還沒有決定。之前甘粕先生打電話來問我的感想，我說他的作品很出色，希望可以立刻出版，他說他有自己的想法，會再和我討論出版時間。」

「他有想法？什麼想法？」

「他並沒有說，但是我猜想——」根岸稍微壓低了聲音，「他可能想根據這份手記拍電影，因為他在後記中提到，希望以這份手記作為重回電影界的敲門磚。」

中岡在記錄時點著頭。甘粕本來就是電影導演，會有這樣的想法也很自然。

「之後有沒有再聯絡？」

「完全沒有，我也有很多其他事在忙，所以也就沒有繼續追蹤。老實說，在接到你的電話之前，我已經忘了這件事。剛才來這裡之前，我打了他的電話，但他沒有開機。」

中岡把手上的原子筆指向根岸的胸口說：「你知道甘粕先生的聯絡方式吧？」

「知道，但只有他的手機號碼，他好像並沒有固定的住所。」

「可以告訴我嗎？」

根岸想了一下說：「好，沒問題。」然後拿出了自己的手機。

根岸手機上的號碼和大元他們知道的號碼不一樣，可能是在流浪生活期間新換的號碼。

和根岸道別後，中岡立刻撥打了那個電話，但正如根岸所說，甘粕可能關機，所以無法接通。中岡在語音信箱留言，報上了自己的身分和電話號碼，希望甘粕可以和他聯絡。

20

青江帶著陶醉的心情看著玻璃櫥窗，櫥窗內展示了高五十公分，寬約四十公分的模型。這是聯合國教科文組織認定的世界遺產——印度泰姬瑪哈陵墓，但並不是普通的模型，令人驚訝的是，那是用樂高積木搭出來的，總共用了將近六千塊積木。第一次看到價格時，眼睛瞪得更大，要價超過二十八萬圓。在妻子抱怨起這種東西到底要放在哪裡之前，一定會先對信用卡帳單大發雷霆，所以，他只能在這裡欣賞過乾癮。

青江的房間內有近千個各種不同形狀的樂高積木，都是他為自己而買的。他經常在晚餐後，慢慢喝著威士忌，用積木搭出各種不同的東西。完成出色的作品時，就用數位相機拍下來。上個月製作的天空樹就是他的得意之作，但因為沒地方展示，所以在充分鑑賞後，還是必須拆掉。

他來到住家附近購物中心內的模型專賣店，只要有空，像從學校下班回家時，他都會來這家店逛逛。

他在店內稍微走動了一下，發現有賣帝國飯店的樂高積木。每次看到那個盒子，青江就會陷入猶豫。因為價格適中，尺寸也在允許範圍，但想到帶回家時太太不知道會說什麼，心情就很憂鬱。

「目前東京的帝國飯店和這棟建築物完全不一樣，」一個女人的聲音在他身旁說道，青江驚訝地看向身旁，一個身穿深色套裝，鼻子很挺的女人站在他旁邊。

「這個樂高積木重現的是法蘭克．洛伊．萊特（Frank Lloyd Wright）的代表作，目前已經移至愛知的明治村，但只有玄關的部分而已。」

「那已經是明治村內最大的建築物了。」

女人轉頭看著他說：「好像是，青江教授。」

青江以前沒有見過這個女人，但她美得讓人緊張。青江覺得自己的血壓正在上升。

「呃，請問妳是……」

女人直視著青江的臉問他：「你認識麻布北分局的刑警中岡先生吧？」

這個問題太出人意料，他來不及多思考，就脫口回答：「是啊。」

「果然是這樣，太好了。」女人終於露出柔和的表情，「我想和你談一談，不知道你是否方便？」

「呃，現在嗎？」

「對。」說完，她看向青江的後方。青江察覺到身後有人走過來，回頭一看，個子高大、一臉凶相的男人就站在他身後，眉毛旁有舊傷。看到那個男人，他就畏縮起來。「這是怎麼回事？」他的聲音也有點發抖。

「請放心，我們不是什麼壞人，」女人說：「只是想請教一下關於羽原圓華小姐的事。」

「羽原？呃，你們是……」

女人從皮包裡拿出名片，上面寫著『開明大學總務課　桐宮玲』。

「前幾天，刑警中岡先生來我們大學，向腦神經外科的羽原博士問了一大堆問題後離開了。中岡先生有沒有告訴你這件事？」

「不，我這一陣子沒和他見面。」

「是嗎？」桐宮玲看著手錶說，「不會占用你太多時間，可以稍微打擾一下嗎？」

「啊……喔，那好吧。」

青江也想知道中岡和羽原全太朗到底談了些什麼。

他們的黑色轎車停在購物中心的停車場，青江在一臉凶相的男人示意下，坐進了後車座。桐宮玲開車，男人坐在副駕駛座上。

「請問一下，」青江問：「是中岡先生告訴你們我的事嗎？」

坐在駕駛座上的桐宮玲點了點頭，「羽原博士是這麼說的，有什麼問題嗎？」

「不，沒事……」

太奇怪了。青江忍不住想。上次和中岡談話時，他說即使和羽原全太朗見面，也不會提到青江的名字。

青江看向副駕駛座上的男人，他從剛才就沒有說過一句話，他也是開明大學的人嗎？他的相貌和巨大的身軀，散發出一種曾經多次經歷過危險場面的人特有的氣場。

車子駛進城市飯店的地下停車場，青江以為要去飯店內的咖啡廳，沒想到走進電梯後，桐宮玲按了客房樓層的按鍵。

「去客房談比較不會受打擾。」她似乎看透了青江的內心說道。

青江吞著口水，內心有一種不祥的預感，很擔心會有可怕的事在等待自己。

他們帶著青江來到一間很普通的套房，除了他們三個外並沒有其他人。長沙發和單人沙發呈L形放置在中央的茶几旁，青江在桐宮玲的示意下，坐在長沙發上，她在單人沙發上坐了下來。

「喝咖啡可以嗎？」

怕。

「好。」

旁邊有一輛推車，上面放著咖啡壺和咖啡杯。桐宮玲把咖啡倒進杯子後，放在青江面前。那個一臉可怕的男人一直站在房門口，視線直視前方，完全沒有看向青江他們，反而更讓人感到害怕。

「中岡先生向羽原博士打聽了很多圓華小姐的情況，讓羽原博士很傷腦筋。」

「傷腦筋？為什麼？」

「因為他無法回答，」桐宮玲的嘴角露出笑容，「圓華小姐獨自出門旅行，博士並不知道她目前人在哪裡，也不知道她在幹什麼——請趁熱喝。」

「謝謝。」青江說完，把牛奶倒進咖啡，「是這樣啊，她一個人去旅行。」

「青江教授，你在赤熊溫泉和苫手溫泉都遇見了圓華小姐，對嗎？」

「是，剛好都遇到她。」

「羽原博士很擔心圓華小姐的情況，因為完全沒有聯絡，也不知道她是否平安。中岡先生又剛好在這個時候上門，讓他更不安了，所以就由我代替工作忙碌的博士，想向你打聽一下詳細的情況。」桐宮玲口若懸河地說著事先準備好的措詞。

「喔，原來是這麼一回事。」青江喝了一口咖啡。

「可不可以請你告訴我，你見到圓華小姐時的情況？你最初是在赤熊溫泉見到她吧？」

「對，因為她闖入了禁區，和我在一起的人提醒她離開。當時就只是這樣而已，並沒有想太多，但後來又在苦手溫泉的鎮上看到她，我很驚訝，所以就叫住了她。」

「叫住了她？怎麼叫住她？」

「就用普通的方式啊，我問她為什麼會在這裡，當時她什麼都沒有回答。」

「當時？」

「我告訴她我住的那家旅館，她在晚上來找我。」

青江把和圓華在旅館的對話，以及一起去事故現場察看的事告訴了桐宮玲。

「是嗎？圓華小姐說，她在找朋友嗎？」桐宮玲把視線移到一旁，似乎在沉思。

「她是什麼人？」

桐宮玲似乎沒有聽懂青江這個問題的意思，看著他，微微偏著頭。

「不，這麼問有點奇怪，她是做什麼的？因為她說既不是學生，也沒有工作。」

「沒錯。」

「但是，該怎麼說，她身上散發出一股奇妙的感覺，不像是普通靠父母生活的尼特族，知識很淵博，也可以正確地預告天氣。」

「天氣？」

「她預言了下雪的時間，而且非常準確。」

「青江教授，」桐宮玲露出微笑，「圓華小姐只是普通的女生，也許有點奇怪，但那只是她的個性問題。」

「喔……」

「你和圓華小姐還聊了什麼？她有沒有提到正在找的那個朋友？」

「她完全沒提，只不過……」

「什麼？」

「呃……」青江不知道該不該說，張了張嘴，「中岡先生應該也問了甘粕謙人的事。」

桐宮玲驚訝地睜大眼睛，一直面無表情地站在那裡的男人也用銳利的視線看向青江。

「你從哪裡知道這個名字？」桐宮玲問道，她的語氣變得很嚴厲。

「部……部落格，甘粕才生先生的部落格。」

「你為什麼會去看那個部落格？」

「不，因為，那個……」

青江結結巴巴地把發現甘粕才生部落格的過程、從部落格的文章中得知羽原全太朗的名字、在和中岡聊天過程中，發現圓華出示的照片很像甘粕才生年輕時的樣子等情況都通通說了出來。

「原來是這樣。那我再請教你一個問題，中岡先生為什麼懷疑是謀殺？」

「這……呃，我不知道。」

桐宮玲緩緩搖著頭。

「請你不要隱瞞，別擔心，無論發生任何問題，我們都會負起所有責任，當然也絕對不會透露是從你口中得知的。」

青江看著她精明的臉，又瞥了一眼站在那裡的男人。男人仍然默默注視前方，臉上的表情似乎在恐嚇青江：「我勸你老實回答，不然別怪我不客氣。」

「中岡先生好像在懷疑赤熊溫泉那個被害人的太太，」青江小聲說了起來，「因為她和被害人年紀相差懸殊，原本就很可能是為了財產結婚……」

「原來是這樣，是懷疑他太太。」桐宮玲似乎終於瞭解了，連續點了兩、三次頭。

青江看到她的樣子，發現都是自己在說話，自己也有很多問題想問。

「請問這到底是怎麼回事？」他試圖逆轉發問者和回答者的立場，「圓華小姐在找的朋友是甘粕謙人吧？為什麼圓華小姐認為去發生事故的溫泉區，就可以發現找到他的線索？」

桐宮玲冷冷地說：「不知道。正如我剛才對你說的，圓華小姐的意圖，就連她父親羽原博士也不知道，雖然甘粕謙人是羽原博士的病人，但我們現在才知道圓華小姐好像在找他，當然不可能知道其中的理由。」

「不，但是……」

「剛提到圓華小姐給了你一張類似名片的卡片。」桐宮玲打斷了青江的話，眼神中看不出任何感情，「在苫手溫泉的旅館時，圓華小姐給了你一張手寫的卡片，可不可以給我看一下？」

「啊？呃，我沒帶在身上。」

「在哪裡？大學的研究室嗎？」

「呃，我忘了放在哪裡，但那張卡片沒有用。」

「為什麼？」
「因為上面的號碼是假的，之後我曾經打過那個電話，結果接電話的是完全不同的人。」
「接電話的是誰？」
「不認識啊，是一個上了年紀的女人。我發現不是圓華小姐，就馬上掛了電話。」
桐宮玲垂下雙眼後，再度注視著青江的臉。
「那張卡片上還有沒有寫其他內容？」
「只有姓名和電話號碼，沒有寫其他東西。」
「是嗎？但我還是想看一下那張卡片，如果留在大學，可不可以現在去學校，讓我看一下？」
「啊？現在嗎？」
「當然啊，結束之後，我們會送你回府上，拜託你了。只要你給我看了之後，日後再也不會給你添麻煩，而且也不會再出現在你面前，拜託了。」
她深深地鞠躬。
「喔……是這樣嗎？我不知道那張卡片還在不在，我記得好像丟掉了。」
桐宮玲的右側眉毛微微抖了一下，「大學的垃圾桶嗎？什麼時候？」
「不知道，我記不清楚了，不知道丟去哪裡了。」青江抱著手臂思考起來。在得知那是假電話後，對他來說，就只是一張廢紙，之後也從來沒有想起過。

而且，他完全搞不懂為什麼桐宮玲對那張紙那麼執著。上面只寫了姓名和電話而已，因為他看過很多次，所以記得很清楚。

「那可不可以讓我看一下你的通話記錄？」她說：「手機上應該有你撥打給圓華小姐的號碼吧？我想看一下。」

「可以啊……」青江從內側口袋裡拿出手機。她為什麼會想知道那個號碼呢？根本不知道會打給誰。

這時，他腦海中閃過一個念頭。根本不知道會打給誰——

圓華之前去苫手溫泉的旅館時，努力想要博取青江的信任。為了證明羽原圓華不是假名，她還出示了信用卡的附卡。既然這麼做了，會留下假電話嗎？青江可能會當場撥打電話，確認號碼的真偽。如果圓華的手機不響，青江絕對不可能相信她。

沒錯，那個號碼是真的，上次接電話的也是圓華，但她為了斷絕和青江之間的關係，故意偽裝成別人。只要使用變聲器，變成別人的聲音並不是困難事。桐宮玲應該察覺了這件事。

「怎麼了？」因為青江拿著手機愣在那裡，桐宮玲訝異地問。

「啊，不是，我想起來不是用這隻手機打的。」

「那是從哪裡？」

「我記得是在研究室，用市內電話打的。」

「那個電話的通話記錄……」

青江搖了搖頭。

「電話本身沒有記錄，我們大學的電話和飯店一樣，同時兼內線電話，或許可以去電話公司調閱資料，但如果沒有正當理由，恐怕無法輕易調閱。因為有好幾個人共用那個電話，所以也關係到隱私問題。」

桐宮玲嘆了一口氣，抬頭看著站在那裡的男人，男人似乎和她交換了眼神。

她看著青江說：「那只能去大學找圓華小姐自己動手做的名片了。」

「關於這件事，我又覺得好像帶回家裡了，所以可能要先回家找找看。」

「好吧，那我們馬上送你回家。」桐宮玲站了起來，向一臉凶相的男人使了一下眼色。

「等一下，我自己回家就好，而且並不一定在家裡。如果找不到，我會再去研究室找找看。今天我太累了，請見諒。不如這樣，我會努力找找看，找到了當然會和妳聯絡，如果找不到，也會通知妳，妳覺得如何？」

桐宮玲露出懷疑的眼神。

青江鞠躬說：「希望妳諒解。」然後一直低著頭。

她嘆了一口氣。

「既然這樣，那就沒辦法了，好吧，那我等你的聯絡。」

「不好意思，我一定會仔細找。」

他很客氣地拒絕了桐宮玲提出要送他回家的要求，在飯店搭了計程車。計程車出發後，他在車內回頭一看，發現那兩個人站在計程車站，一直目送著車子離去，兩個人的臉上都充滿懷疑。

青江拿出手機，確認了通話記錄。他剛才說從研究室打給圓華是說謊，他是用這隻手機打的，所以通話記錄上當然留下了號碼。

他之所以說謊，是因為覺得一旦告訴了桐宮玲他們，自己就永遠沒有機會知道真相。桐宮玲剛才說，再也不會出現在青江面前。他們根本無意告訴青江任何事，他們的目的應該只是想知道圓華的下落，而且他們並不知道圓華目前使用的電話號碼。

他握緊手機。目前主動權還掌握在自己手中。

當他回到家時，晚餐已經做好了。今天吃散壽司。這也是壯太愛吃的，但和漢堡排和咖哩相比，喜歡吃日本菜的青江暗自感到慶幸。

客廳不見兒子的身影，可能已經吃完飯，回到自己房間了。敬子把飯菜端到丈夫面前後，坐在沙發上看電視。青江和家人之間今天晚上也沒有任何交談。

青江在吃散壽司時，思考著作戰方案。機會只有一次，一旦失敗，就沒有第二次了。無論如何，都必須設法將對方的軍。

青江食不知味地吃完晚餐後，走進自己的房間。他拿起手機，坐在書桌前，再度整理著自己的思緒。

用力深呼吸幾次後，他開始操作手機，從通話記錄中挑選出那個號碼，按下了通話鍵。

如果是未顯示或是陌生號碼，圓華一定不會接，但如果是這個手機撥打，她不得不接。因為上次已經接過了。如果上次接而這次不接，反而不自然。她希望讓青江以為這個號碼是錯的。

電話中傳來鈴聲。三次、四次。圓華還沒有接起來。她看到來電顯示，正在猶豫嗎？

第七次的鈴聲響到一半，電話接了起來。『喂。』電話中傳來女人的聲音，但聽起來果然上了年紀。

「喂，我是泰鵬大學的青江。」他一字一句仔細說清楚。

『啊？你是哪位？』女人訝異地問道。上次聽到女人這麼說時，青江以為並不是圓華。

「我是泰鵬大學的青江，我們不是在苫手溫泉的『鈴屋旅館』見過嗎？」

『對不起，我完全不知道你在說什麼，你撥打幾號？』

接下來是關鍵，青江吸了一口氣說：

「今天的變聲器狀況似乎不太好，完全聽得出妳的聲音。圓華，我有事想和妳見面談，是關於甘粕謙人的事，如果妳想知道關於他的消息──」他一口氣說到這裡時，電話掛斷了。

他立刻再度撥打，但已經被設定拒接了。由於事先就料到這種情況，所以並未感到失望。

青江回想著剛才的對話。雖然他剛才在電話中認定就是圓華，但如果真的是別人，對方一定會很錯愕，搞不好會感到害怕，而把這個電話退租。

但是，青江很有自信。上次因為聽到不同的聲音而驚慌失措，無法做出冷靜的判斷，這次想到有可能裝了變聲器，再仔細聽了之後，發現聲音、語氣和圓華有點像。

問題在於她如何看待青江說的話。

青江左思右想後，認為最好的方法就是用甘粕謙人作為誘餌吸引圓華的興趣。她沒想到青江會知道甘粕謙人的名字，所以必定很驚訝，如今應該正在猜測青江的目的為何，思考下一步該怎麼做。

青江在家裡走動時，也隨時帶著手機，以防圓華隨時會打電話來。洗澡的時候，也把電話放在門旁，以便有來電時，可以馬上接起電話。

但是，過了半夜十二點，青江用樂高完成了一個小型城堡後，電話仍然沒有響。青江漸漸感到不安。

這是怎麼一回事？她為什麼不打來？難道不想知道有關甘粕謙人的消息嗎？至少她會很在意青江怎麼會知道這個名字，還是因為警戒心更強？

凌晨一點過後，青江走去臥室。敬子已經在隔壁床上呼呼大睡。他把手機放在枕邊，鑽進了被子。今天晚上恐怕不會打來了。青江決定放棄等待。

不知道過了多久，他突然發現有人在搖晃自己的身體。

「嗯？怎麼了？」他昏昏沉沉地問。

「你的手機在響。」敬子不悅地說。

「啊？」

他原本放在枕邊的手機不見了，但的確聽到了手機震動的聲音。低頭一看，原來掉在地上了。他慌忙撿了起來，從床上跳起來，接起了電話。「喂，我是青江。」他走出臥室，走進自己的書房。

對方沒有說話，青江以為電話掛掉了，立刻看著螢幕，仍然是通話中。

「喂？喂？」

『你現在一個人嗎？』電話中傳來年輕女子的聲音。沒錯，就是圓華。

「我一個人在自己房間，家人在其他房間，但都睡了。我剛才也睡著了，因為沒想到妳會這麼晚打電話給我。」青江拿起暖氣的遙控器，打開之後看了時鐘。凌晨三點了。

『我也沒想到你又打電話給我。』

「我想也是。」

『你竟然會發現這個電話是我的。你第一次打來時，不是完全被變聲器的聲音騙了嗎？』

「之後又發生了很多事。」

『很多什麼事？』

「說來話長，如果可以，我想當面說給妳聽。」

圓華停頓了一下。

『那你至少先告訴我，為什麼你知道謙人的事。』

「這件事也無法簡單說明。」

『只要大致說一下就好。』

「不行，要見面再談。別擔心，我不會告訴任何人和妳見面的事，也不會告訴那個姓桐宮的女人。」

圓華再度沉默，這次沉默的時間比剛才更久。

『看來的確發生了很多事，我沒想到會把你也捲進來。』

「如果沒有遇見妳，應該不會遇到這些事。」

『是我的錯嗎？』

「我不是這個意思。如果沒有遇見妳，我仍然什麼都不知道。在什麼都不知道的情況下大放厥詞，說出一些錯誤的事，成為一個愚蠢的學者，所以我很慶幸遇見妳。」

『錯誤的事？』

「當然就是針對兩個溫泉區發生的事的見解，那不是事故，不是嗎？」

『……為什麼問我？』

「因為我認為妳知道答案，所以我希望妳告訴我真相。我也會把我掌握的情況全都告訴妳，包括警方已經開始追查甘粕謙人的事。」

電話中再度陷入了沉默。青江吞著口水，因為他擔心圓華直接掛上電話。

『好吧。』圓華說，『但地點和時間由我決定。』

「沒問題。」青江鬆了一口氣。

21

中岡一踏進刑事課辦公室，股長成田就向他招手。這位上司工作能力很強，但很沒有時間觀念，難得會這麼早進辦公室。

中岡走過去，成田拿著菸盒站了起來。中岡猜想他打算去吸菸室密談，所以大致猜到了他想要談論的話題。

「那是什麼？」一走進吸菸室，成田立刻用下巴指著中岡的手問道。中岡手上提著紙袋。

「伴手禮，仙貝和蕎麥麵。仙貝等一下發給大家吃，蕎麥麵是送你的，你不是很喜歡吃嗎？」中岡從紙袋裡拿出蕎麥麵，遞給成田。

成田接過蕎麥麵，看著包裝上印刷的字，皺起了眉頭。

「苦手溫泉？你假日帶女人去泡溫泉嗎？真羨慕啊。」

「很可惜，我是一個人去的，而且是當天來回。」

「當天來回？我不知道你還有這種興趣。」

「才不是興趣，是為了工作。」

「工作？」成田把蕎麥麵放在一旁，用百圓打火機點了嘴上的菸，「我正要和你談這件事。你最近在偷偷摸摸搞什麼？同事都在抱怨，說你經常失蹤。」

「我可沒做任何踰越你命令的事。」

成田撇著嘴吐了一口煙，「回答我的問題。最近在忙什麼？」

「赤熊溫泉的案子，就是年輕老婆為了遺產幹掉老公的那個案子。」

成田皺著眉頭。

「你還卡在那個案子上嗎？雖然很可疑，但不是沒著力點嗎？」

「不，我在調查之後，發現了很多有趣的事，我正打算找時間向你報告。」

「什麼有趣的事？」

雖然吸菸室內沒有其他人，但中岡把嘴貼近股長的耳朵說：「那起案子絕對有問題，而且絕對是大案。」

成田用指尖彈了彈香菸，彈掉了菸灰，臉上露出狡猾的表情，「你掌握了什麼？」

「和其他案子間的關聯，另一起案子也是在溫泉區離奇死亡，也是硫化氫，地點是在苫手溫泉。」

成田的眼神變得銳利起來。那是他上鉤的徵兆。他連續抽了幾口菸，對中岡揚了揚下巴，示意他繼續說下去。

中岡把包括和青江的對話在內的所有經過，都一五一十地告訴了他。由於內容有點複雜，成田頻頻插嘴發問，證明他很有興趣。

「搞什麼啊，聽起來太可疑了啊。」成田聽完之後，又叼了一支新的菸說道。

「對不對？所以你應該瞭解我為什麼要偷偷摸摸行動了吧。只要處理得宜，可以在總部出動之前就搞定。」

「沒錯，但還有很多不明之處啊，關於殺害方法，大學的教授不是也說不可能嗎？」

「但你不覺得未免太巧了嗎？兩個從事影視工作的人相繼在溫泉區因為硫化氫中毒身亡，和雙方被害人有密切關係的電影導演，以前也因為硫化氫而失去家人，倖存的兒子目擊了現場。難道能對這些事視而不見嗎？」

成田深深吸著菸，持續噴出大量的煙霧。

「沒理由放過。你認為是怎麼回事？」

「我的看法是這樣。雖然不瞭解詳情，但兩起事件都和甘粕謙人有關，但他並不是單獨犯案，而是有共犯。赤熊溫泉一案的共犯就是水城千佐都，因為他們的利害關係一致而聯手。你認為如何？」

「很有意思，但要怎麼證明？即使因為他們同一天住在赤熊溫泉，也無法成為證明。」

「只有赤熊溫泉的話，當然不行，但如果在苫手溫泉也能夠確認到相同的事實呢？」

「苫手？那也是他們兩個人共謀的嗎？」

「我認為可能性相當高，我針對苫手溫泉的被害人，名叫那須野五郎的演員調查了一下，他的死無法為任何人帶來好處，也沒有聽說他和別人結怨。如果需要共犯，甘粕謙人只能利用水城千佐都。千佐都因為他幫忙殺了老公，欠他一份情，所以一旦他提出這樣的要求，千佐都很難拒絕。也可能在赤熊溫泉動手之前，雙方就已經談妥要在苫手溫泉提供協助。」

成田叼著菸，點著頭。

「我能夠理解你的意思，問題是要怎麼確認？」

「租車公司呢？」

「租車公司？什麼意思？」

「泰鵬大學的青江教授告訴我相關情況時，有一件事引起了我的注意。被害人獨自前往現場，問題在於不知道他是怎麼走去散步道的入口。我昨天去了苫手溫泉，親自確認了現場的情況，果然像青江教授所說的。散步道的入口和溫泉街方向相反，距離車站也有好幾公里，只能開車前往。」

「通常不是會搭計程車嗎？」

「如果只有被害人一個人的話，當然會搭計程車，但我認為當天的情況並非如此，而是有人把被害人帶到散步道的入口，所以就不可能搭計程車。因為事故發生後，如果司機證實被害人有同行者，事情就會變得很複雜。」

「水城千佐都家有車嗎？」

「有啊，是一輛鮮紅色的瑪莎拉蒂，開這種車子去鄉下地方的溫泉，馬上會引起別人的注意，而且離東京也很遠，如果不小心遇到塞車，有可能會破壞計畫。」

「所以才會租車嗎？但這麼一來，不是會留下痕跡嗎？」

「如果當作事故處理，警察不會去租車行調查，凶手根本不需要擔心。」

成田似乎同意中岡的說明，點著頭，簡短地說了聲：「原來如此。」捻熄了已經變短的第二支菸。

「股長，」中岡露出一臉嚴肅的表情，「可不可以向縣內各租車行調查一下，案發當天，有沒有人用水城千佐都或甘粕謙人的名字租車？」

成田瞪了他一眼。

「我只是分局的股長，怎麼有能力要求他縣的業者團體做這種事？」

「這種時候，就需要下點工夫啊……」中岡聳了聳肩。他當然是因為看準了成田一有機會，就想要超越警視廳總部那些菁英分子的性格，才會故意這麼說。

成田抓了抓鼻翼，嘆了一口氣。

「真是拿你沒辦法，好吧，那我透過課長請求對方縣警的協助，但暫時不宜透露詳細情況，要找一個適當的理由。目前暫時也不要告訴課長。你有沒有向其他人提過這件事？」

「你是第一個。」

「好，在我同意之前，不要輕易告訴別人。你專心辦這個案子，我會免除你其他工作。如果需要幫忙的人手，告訴我一聲，我會加派幾個人手協助你，但也不要告訴他們詳細情況。」

「知道了，謝謝股長。」

「所以呢？你接下來要從哪裡下手？」

中岡摸了摸下巴回答說：「甘粕謙人吧？」
「有線索嗎？」
「沒有，所以我打算回到原點。」

22

走進品川車站附近的商務飯店後，一看手錶，剛好是約定時間的一點整。
他從大門走進飯店，遇到一群看起來像是中國觀光客的人，不見圓華的身影。他沿著大廳往裡走，一邊撥打電話。
『你到了嗎？』電話一接通，圓華劈頭問道。
「我在大廳。」
『那你來保齡球場。』
「保齡球場？哪裡有保齡球場？」
『就在一樓，你問飯店的人就知道了。』說完，她掛上了電話。
附近剛好有女性工作人員，青江向她問路。這裡的確有保齡球場。但為什麼約在這種地方見面？他納悶地走向保齡球場。

在一大片化妝品和飾品專櫃後方就是保齡球場，入口旁有一個櫃檯。因為無意打保齡球，所以就穿了過去。

雖然是非假日的白天，但球道上很熱鬧。那些人看起來都像是上班族，他們不用上班嗎？

圓華正在角落的遊戲區，她穿著格子襯衫、窄管牛仔褲。手上拿著之前那件防寒外套，今天沒有戴那頂粉紅色毛線帽。

她正在夾娃娃機旁。青江走過去時，她似乎察覺了，轉頭看著他。

「我好幾年沒有來保齡球場了。」青江說。

「像你們那個年紀的人，不是都很會打嗎？」

「那是比我更年長一點的人，在我小時候，這已經退流行了。」

「我幾乎沒打過。」

「所以在玩夾娃娃機嗎？」青江看著夾娃娃機，獎品是米妮布偶，腦袋就超過二十公分。因為份量很重，所以很難夾起來。「這不重要，好久不見，終於又見到妳了。」

「我原本也以為這輩子永遠都不會再見到你了。」

「不想理會腦筋不清楚的中年學者嗎？」

「你本來就是局外人，是你自己要闖進我們的故事。」

「我並不是喜歡闖進別人的故事，只是想修正自己的錯誤，盡自己身為學者的責任。」

「責任……」

圓華偏著頭時，一對母女走了過來，似乎想玩夾娃娃機。那位母親還很年輕，女兒可能還沒上學。「兩位請。」圓華離開了夾娃娃機。

「當作事故處理就好了啊，這樣有什麼問題嗎？」

「大有問題。正因為發生了那樣的事故，兩個溫泉區的生意都受到很大影響，如果不是事故，必須趕快告訴他們。」

「教授，我能夠理解你說的話，但恐怕很困難。」

「什麼很困難？」

「你不能只說不是事故吧，既然不是事故，當然要說清楚到底是什麼。」

「那當然啊，所以我才和妳見面。因為我認為妳知道隱情，告訴我，那不是事故吧？」

圓華沒有回答，看著側面，向他伸出手。

「什麼？」

「你有沒有一百圓？」

「錢包裡應該有。」

「給我一個。」

「啊？」

他看向圓華視線的方向，那對母女正在爭執。那位母親挑戰了夾娃娃機，但沒有成功夾到米妮。女兒要求再度挑戰，但母親似乎沒有自信。

「妳想幹什麼？」青江問。

「別問那麼多，趕快給我。」

青江從錢包裡拿出一百圓，交給圓華。

她對那位母親說：「可以請妳等一下嗎？」

「啊？」那個女人有點不知所措地後退。

圓華面帶微笑地對那個女孩說：「等一下下喔。」把一百圓硬幣投進了夾娃娃機，然後看著夾娃娃機內，開始操作按鈕，娃娃夾動了起來。當看到娃娃夾開始下降時，青江覺得「夾不到了」。雖然布偶就在下方，但位置有點偏了，娃娃夾應該夾不到布偶的身體。

但是下一剎那，青江忍不住張大了嘴。米妮布偶被夾了起來，雖然娃娃夾只夾到一隻腳，但因為腳的前端很粗，所以不會掉下來。

娃娃夾抓著米妮，順利回到了原來的位置。圓華從夾娃娃機下方的取出口拿出布偶，遞給那個女孩說：「給妳。」

「可以嗎？」那位母親滿臉歉意地問。

「可以啊，因為我並不想要。」

「那、至少這個……」那位母親從皮夾裡拿出一百圓，圓華點了點頭，收了下來。

那位母親讓女兒道謝，頻頻鞠躬後離開了。

圓華走回青江身旁，遞給他一百圓說：「還你。」

「妳果然很會夾娃娃。」青江把一百圓放回錢包裡說道。
「這好像是……第二次。」圓華微微偏著頭。
「第二次？不會吧？」
「這不重要，呃，我剛才說到哪裡？」
「妳什麼都沒說，我正在問妳，溫泉區發生的事是事故，還是並非單純的事故，結果妳突然跑去夾娃娃——」
圓華在他面前張開手，似乎想制止他繼續說下去。
「在回答你的問題之前，我有一件事要先問你，你怎麼會知道謙人的事？」
「妳先回答我的問題。」
「不必擔心，我一定會回答。相信我。」
青江撇著嘴回答說：
「因為遇到了妳，我覺得那兩起硫化氫的事故之間可能有某種關係。因為兩起事故的被害人都是影視工作者，所以就查到了甘粕才生，看了他的部落格，從他的部落格得知了謙人，還有妳父親。」
「果然是這樣，我就想應該是這麼一回事。你在電話中提到了桐宮小姐的名字，你該不會去了開明大學？」
「不是我去的，是麻布北分局的刑警中岡。」

「刑警？」圓華立刻露出緊張的神色。

「那名刑警對赤熊溫泉的事故產生了疑問，所以來找我。這也是一切的開端，之後我又在苫手溫泉遇到了妳，我和中岡開始注意謙人。」

青江把目前為止的詳細經過，和中岡去開明大學的事告訴了圓華。

「是喔，所以桐宮小姐去找你。」圓華看著格鬥遊戲的螢幕說道。

「沒錯，桐宮小姐問了我很多問題，卻不願意回答我的問題，還說她並不知道妳在找謙人。」

「是喔，她只能這麼回答。」

「聽妳的口氣，桐宮小姐果然在說謊嗎？」

「她只是聽從她老闆的指示。」

「她的老闆是誰？妳的父親嗎？」

「這……我不能說。」

「為什麼大腦神經外科的醫生要做這種事？」

圓華皺著眉頭說，「我不是說了不能說嗎？你這個人真是糾纏不清。」

聽到圓華說自己糾纏不清，青江頓時怒不可遏。

「為什麼？妳和桐宮小姐一樣嗎？只知道向我發問，卻完全不回答我的問題。至少回答一下啊，妳到底在隱瞞什麼？雖然甘粕謙人似乎掌握了關鍵，但妳為什麼在找他？妳和謙人到底有什麼關係？你們應該不只是朋友而已吧？」

青江太激動，一口氣問了一連串問題。他越說越大聲，周圍的人都看著他們。

圓華嘆了一口氣，走向保齡球區。一群像是學生的人正在兩個相鄰的球道上開心打保齡球，圓華在可以從後方看到他們的位置停下了腳步。

青江也走到她身旁，小聲地道歉：「對不起，我情緒太激動了。」

「不必道歉，我能夠理解你為什麼這麼煩躁，而且對把你捲入這件事也感到很抱歉。」

「既然這樣，就回答我的——」

「會剩三個。」

「啊？」

圓華揚了揚下巴，示意他看向球道。青江抬頭一看，發現右側前端前方剩下三個球瓶。

「我們在談的事和保齡球沒有關係。」

但是，圓華的視線又移向左側說：「那裡會剩四個。」丟出的保齡球還在球道中間，不一會兒，擊中了一整排球瓶，但正如她所說的，剩下了四個球瓶。

青江回想起她剛才說的話，她說的是「會剩三個」，而不是「剩了三個」。也就是說，剛才也是球還在球道中央時，她就說中了剩下的球瓶數量。

「沒有意義啊，」圓華說，「即使你知道我和謙人的事，對你來說，也沒有任何意義，不知道反而比較好。」

「這要由我聽了之後進行判斷。」

「沒這回事，教授，」圓華轉頭看著青江，「你不是想知道那是不是事故嗎？如果不是事故，你想確認那到底是什麼。關於這個問題，我晚一點會告訴你，我一定會告訴你。但除此以外，請你不要試圖追問，因為這些事和你無關。拜託你。」

圓華說話的語氣好像在懇求，看起來不像是裝出來的，而是真心為青江著想。

「我的好奇心因為妳的關係而膨脹到極點，那要怎麼處理？」

「很抱歉，只能請你忍耐。我說了好幾次，這是為你好，我不想再給你添更多麻煩。」

圓華似乎心意已堅。

「好吧。」青江回答，「桐宮小姐他們想要妳給我的那張卡片，即使我告訴他們，上面的電話是假的，他們也說想要知道。因為他們苦苦追問，我突然想到，號碼可能是真的。桐宮小姐聽了我的話，發現妳當時為了博取我的信任，不可能留假的電話號碼給我。」

「應該是這樣，她很聰明，但你能夠想到這件事也很了不起。」

「不需要奉承我，我無論如何都想在桐宮小姐他們找到妳之前和妳接觸，所以沒有把電話告訴他們。但接下來該怎麼辦呢？我可以告訴她嗎？」

圓華搖了搖頭，「最好不要。」

「ＯＫ，那就這麼辦，如果沒有發生任何狀況，我就不告訴她。如果狀況改變，我認為告訴她比較好，就會告訴她。妳認為如何？」

圓華想了一下說：「嗯，可以啊。」

「我還有一個要求，」青江豎起手指，「希望妳盡可能接我的電話。雖然我沒有重要的事，不會打電話給妳，但可能會發生無論如何都需要和妳聯絡的事。當然，我也很歡迎妳打電話給我。」

圓華沉默不語，她似乎在猶豫。

青江又接著說：「請妳相信我，我不會背叛妳。」

「不是背不背叛的問題，我不是說了嗎？你最好不要再和我有任何牽扯。我應該不會聯絡你。」

「那是我的自由啊。」

圓華露出苦笑說：

「既然這樣，那就隨你的便。但我要聲明，我也有我的事，並不是隨時都能夠接電話。」

「我也一樣，那我們的交易就成功了。接下來就輪到妳完成我的要求了，」青江注視著圓華，「請妳告訴我事故的真相。」

她在胸前抱起雙臂，「很遺憾，現在不行。」

「喂喂喂，我們不是才說好——」

「我不是這個意思，而是說目前、這個地點不行。光聽我說，你無法接受。俗話不是說，百聞不如一見嗎？讓你親眼目睹最理想。」

「那要怎麼做？」

「我會再通知你時間和地點，別擔心，不會讓你等太久，今天之內就會聯絡你。」

「妳不會騙我吧？」

「你不是希望我相信你嗎？既然這樣，也請你相信我。」

青江無言以對，只能回答說：「好吧。」

圓華的視線再度看向球道，「啊！」了一聲。青江也順著她的視線看了過去，看到保齡球正在球道上滾動。

「真可憐，剩的兩個在兩端。」

保齡球發出巨大的聲響擊中了球瓶。投球的人揮動著拳頭，似乎覺得投得很不錯，但球瓶沒有全倒，正如她所預告的，兩端各剩下一個。

青江驚訝地看著圓華。

「晚點再聯絡。」她若無其事地說完，小跑著離開了。

青江決定先回大學，但無論上課時，還是在研究室指導學生時，他都心不在焉，一直在意放在口袋裡的手機，不時確認電池的剩餘量。

「你在等某個重要的人的重要電話嗎？」他正在研究室裡看著手機時，特別敏感的奧西哲子問道。

「不，並不是那麼重要。」

「學生都在說，青江教授今天有點怪怪的，上課時好幾次都重複相同的話，有時候突然放空，到底發生了什麼事？」

「沒事，不必擔心。」

青江站了起來。因為他覺得繼續留下來，會引起更大的懷疑，所以他決定回自己的辦公室。

他坐在電腦前，做一些事務性、機械性的工作，卻始終無法專心。不光是因為在等電話的關係，保齡球場發生的事始終在腦海盤旋。羽原圓華在保齡球打到球瓶之前，就已經正確預測了會剩下幾個球瓶，而且也知道剩的是哪幾個球瓶。如果是職業保齡球手，或許在某種程度上可以預測，但也不可能那麼精準。思考這個問題時，又想起了圓華之前的表演——成功地夾到了娃娃。

她到底是什麼人？她說最好不要知道，但越是思考，越在意這個問題。

不知道是否神經嚴重耗損的關係，他漸漸產生了睡意。回想起來，自從半夜接到圓華的電話後，他幾乎都沒闔眼。

他坐在椅子上打瞌睡，手機響了。是圓華打來的。他急忙接起了電話。

『今天晚上十一點，你來有栖川宮紀念公園。』她在電話中說。

「十一點？為什麼這麼晚……」

『因為盡可能不想讓別人看到，而且那時候是最佳條件。』

「條件？」

『你來了之後就知道了。那就晚上見。』圓華說完，掛上了電話。

青江看了手錶，才下午六點多。雖然可以先回家，但他想不到這麼晚出門的藉口。

桌上堆滿了報告。那是學生們交的作業，但都寫得很糟，看到一半就看不下去了。剛好用來打發時間。他伸手拿起報告。

他和頻頻出現複製、貼上現成內容的報告奮鬥了兩個小時後，處理了幾件雜事，離開了學校。他打電話回家，告訴敬子會晚回家後，去了常去的那家定食食堂吃了晚餐。他慢慢吃著生魚片定食，卻還不到十點。無奈之下，只好加點了啤酒，一邊慢慢喝啤酒，一邊看電視。電視正在報導一個女人涉嫌覬覦遺產，殺害了高齡丈夫而遭到逮捕。因為他們結婚的時間並不久，所以很可能在結婚之前就已經計畫行凶。青江不由地想起在赤熊溫泉發生的事，覺得兩起案例很相似。他又想起中岡最近都沒有打電話來，他之前去了開明大學，難道一無所獲嗎？當初說好如果知道有關羽原圓華的消息，一定會通知自己，但中岡沒有完成這個約定。

喝完啤酒時，時間剛好。他走出食堂，前往約定的地點。

有栖川宮紀念公園位在距廣尾車站走路幾分鐘的位置，來到用長方形的石頭堆起的大門時，電話鈴剛好響起。

『你現在在哪裡？』圓華問道。

「公園門口。」

『你電話不要掛斷，走進公園，沿著散步道一直走進來，在第一個岔路口向右轉。』

站在公園外，覺得公園內一片漆黑，但走進公園後，發現沿途不時有路燈，比想像中更加明亮。他按照圓華的指示往裡面走，的確看到了岔路。他向右轉，走了一段路之後，又遇到了岔路。他告訴圓華，圓華指示他向左走。他聽從她的指示一直走進公園深處。散步道上有高低落差，越往裡面走，地勢越高。

青江第一次走進這個公園，散步道曲折蜿蜒，他漸漸不知道自己所在的方位。雖然有路燈，但樹木不時擋住了光線，很多地方都很沉入黑暗中。每次靠近黑漆漆的地方時，就忍不住緊張，擔心會有可怕的東西蹦出來。

『在那裡停下來。』圓華說道，『然後往斜坡上看。』

青江把手機放在耳邊巡視四周，發現斜坡在右側。他抬頭向上看，在昏暗中看到藍色的光在打轉。應該是螢光棒，和青江的位置相距超過二十公尺。

『看到了嗎？』圓華問。

「嗯。」青江回答，光環很快消失了，隱約看到一個人影。從人影的個子判斷，那個人應該是圓華。

「妳要幹什麼？」

『你看了就知道了，你不是想知道答案嗎？』

「是啊……」

『那你就等在那裡。』

青江把電話拿了下來，持續看著斜坡上方。雖然知道圓華在移動，卻看不清楚她在幹什麼。不一會兒，她的腳下冒出了白色煙霧，但煙霧沒有向四周擴散，而是沉向下方。

青江吃了一驚。他立刻知道那是什麼。是乾冰煙霧，應該是把乾冰放進裝了水的容器裡。

煙霧緩緩飄落，好像一條巨大的白蛇在移動般，穿越樹木之間，在草上爬行，直奔青江的方向。令人驚訝的是，煙霧在彎曲繞行時，寬度幾乎都沒有改變。這代表煙霧並沒有擴散。

煙霧終於飄到青江腳下，之後發生的事更令人驚訝。煙霧沒有通過他所在的地點，是停在那裡。白色的煙霧在轉眼之間包圍住他的全身。

怎麼會有這麼荒唐的事——？

他覺得這種現象不可能發生，但事實發生在他眼前。

青江把手機放回耳邊，「這是怎麼回事？妳用了什麼魔術？」

但是，他沒有聽到回答的聲音，電話已經掛斷了。

青江離開原地，走去找圓華，但散步道有好幾條岔路，他不知道該怎麼走。

好不容易到達時，她已經消失了。地上放著長方形的保麗龍盒子，繼續吐著白煙。旁邊發出藍光的是螢光棒。

青江撥打了電話，但她不接電話。鈴聲響了幾次後，才終於接通。

『喂。』電話中傳來圓華的聲音。

「妳人在哪裡？」

『公園外面。』

「為什麼？妳回來，我想問清楚。」

『對不起，我已經坐上計程車了。』

青江隨即隱約聽到遠處傳來汽車離開的聲音，青江用力握著手機。

「這樣我根本搞不懂，妳不是說，要告訴我答案嗎？」

『為什麼搞不懂？我不是說了嗎？百聞不如一見。』

「我在問妳設了什麼機關，是怎麼做到的？」

圓華在電話的另一頭呵呵笑了起來。

『沒有機關。小孩子也知道，只要把乾冰放在水裡，就會冒出白色的煙霧。』

「這我知道，但為什麼沒有擴散？」

『那我問你，煙霧必定會擴散嗎？無論在任何條件下，都會發生相同的現象嗎？』

「這……」青江無法繼續回答，因為從科學的角度來說，她的說法是正確的。

『教授，這樣就可以了吧？』圓華用平靜的語氣說，『我已經把答案告訴你了，我遵守了約定，所以，你不要再打電話給我了。』

「等一下。」

『我不要，我沒有其他事可以告訴你了，其他的請自己思考。啊，對了，不好意思，請你幫我把保麗龍箱子和螢光棒丟掉，再見。』

說完，她掛上了電話，手機仍放在耳邊的青江，就這麼愣在原地。

他看向保麗龍箱子，煙霧仍然從箱子裡冒了出來。

乾冰是固態的二氧化碳，在負七十八．五度凝固，只要丟進水等液體中，就會立刻氣化，但產生的氣泡會包覆因瞬間凝固的水，成為冰的超微粒子，當氣泡在水面上消失時，冰的超微粒子就會和氣化的二氧化碳一起釋放在空氣中，形成煙霧。

青江能夠理解圓華所說的話，由冰的超微粒子和二氧化碳的混合物組成的煙霧比空氣重，也就是說，剛才的煙霧模擬重現了藉由化學反應產生的硫化氫氣體的動態。

但問題在於為什麼煙霧可以在沒有擴散的情況下到達目的地，而且在那裡停留？氣體的動向可以人為控制嗎？

他思考著這些問題，看著煙霧的方向，忍不住感到驚訝。因為他發現煙霧飄散的方式和剛才完全不一樣。

煙霧在擴散。不是像河流一樣聚集在一起，而是像扇子打開般向地面擴散。他繼續注視著煙霧，剛好一陣風吹來。風並不大，但煙霧頓時完全消失了。保麗龍箱裡再度產生了新的煙霧。

對嘛，這才是正常的現象。剛才的煙霧完全沒有擴散，像河流般維持一定的寬度前進，而且停留在一個地方是特殊的情況。

但是，圓華說的是真理。即使是特殊情況，只要具備相關條件，發生這種現象也不足為奇。

條件——

他想起圓華下午曾經說，只有那個時候才是最佳條件。難道是指煙霧不受干擾，聚集在一起下降，而且可以停留在某一點的條件嗎？無風、地面溫度低，而且沒有上升氣流，地形也很適合——所以才會在半夜找自己來這裡嗎？即使如此，那也沒問題。問題是她為什麼知道這個時間、這個地點符合這樣的條件？

青江撿起螢光棒。那是二十公分左右的細棒，仍然發出微弱的光。

他突然察覺有動靜，轉頭一看，一個人影向他走來。當對方走到路燈下時，他看到了對方漂亮的臉。

青江睜大了眼睛問：「妳怎麼會在這裡？」

桐宮玲難得露出笑容。

「你帶我來的啊，從大學一直到這裡。中途去的食堂是你常光顧的餐廳嗎？」

青江微張著嘴問：「妳跟蹤我？從什麼時候開始？」

桐宮玲聳了聳肩，「這種事不重要吧？」

「但是——」

「不好意思。」她打了一聲招呼後，從口袋裡拿出手機。

「喂……喔，是嗎？我知道了，那就繼續麻煩你了。我和青江教授在一起……好，拜託了。」她把手機放回口袋後轉向青江，「目前已經確認了圓華小姐的下落。」

原來也同時跟蹤了她。青江想起昨天和桐宮玲在一起的那個男人，剛才應該是和他通電話。

「你們到底在幹什麼？」青江把手上的螢光棒指向桐宮玲，「到底有什麼目的？」

她沒有回答，看著煙霧量逐漸減少的保麗龍箱。

「雖然我剛才站在遠處，但也從頭到尾都看到了，你似乎很驚訝。」

青江放下了螢光棒，「妳不驚訝嗎？」

桐宮玲垂下雙眼，縮起下巴說：「對，現在已經不會了。」

「現在？什麼意思？」

「青江教授，」她露出嚴肅的表情看著青江，「可不可以請你忘記今天晚上看到的一切？」

「啊？妳說什麼？」

「希望你當作什麼都沒看到，不要告訴中岡先生，也不要留在記憶中。」

因為她的話太出人意料，青江一時無法回答。調整呼吸後才終於說：「等一下，這未免太荒唐了。」

「不行嗎？」

「當然啊，別開玩笑了。」他揮了揮發出藍光的螢光棒，「我怎麼可能答應這種事？雖然是奇妙的現象，但的確發生了。身為科學家，有義務要搞清楚。」

「那我請教一下，你有自信能夠搞清楚嗎？我聽說想要用科學的方式證明，首先必須具備重現性，恕我失禮請教，你有辦法重現剛才圓華小姐所做的嗎？」

「這……」青江無言以對。他沒有自信。圓華剛才所做的在理論上有可能，但在現實中，只能說是不可能的事。
桐宮玲好像老師在面對不成才的學生般，用力點了點頭說：
「沒錯，對圓華小姐來說是易如反掌的事，但普通人根本做不到，所以，即使你記住了這個事實也完全沒有意義，不如乾脆忘了。」
「妳是說，她不是普通人嗎？」
「你可以這麼認為。」
「她和普通人哪裡不一樣？她有超能力嗎？具有可以自由操控氣體的能力嗎？」
「如果我回答是，你就肯罷休了嗎？」
「開什麼玩笑！」青江把螢光棒丟在地上，「妳認真回答我。」
「我很認真。而且圓華小姐是什麼人和你根本沒關係啊。」
「那可不行。想到因此影響了溫泉區的觀光人潮，不能讓真相一直這樣隱瞞下去。」
「那你可以寫一篇修正報導，說溫泉區發生的事是一個能夠自由操控硫化氫氣體的人幹的，但報社願意刊登嗎？」
青江緊閉雙唇，咬牙切齒。雖然不甘心，但她說的完全正確。即使剛才親眼目睹了事實，也不知道該如何公諸於世。他想起在保齡球場時，圓華也曾說很難說明不是事故，而是其他狀況。
「我對兩個溫泉區深表同情，我們也不認為不需要理會，日後打算採取相應的措施。當然絕對不會傷害你的名譽，或是造成你的困擾，所以，希望你把這件事交給我們來處理。」

桐宮玲好言相勸，青江看著她問：「你們……到底是什麼人？」

「這也和你沒有關係，知道了嗎？請你忘了今天晚上的事。可不可以請你向我保證，不會採取任何行動？」

「如果我不答應呢？如果我會全部告訴中岡先生呢？」

桐宮玲微微皺起漂亮的眉毛。

「這麼做有什麼意義？」

「不知道，我只是想知道真相。如果告訴中岡先生，他可能會採取某些行動。」

「一旦扯上警察，就會讓事態更複雜，也許會造成無可挽回的後果。」

「無所謂，和我沒有關係。」青江粗聲粗氣地說道。他知道自己在意氣用事。

桐宮玲嘆著氣說：

「好吧，不如這樣，我會把你的想法傳達給老闆，老闆應該會下達指示，到時候我再告訴你。」

「在此之前，要對今晚的事保守祕密嗎？」

「沒錯，我會盡量馬上給你答覆。」

青江默默思考片刻，覺得這個主意並不壞。

「好，那我就等妳電話。」

「好，那我就告辭了。」

桐宮玲鞠了一躬，轉身離開了。青江目送她的背影在黑暗中離去，看著保麗龍箱，箱子幾乎不再冒煙霧，只有透明的氣泡從水中浮上來。

23

那棟辦公大樓位在八重洲，中岡的目的地位在這棟玻璃帷幕大樓的五樓，他和幾個身穿西裝的男人一起走進了電梯。

只有中岡在五樓走出電梯，沿著帶有一種冷硬感的白色牆壁走在走廊上，看到了寫著牙醫診所的玻璃門。中岡走了過去，站在入口前，靜靜地推開門，旁邊櫃檯的女人立刻滿臉笑容地向他鞠躬說：「午安。」那個女人二十出頭，五官很端正，白色的衣服穿在她身上很好看。

中岡拿出警察徽章，「我剛才打電話來過。」

「喔，」那個女人笑著點頭，「你是中岡先生。」

「對，請問妳是……」

「我是西村。不好意思，可不可以請你等我一下？」

「好。」中岡回答，她起身走去裡面。中岡在旁邊的椅子上坐了下來。這裡是完全預約制，所以並沒有病人在等候。

桌子上放著植牙的說明書，一看價格，中岡瞪大了眼睛。相當於中岡三個月房租。

剛才的女人走了回來。「讓你久等了。」

「妳時間沒問題嗎？」

「對，三十分鐘左右沒問題。」

「謝謝，我盡量不耽誤妳太多時間。」

他們走出大樓。中岡已經確認旁邊就有一家咖啡店，他問西村彌生想喝什麼，她誠惶誠恐地點了拿鐵，中岡點了綜合咖啡後，兩個人一起走去角落的桌子。

「不好意思，突然打電話給妳，妳有沒有嚇一跳？」中岡問。

「有一點，因為已經是很久以前的事了。」她雙手握著拿鐵的杯子。

她叫西村彌生，是甘粕謙人的姊姊萌繪高中時的同學，也一起參加了舞蹈社。

「我是從之後擔任舞蹈社社長的鈴木由里小姐口中得知妳，聽說妳們現在偶而也會見面？」

「你也去找過由里嗎？」西村彌生眨了眨大眼睛。

「對，怎麼了？」

「沒事，因為我們經常互傳訊息，但她從來沒說過有刑警去找她……」

「喔，」中岡點了點頭，「那是我請她不要說的，我叫她不要告訴妳曾經有刑警去找過她這件事，因為我不希望妳有預設立場。」

「原來是這樣。」

「因為如果妳事先知道我會問妳哪些問題，很可能會事先準備答案，所以請妳不要責怪鈴木小姐。」

「我不會怪她，」西村彌生笑著搖了搖頭，「我到底該告訴你什麼？」

中岡在電話中只說，希望瞭解高中舞蹈社時代的事。

中岡喝了一口咖啡後，坐直身體，注視著對方。

「以前舞蹈社有一個同學叫甘粕萌繪，妳還記得嗎？」

西村彌生的睫毛眨了一下，把端到嘴邊的咖啡杯放回桌上，表情變得僵硬。「我記得，當然……」

「對不起。」中岡向她道歉，「也許妳不太願意回想，但我正在偵查一起案子。或許妳很痛苦，但希望妳能夠協助。聽鈴木小姐說，妳是甘粕萌繪最好的朋友，這件事沒錯吧？」

「我不知道是不是她最好的朋友，但我們的確很要好。」

「但妳完全想不到甘粕萌繪有什麼理由要自殺，對不對？」

「我想不到，所以聽到消息時難以相信……」

「所以事先並沒有徵兆。」

「對，沒有，因為我們每天都相互激勵，要為下一次比賽加油。」

「妳有沒有見過甘粕萌繪的父親？」

西村彌生可能沒料到會提到萌繪的父親，身體微微往後退，似乎很意外。

「只有一次。在放學時，他叫住了我……」

「你們當時聊了什麼？」

「當然是萌繪的事，他問了我很多關於萌繪的事，以及她在舞蹈社的情況。」

「你們談了多久？一個小時？」

「沒那麼久，因為我們站著說話，所以最多只有十分鐘到十五分鐘。」

「妳知道甘粕萌繪的父親寫部落格的事嗎？」

「呃……知道，」她的表情似乎有點僵硬，「有人告訴我，我去看了。」

「妳看了之後，有怎樣的感覺？」

「怎樣的……」

「妳可以把妳看了之後的印象直接說出來，別擔心，妳說的話我不會告訴任何人。」

「即使你告訴別人也無所謂，該怎麼說……首先覺得他很可憐。雖然對我們來說，只是死了一個同學，但對她爸爸來說，女兒和太太都死了，而且兒子又變成那樣，所以可能很難承受。」

西村彌生低下頭，小聲地說。

「還有呢？」

「還有……呃，」她似乎在思考該如何表達，「我還覺得萌繪有很多我們不瞭解的地方，因為我從來沒有聽她聊過部落格上所寫的那些事……」

「可不可以請妳再詳細談一談這件事？部落格上所寫的內容，應該都是甘粕先生從萌繪的朋友那裡打聽到的事，但當時和萌繪最要好的妳並不知道，這是怎麼回事？」

「可能是問其他人吧，但是……」她抬眼看著中岡。

「但是什麼？」

「不，沒事。」她搖著頭，再度垂下雙眼。

「怎麼了？這樣不是會讓我很好奇嗎？不行啦，怎麼可以故意吊我的胃口？」中岡故意半開玩笑地笑著說。

西村彌生戰戰兢兢地抬起頭。

「我真的可以實話實說嗎？」

「請說，請說，我求之不得呢。」

西村彌生用力深呼吸，下定決心後開了口。

「我覺得那個部落格很奇怪。」

「奇怪？怎麼奇怪？」

「看了之後，很多地方都讓人感到格格不入，或者說有失真的感覺。我剛才也說了，部落格上所寫的萌繪和我認識的她完全不一樣，好像在說不同的人。」

「具體來說呢？」

「我認識的萌繪活潑開朗，說得不好聽點，就是有點不安份。」

「不安份？」

「對，因為聽說她讀中學時是不良少女，經常被輔導，還抽菸，後來受到一個跳舞的街頭藝人影響開始跳舞，進高中時參加了舞蹈社，所以慢慢變好了。這是她親口告訴我的。」

「原來如此，聽妳這麼說，的確和部落格所描寫的萌繪不太一樣。」

「對不對？部落格所寫的萌繪是清純乖巧的女生，所以我覺得很奇怪。」西村彌生說完，突然想到什麼似地看著中岡，「刑警先生，你也問了由里相同的問題嗎？」

「對，我問了。」

「她怎麼說？」

「妳為什麼在意她怎麼說？」

「因為我以前和由里討論過那個部落格的事，那時候她也說了相同的話……」

「好像是，」中岡點了點頭後繼續說道，「鈴木由里小姐說，雖然不知道真相如何，但她認為那個部落格上寫的都是謊言。」

中岡是因為川上誠也的證詞，而開始產生了疑問。川上是甘粕才生的部落格中曾經提到的人物，他是足球隊內和甘粕謙人最好的朋友。

雖然知道失去記憶的謙人應該不可能和以前一起踢足球的隊友聯絡，但中岡覺得川上也許知道些什麼，所以決定和他見面。

川上目前就讀東京都內的一所大學，中岡查到了他的住址，上門去找他。在川上家的起居室面對面坐下後，中岡發現他個子並不高，而且有點瘦。當他說了自己的感想後，川上苦笑著說：

「在上中學之前，我的個子算高的，所以讓我當守門員，但之後幾乎都沒長高……」

川上說，他在上中學後沒多久就不再踢足球了。

當中岡問及和甘粕謙人的關係時，他立刻承認他們關係很好。

「其實我很想去探視他，但教練叫我別去，說謝絕會客。之後才聽說，是家長討論之後，決定不要讓小孩子去醫院探視，擔心我們看到甘粕變成植物人會很受打擊，聽說這也是他爸爸的要求。」

「你是說甘粕才生先生嗎？」

「對。」

「所以，那起事件發生後，你完全沒有和謙人見過面？」

「對。」

「沒有，我甚至不知道謙人之後怎麼樣了。刑警先生，你知道嗎？」川上反問他。

「也沒有聯絡嗎？」

「你有沒有看過甘粕先生的部落格？」

「部落格？那是什麼？」

中岡拿出平板電腦，讓他看了甘粕才生的部落格。川上誠也一臉嚴肅的表情看著，中途不時偏著頭。中岡問他怎麼了，川上回答說，他覺得有點奇怪。

「我的確和謙人的爸爸見了面，在我練完足球回家時，他叫住了我，說希望我和他談談謙人的事，但只有那一次而已，而且也沒有像他寫的那麼長時間。老實說，當時並沒有聊什麼。」

「甘粕先生會不會和其他人聊了很久？」

「也許吧，但我從來沒有聽其他隊友提過這件事。」

「那就有點奇怪了。」

「而且，」川上有點不服氣地嘟著嘴，手指著平板電腦的螢幕，「上面寫到謙人做的事、說的話，和謙人告訴我的情況有很大的落差。」

「怎樣的差別？」

「我聽謙人所說的並不是這麼和諧的家庭，而是各過各的，彼此很冷漠。」

「很冷漠？怎樣冷漠？」

「他爸媽間的關係已經降到冰點，他爸爸在外面有女人，完全不回家。媽媽雖然知道，但為了面子，而且也很滿意身為天才電影導演的太太這個身分，所以在孩子成年之前，並不打算離婚。」

「那還真是……落差很大啊。」

「關於他姊姊，也和我聽到的情況完全不一樣。雖然謙人的姊姊和他關係很好，但很討厭他爸爸，謙人也說，他根本不想理他爸爸。」

「但是……」中岡操作著平板電腦，「你可不可以看一下這裡？這裡寫著，謙人很尊敬和崇拜甘粕先生。」

川上迅速瀏覽了螢幕上的文字後，搖了搖頭說：

「不，不可能啦。」

「你是說不可能有這種事？」

「對，他說從來沒看過他爸爸拍的電影，也從來沒聽他說過以後想從事影視方面的工作。」川上態度堅定地說。

中岡感到困惑不已。甘粕才生的部落格到底是怎麼回事？

川上的談話中，最令他印象深刻的，就是謙人的姊姊萌繪討厭他們的父親。於是中岡決定向她高中一起參加舞蹈社的同學瞭解情況。

「我也知道萌繪很討厭她爸爸，」西村彌生拿著咖啡杯說道，「她曾經說，從來就沒有喜歡過他，那個人是冷血動物，只重視自己的人生，根本不顧他人死活，把妻子和兒女當成是他的附屬品。」

「附屬品？比方說？」

「只是為了襯托電影導演甘粕才生，或者說是為他打造良好的形象。小時候，就經常要求萌繪穿一些奇怪的衣服，萌繪很不喜歡，但如果不穿，就會挨罵。而且當別人問她，為什麼要穿這種衣服時，還強迫她回答，是自己喜歡那樣穿。萌繪說，他一定希望別人認為兒女也都繼承了天才導演不平凡的基因。」
中岡忍不住發出悶哼的聲音，一切都和那個部落格中所寫的完全不一樣。
西村彌生又繼續說道：
「萌繪在中學時學壞，也是因為對她爸爸的自私感到很生氣，想要傷害他天才電影導演的招牌。結果她爸爸對她說，她不是自己的孩子。但是，萌繪曾經說，如果不是那種男人的女兒，不知道有多幸福。她為自己身上流著那個男人的血感到羞恥。」
「等一下，」中岡伸出右手，「身上流著那個男人的血——萌繪小姐曾這麼說嗎？千真萬確嗎？」
「千真萬確，她還說她想去整型。」
「整型？為什麼？」
「因為，」西村彌生指了指自己的鼻子，「萌繪不喜歡自己的鼻子，我覺得並不會難看，結果她說，因為像她爸爸，所以她不喜歡。雖然眼睛和嘴巴可以用化妝修飾，但鼻子的形狀沒辦法修飾，還說自己的手也很像她爸爸，所以也很討厭。」

青江感受到手機在內側口袋震動時，有一種預感。他走在走廊上，接起了電話。
『我是開明大學的桐宮，』對方說：『是青江教授嗎？』
「對。」
『前幾天失禮了，請問現在方便說話嗎？』
「請長話短說，我馬上要上課。」
『好，那我就有話直說了。你今天晚上有空嗎？差不多兩個小時左右。』
「有什麼事？」
『說來話長。』
「我認為是上次的回答，沒問題吧？」
『沒問題，請問你的時間方便嗎？時間和地點可以由你決定。』
「我傍晚六點之後有空，地點就由妳決定。」
『好，那就七點在上次的「泰姬瑪哈陵」前。』
「好，七點，是否需要我準備什麼？」
『不需要，可能會檢查你隨身攜帶的物品，所以希望你最好不要帶危險物品。』
「檢查隨身物品？為什麼要這麼做？」
『你來了之後就知道了，那就晚上七點見。』桐宮玲說完，就掛上了電話。
青江注視著手機螢幕片刻，關掉了手機電源。學校規定，上課時要關機，但幾乎沒有學生遵守這個規定。

這堂課要分析都市地區的大氣污染結構，青江站在講台上，在黑板上畫了兩棟高樓後開始進行說明：

「像這樣，道路位在巨大的建築物之間的狀態稱為street canyon，也就是街谷。各位同學應該知道，在這種狀態下，會產生特殊的風，但是，受到建築物的高度、密度、道路寬度和當時的天候影響，產生的風也千差萬別。通常是在吹和道路呈直角的風時，視為典型的狀態。」青江在黑板上的畫上又補充了好幾個箭頭，但在畫箭頭的同時，腦海中浮現一個景象。

白色煙霧像蛇一樣向自己的方向前進。

他至今仍然難以置信，覺得是眼睛的錯覺，或是自己在做夢，但那是千真萬確的事實，既沒有詭計，也沒有機關，只是純粹的物理現象。

為什麼有辦法做到那樣？人類根本無法預測氣體的行進方式？即使可以在某種程度上預測，也只能很粗略地預估，就好像畫在黑板上的這些箭頭——

青江猛然回過神，回頭看著教室內。學生滿臉困惑的表情看著他，也有人訝異地皺著眉頭。

「不好意思，」青江說：「不久之前，我家附近有一位老太太被大樓風吹倒，結果造成了骨折。老太太在被送往醫院的途中，氣鼓鼓地揚言要去法院告人，但是，你們認為她想要告誰？」

他點了幾名學生，請他們發表了看法。那些學生認為可以告大樓的施工單位、都市計畫的負責人，但最後開始討論大樓風到底是自然現象，還是人為製造的。在討論過程中，多次提到了數值預報這個字眼。

目前只要運用超級電腦的數值預報技術，可以輕易預測會產生怎樣的風，所以老太太受傷應該算是人禍。

對，只要使用超級電腦——青江再度回想起那天晚上發生的事，但是圓華並沒有超級電腦。

青江前往約定好的地點，發現「泰姬瑪哈陵」不見了，取而代之的是有好幾個屋頂像洋蔥般的城堡建築物，使用了紅色、綠色和黃色等明亮的顏色，感覺很繽紛，上面寫著「聖瓦西里主教座堂」。

青江察覺有人站在自己背後，從對方身上散發的香氣，立刻知道來者是誰。

「這是莫斯科紅場上的建築物，」桐宮玲開始解說，「聽說是俄羅斯所有教堂中最美的一座，事實上也的確充滿了莊嚴的感覺。」

青江回頭看著她問：「妳去過嗎？」

「只是遠遠眺望而已，因為是因工作前往。」她看著手錶說：「剛好七點整。」

青江看著她身後問：「妳的搭檔今天沒來。」

「他有他的工作，我們走吧。」

「去哪裡？」

「你只要上車，我就會帶你去。」桐宮玲邁開步伐。

車子和上次一樣停在購物中心的停車場。車子很眼熟。青江坐在後車座，繫好安全帶。

「我遵守了約定，沒有向任何人談起在有栖川公園看到的事，也沒有告訴中岡先生。」

桐宮玲看著前方，點了點頭。

「明智的選擇。我也不認為你會做出輕率的舉動，因為畢竟是圓華小姐信任的人。」

「她看人很有眼光嗎？」

「她非常有眼光，比任何人更有眼光。」

聽到桐宮玲斬釘截鐵地說，青江有點困惑。

「但妳也不要以為可以高枕無憂，我留下了記錄，我把那天晚上的事都記錄下來了，那份資料隨時可以傳給別人。而且我設定經過一段時間後，就會自動寄給好幾個人。雖然我不知道妳接下來要帶我去哪裡，但請妳別忘了這件事。」這些事完全是憑空捏造，但他努力讓說話的語氣具有真實的味道。

桐宮玲微微偏了偏頭，好像在笑。

「不必擔心，我不會綁架你。」

「我想也是，我只是好意提醒。」

「好，我聽到了。」

車子駛上首都高速公路，行駛了一段路後，回到了普通道路，然後繼續向前開。青江漸漸知道要去哪裡。

「該不會是去開明大學？」

「對，」她回答說：「但不是普通的校區。」

「那是哪裡？」

「你馬上就知道了。」

幾分鐘後，轎車駛入一棟白色建築物的停車場。青江走下車，跟著桐宮玲走向正面玄關，玄關的小牌子上寫著「數理學研究所」。

走進自動門，有一個像大廳般的空間，那裡放著沙發和茶几，但真正的入口是在大廳深處，那裡有一道安檢門。

桐宮玲默默遞給他一張綁了繩子的卡片，似乎是訪客通行證。青江接過卡片，掛在脖子上。

「不用檢查隨身物品嗎？」

桐宮玲露出納悶的眼神問：「需要檢查比較好嗎？」

「不，也不是……」

「那就省略吧。」說完，她邁開步伐。

經過安檢門，沿著走廊繼續往前走。那裡有好幾個房間，不時有像研究人員的人走進走出，每個人看起來都很忙碌，根本沒有看青江他們。

「這裡進行哪方面的研究？」青江邊走邊問。

「各種研究，無法以一言蔽之，但如果硬要說的話，就是關於智能方面的研究。」

「智能?人工智慧之類的嗎?」

「這也是其中一部分。」桐宮玲很乾脆地回答。

她在一道門前停下腳步，門旁有一個裝了麥克風的鑲嵌板，她觸摸了鑲嵌板，立刻傳來男人的應答聲:『哪一位?』

「我是桐宮。」她回答說，不一會兒，就聽到了開鎖的聲音。

桐宮玲打開門，走進屋內。青江也跟了進去，立刻看到一個差不多有一百英吋的巨大螢幕，上面畫著用無數細線組成的圖形，既像是立體地圖，又像是標記的宇宙天體。

一個男人站在螢幕前。男人很瘦，臉也很尖，花白的瀏海垂在略寬的額頭上。

男人笑著走了過來，「歡迎來到本研究所。」他伸出右手說:「我是羽原。」

「你是羽原全太朗博士吧?」

「沒錯，青江教授。」

青江和他握了手，羽原的手很柔軟。

「要喝點什麼?」桐宮玲問。

「我不用了，」青江立刻回答，「我想趕快瞭解情況。」

羽原露出了苦笑。

「我想也是，但請你先坐下，站著不方便說話。」

螢幕旁的桌椅剛好適合面對面坐下，羽原請他入座，青江坐了下來，羽原也坐了下來。桐宮玲坐在不遠處的椅子上。

「首先，」羽原開了口，「小女給你添了很多麻煩，我為此向你道歉。」他微微鞠躬。

「倒沒有添什麼麻煩，只是讓我很困惑，我完全搞不清楚狀況。雖然她說不需要瞭解，但對我來說，當然不可能這麼簡單。」

「我非常瞭解你的心情，但是，青江先生，我相信你也已經從桐宮口中得知，這件事真的和你沒有關係，所以，我們至今仍然不希望把你捲入。」

「在我看到那些之後，你仍然想用這番說詞勸退我嗎？」

羽原聽了青江的話，皺了皺眉頭，但嘴角仍然露出笑容，「聽說她用了煙霧。」

「我太驚訝了，她竟然好像在自由操控煙霧。」

「任何人都會驚訝，但我相信你應該知道，那並不是在操控煙霧，只是選擇了那樣的條件。」

「我想也是，只是我搞不懂，她為什麼能夠做到。」

羽原把雙肘放在桌子上，雙手的手指在臉前交握。

「聽說你看了甘粕才生先生的部落格。」

「我看了。」

「所以你已經在某種程度上瞭解了甘粕謙人遭遇的不幸事件，以及他之後的狀態。」

「只到他出現奇蹟似康復的徵兆為止。」

羽原點了點頭，站了起來，拿著放在巨大螢幕旁的平板電腦走了回來。當他操作平板電腦時，螢幕上也出現了不同的畫面。

畫面上有一個少年，大約十幾歲，坐在桌子前，不知道在丟什麼東西。青江看到少年的臉，忍不住感到驚訝。

「他是……甘粕謙人？」

「對，」羽原說，「大約在動完手術後三年的時候。」

「在短短的三年……」青江再度看著畫面，忍不住倒吸了一口氣。

畫面中的少年完全看不出有任何身心障礙。因為他坐著，所以只能看到上半身，但他的動作很輕盈。既然他能夠在赤熊溫泉出沒，可見他現在已經能夠自由活動了，只不過青江還是對他在這麼短的時間內就恢復到這種程度感到驚訝。當青江表達他的感想後，羽原說：「他的康復簡直是奇蹟，簡直難以想像。雖然原本期待可以在某種程度上有所改善，但做夢都沒想到，竟然能夠徹底康復。」

「真的太厲害了，應該更加大肆發表。」

「對，我當初也這麼想，但事情發生了變化。能夠康復到這種程度，的確是奇蹟，但真正的奇蹟還不止於此。」

「真正的奇蹟？」

「請你仔細看一下，同時仔細聽。」

羽原的手指在平板電腦上滑動，謙人的手被放大後，出現在螢幕上。他丟在桌上的是比正常尺寸稍大的骰子，單邊的邊長大約三公分左右。

青江聽到了聲音。三、五、一、六——他正在唸骰子出現的數字。

「怎麼了嗎？」青江問。

「你仔細聽他的聲音，再仔細看畫面。」

聽到羽原這麼說，青江把視線移回螢幕上。謙人繼續丟著骰子，把骰子的數字唸出來後，再度丟骰子，丟了一次又一次。

不，不對——

他並不是在唸骰字的數字，在骰子靜止之前，他就已經發出了聲音。骰子還在滾動時，他就說出了數字，而且每次都說中。

青江看著羽原，他張著嘴，卻說不出話。

「你似乎已經發現了。」羽原說道。

「他預言了骰子的數字……」

羽原緩緩搖了搖頭說：

「他不是在預言，而是預測。請你仔細看清楚，謙人是在骰子離手後，馬上就說出了數字。反過來說，當骰子還在他手上時，他還不知道會出現多少數字。當骰子離手時，只有重力和幾乎可以無視的空氣阻力才會對骰子產生作用，掉到桌子上後，受到掉落的角度、慣性矩、桌子的反彈係數，以及桌子表面的摩擦力等因素的影響，骰子在桌子上滾動，最後停止。這一系列的物理現象沒有任何無法預測的要素，所以在骰子離手的瞬間，就已經決定了數字。謙人只是把數字說了出來。」

「怎麼可能……」青江將視線移回螢幕上，「根本不可能做到啊。」

「但是，他做到了，還是你認為這些影片動了手腳？」

「我不會這麼說，」青江搖了搖頭，「只是難以置信。」

「我也無法相信，在謙人告訴我，他最近發現自己有這種能力之前，我也無法相信，甚至懷疑其中是否有什麼玄機，但並不是魔術，也沒有詭計。」

「到底是怎麼做到……？」

「聽謙人說，並不是什麼特別的事。」

「啊？哪裡不特別？」

「請你想像一下，假設有一個邊長三十公分、材質是木頭的骰子。讓骰子上數字是六的那一面朝上，捧在雙手上，再從一公尺的高度丟到鋪平的沙地上，你認為結果如何？」

「把邊長是三十公分的骰子丟到沙地上？」青江皺著眉頭，想像著羽原所說的狀況，「因為下方是沙地，骰子不會滾動，如果是直直掉落，六的數字會向上，然後骰子埋進沙地。」

「應該是吧，你看，只要具備條件，你也可以預測。」

「不，這完全是兩回事——」

「是同一件事。雖然現象會比較複雜，但都是根據物理法則進行預測，當然，為此需要為數龐大的數據。在拍這段影片之前，謙人曾經練習超過一百次，起初始終無法順利預測，在超過五十次之後，正確率逐漸上升，應該是因為骰子和桌子相關的物理數據都逐漸齊全的關係，只不過如果使用不同的骰子，一切就要從頭開始。當骰子比這個更小時，正確率就會大為降低。聽謙人說，桌子表面位置不同時，反彈係數會有微妙的差異，因此會受到影響。」

羽原說：「請你再看另一段影片。」然後操作平板電腦，螢幕上出現了不同的畫面，是一個好像操場般的地方。

一個體格健壯的男人站在那裡，一身射箭裝扮，右手拿著附了好幾個減震桿的弓。

畫面突然分成了三等分，男人出現在中央的畫面，兩側的畫面拍出了標靶。由紅色、藍色、黑色和白色同心圓構成，靶心是黃色。右側是實際的標靶，但左側的標靶是液晶畫面上的標靶。

「等一下會有什麼？」青江問。

「你看了就知道了。」羽原嘴角露出笑容。

男人把箭放在弓上，開始拉弓。他靜靜地瞄準目標後，把箭射了出去。發射的箭很快就從畫面上消失了。

左側畫面上立刻出現一隻手，用食指指著標靶的某個部分。那裡出現了一個綠色的點，箭幾乎在同時射中了實際的標靶。

箭射中了兩點鐘位置的紅色範圍，和液晶螢幕標靶上綠點的位置幾乎相同。

男人再度裝好了箭，再度射了出去。左側的畫面上再度出現一隻手，碰觸了標靶。這次綠點出現在六點鐘方向的綠色範圍內，箭也幾乎同時射中了實際標靶的相同位置。

「離標靶的距離有九十公尺，標靶的直徑是一百二十公分，那名男子是參加全國比賽的選手，當時要求他瞄準正中央射擊。」羽原說道：「你應該已經知道了，左側畫面中那隻手是謙人，但在選手射箭的同時，他就預測了可以射中標靶的哪一個位置。當然，為此需要一些數據。在實驗之前，先請選手試射了幾支箭。謙人在觀察他的情況後，在大腦中輸入了射出箭矢的彈道傾向，以及受風影響的情況。」

青江再度注視畫面後，嘆著氣說：「雖然難以相信，但似乎只能相信。」

「即使說是奇蹟，也不算是誇大其詞。」羽原操作著平板電腦，關掉了影像。

「為什麼有這種能力？是因為手術的關係嗎？」

「只能這麼認為，但在此之前，我想先談談另一件事，是關於我的研究室以前研究的『專家腦』項目。」

「專家……聽起來好像很複雜。」

「你應該很容易理解。當時，我正在研究如何從分子、細胞的層次解析大腦的高等功能，最後成功地在相當程度上瞭解了大腦的神經活動和記憶、學習的關係。於是，我將焦點鎖定了在工藝品和材料加工業中，以手工作業完成驚人技術的名人，也就是那些被稱為工匠的人的大腦。幸運地獲得多位工匠的協助，在調查後發現了驚人的事實。用一句話來說，就是這些人具有複數的大腦。」

「啊？」青江的身體忍不住向後仰，「這怎麼可能……」

「這當然是比喻，」羽原點著頭說：「從解剖學上來說，和一般人的大腦沒什麼兩樣，然而，一旦開始工作，就完全不一樣了。他們在做有點複雜的作業時，也只使用一部分大腦，一般人在進行削挖、彎曲和組合等作業時，必須使用大腦中相當大的範圍。如果是稍微複雜的作業，幾乎要使用整個大腦，甚至聽不到別人對他說話。說得好聽點，就是很專心，但其實是資訊處理能力已經達到了極限，但那些專家和高手的資訊處理能力綽綽有餘，在作業的同時，可以持續觀察、思考各種不同的事物，同時回饋到工作上。更令人難以置信的是，他們本身並沒有意識到這些事，幾乎都是在無意識的情況下處理資訊，他們稱之為工匠的直覺。」

青江忍不住悶哼一聲，雖然他瞭解那些被稱為工匠和專家的了不起，但用科學的方式說明，有著完全不同的震撼。

「這是靠訓練嗎？」

「訓練當然是不可或缺的要素，但我認為和基因也有關係。雖然可以藉由持續訓練，在大腦形成效率良好的神經迴路，但每個人的速度和成果並不相同。」

青江能夠理解這一點，就像是運動能力，並不是付出相同的努力，就能夠得到相同的結果。

「再回到謙人身上，」羽原繼續說道：「他形成新神經迴路的速度非常快，比方說，靠大腦處理某種資訊時，即使起初會耗費一點時間，在多次重複之後，處理的速度就會有飛躍性的提升。我們在研究之後發現，他的大腦處理這種資訊所使用的範圍縮小到最低限度，和那些工匠一樣，大腦有充分的餘裕，所以這些餘裕的部分就可以處理完全不同的資訊。這就是他能夠從植物人狀態奇蹟似康復的理由。至於這種資訊處理能力能夠提升到何種程度？我們對這件事產生了興趣，於是就請謙人住在這個數理學研究所，在這裡從各個方面研究智能到底是什麼。謙人連日接受各種測試，當然事先徵求過他的同意，漸漸瞭解了他大腦內的情況。用一句話來說，就是他幾乎能夠完美地預測未來的狀況，他能夠藉由五感獲得眼前狀況的相關資訊，並即時分析，預測下一剎那所發生的事。在不斷重複訓練之後，就能夠預測骰子的數字和箭所射中的目標。」

青江聽著羽原的話，回想起好幾個場景。他也曾經多次親眼目睹類似現象。不光是煙霧而已，保齡球瓶、夾娃娃……不，他搖了搖頭。其實更早之前就已經見識過了。在赤熊溫泉的旅館大廳，也曾經見識到有人預測了打翻液體的動向。只不過那並不是甘粕謙人，而是另一個人。

「羽原圓華也……」

「這件事等一下再談，」羽原伸手制止道，「你剛才問我，為什麼不公諸於世，我先回答你這個問題。理由之一，是因為數理學研究所不光是開明大學的研究機構，同時也是國家的研究機構，謙人的事當然必須向厚生勞動省和文部科學省，還有警察廳報告。」

「警察廳？」

「目前資訊工學和犯罪偵查有密切關係，」羽原說道，「這些廳省向我們發出指示，等研究有更明確的結果，確立相關技術後，再討論是否要公布這個消息，在此之前一定要嚴格保密。」

「嚴格保密……」

「仔細想一下，就覺得理所當然，因為這也許可以說是一種創造天才的技術，一旦輕易公布，到處進行人體實驗就慘了。當然，最主要的原因還是希望由我國獨占這項劃時代的研究。」

「研究的進展如何？」

羽原聳了聳肩，輕輕舉起雙手。

「只能說，還有很大的進步空間。謙人剛來這裡時，甚至無法判斷他的能力是手術帶來的影響，還是他與生俱來的。雖然也有其他病患接受了類似的手術，但從來沒有像他那樣的情況。不久之後，終於掌握了幾項證據，確定是手術帶來的影響，但問題在於重現性。有一個極大的障礙，使我們無法進行確認。簡單地說，需要另外一個病患，在和謙人的大腦完全相同的部位，做相同的手術，問題是剛好出現這樣的病患可能性極低。於是，我們想出了一個解決方案，只不過那是在倫理上會被追究責任的禁忌實驗。我相信你能夠猜到是怎樣的實驗。」

「該不會……在健康的人身上動手術？」

羽原嘆了一口氣，點了點頭。

「你猜對了，我們找了一個大腦沒有任何障礙，而且細胞再生能力很強的兒童，在和謙人發生腦損傷的相同部位進行了手術。當然，一旦有異常變化，立刻會恢復原狀，但凡事並沒有完美，手術造成重大障礙的危險性也不是零。」

「但是，你還是做了，」青江說：「在自己的女兒身上動了手術。」

「即使你說我是瘋子，我也無可爭辯，」羽原說完，輕輕笑了笑，「因為我和我周圍的人真的瘋了。」

「不，不是這樣。」旁邊突然傳來一個聲音，桐宮玲從椅子上站了起來。

「不是……這樣？」

「桐宮！」羽原厲聲制止，「不必提這件事。」

「不，應該讓青江教授也瞭解這件事，」桐宮玲緩緩走了過來，「在圓華小姐身上動手術這件事，既不是羽原博士提出的，也不是其他人建議的。不是別人，而是圓華小姐自己希望在她身上做實驗。」

「啊！」青江的身體向後仰，「怎麼可能……？」

「這是真的，我也曾經聽她說過，為什麼想要接受這個手術，她說，」桐宮玲的胸口起伏，似乎在調整呼吸，好像要宣布重大的事，「她說，她想成為拉普拉斯的魔女。」

「拉普拉斯？」

「是龍捲風讓她下了這樣的決心。」

圓華好像聽到有人在叫自己的名字，猛然張開了眼。剛才似乎睡著了。她坐了起來，看向床頭櫃的時鐘。快八點了。

她下了床，走到窗邊。從窗簾縫隙向外張望。一輛廂型車停在對面小鋼珠店旁。她猜想應該就是那輛車。昨天之前是黃色小型轎車，可能覺得同一輛車會引起注意，所以換了車。雖然有可能是桐宮玲的指示，但圓華認為是武尾自己的判斷。因為她很瞭解他的性格有多麼小心謹慎。

在有栖川宮紀念公園和青江見面後，她立刻跳上了計程車，很快就發現後方有車子跟蹤。去公園時沒有人跟蹤，所以跟蹤的人一定是從青江那裡下手。既然這樣，必定是桐宮他們。

雖然她曾經想要設法甩掉跟蹤，但如此一來，就不知道對方有什麼打算。既然只是跟蹤，就代表目前並不想立刻把自己帶回去，所以她故意讓對方知道目前住的地方。那是一家平價商務飯店。之後，就在馬路上看到了奇怪的車輛，可能是在飯店大門前監視。

她去便利商店買食物時，曾經用小鏡子觀察車內的情況。果然不出所料，在駕駛座上看到武尾那張粗獷的臉。

為什麼只是監視，而不把自己帶回去？可能他們察覺了自己的目的，所以決定靜觀事態的發展。當然，目前並不知道他們是否默認了自己的行動，很可能在最後的緊要關頭出手干涉。

但是，他們的目標應該和圓華相同。也就是要阻止甘粕謙人，阻止他繼續犯罪。

她離開窗戶旁，再度躺回床上，但已經沒有睡意了。清醒的腦海中浮現出第一次見到謙人的日子。

圓華知道父親用劃時代的手術，讓原本是植物人的少年清醒了，但她對這件事漠不關心，相反地，她努力不想知道這件事。因為這個話題會讓她聯想到並不算長的人生中最悲慘的回憶。

這個回憶不是別的，就是母親的事，是奪走母親生命的龍捲風。

美奈被埋在瓦礫堆中最後露出的笑容。那一幕深深烙在圓華的腦海中。美奈在斷氣之前，只關心女兒是否平安。當她得知女兒平安無事，發自內心感到鬆了一口氣。光是想到這件事，圓華內心深處就湧現一股暖流。

溫柔的媽媽、溫暖的媽媽、堅強的媽媽——龍捲風在剎那之間奪走了圓華最重要的人。

圓華覺得自己一輩子都不會忘記巨大的黑色圓柱從背後逼近的景象。即使事後回想起來，仍然覺得龍捲風破壞一切的樣子，不像是發生在這個世界的事。

但是，這並不是任何人的過錯。龍捲風是自然現象，所以只是運氣不好。如果那天的那個時間不在那裡，就可以躲過一劫。

沒錯，父親全太朗當時不在她們身邊，他在東京，所以甚至沒有看到龍捲風。

他之所以沒有和圓華母女同行，是因為工作無法脫身。有一個非他不可的重要手術，他正忙於相關的準備工作。雖然當初是他提出說，今年的連休要去美奈娘家——

即使如此，圓華也完全無意責怪全太朗。如果他也同行，圓華可能同時失去父母。

圓華對手術按照原定計畫進行也感到佩服。只要在全太朗身邊停留片刻，就可以充分感受到他對失去美奈感到多麼難過。她曾經多次看到父親深夜回家，對著媽媽的遺照喝著威士忌，圓華似乎也能夠聽到他在心中對亡妻說話的聲音。

只是她對全太朗動的那個手術毫無興趣，聽說手術成功，所以她也感到高興，但只是如此而已。全太朗也隻字未提手術的事，他原本就很少在家裡談工作的事，如今可能顧慮到女兒的心情，比之前更刻意避談這些事。

所以那一天，全太朗把手機忘在洗手台上這件事，對羽原父女來說，真的是命運的惡作劇。

那一天——四年前的秋天，那天是非假日，但圓華在自己家中。因為那天是學校的校慶。她就讀的是同時有中學部和小學部的學校，所以上了中學部後，校慶也是同一天，也就是遇到龍捲風後整整過了四年。

圓華發現手機之後，準備出門送手機給全太朗。她之前曾經多次去過父親工作的開明大學醫院。

來到門外，發現昨天開始下的雨已經停了，但天空很黑，她遲疑了一下，最後帶了雨傘。她到了醫院，在櫃檯問了全太朗目前人在哪裡。櫃檯的人告訴她，今天不在醫院，而是在數理學研究所。圓華問了地點後，發現離醫院有一小段距離。

因為天氣並不冷，她決定走路過去。幸好這時雨已經停了，在行人稀少的馬路上，有些地方積了水。

數理學研究所——父親為什麼會去那裡？父親是腦神經外科醫生，照理說應該和數理學沒有關係。

圓華也有手機，但全太朗並沒有打電話給她。可能他還沒發現自己忘了帶手機。

不一會兒，左前方出現了白色建築物。她走近一看，看到了「獨立行政法人　數理學研究所」的牌子。圓華抬頭仰望建築物，覺得銳角的設計很適合「數理學」這幾個字的感覺。入口是霧面玻璃門，完全看不到裡面的情況，似乎拒絕閒人進入。

圓華正在門口遲疑，身後傳來一個聲音。回頭一看，一名少年跑了過來。少年對她說：「趕快撐傘。」

「啊？什麼？」圓華搞不清楚狀況。

少年跑到她身旁，從她手上搶過雨傘，立刻打開了傘，然後按著她的頭對她說：「快蹲下。」她莫名其妙地蹲了下來。

一輛卡車駛過他們身旁，下一剎那，水濺到了雨傘上。圓華不知道發生了什麼事。

少年吐了一口氣，站了起來。

「太好了。」他收起了雨傘，「那個人開車很不小心，我果然沒有猜錯，他沒有繞開，也沒有放慢速度。」說完，他把雨傘遞給圓華說：「還妳。」

圓華仍然搞不清楚狀況，接過了雨傘。少年指著馬路對她說：「那個。」馬路旁有一個很大的水窪。

圓華看到水窪，終於恍然大悟。卡車的輪子駛過水窪，濺起的水一直噴到他們站立的地方。

「你怎麼知道濺起來的水會噴到我？」

少年為難地垂著雙眉，微微偏著頭。

「為什麼知道？我最怕別人問我這個問題，只能說，就這樣知道了。」

「是喔。」圓華在回答時，猜想可能經常會有人問他這個問題。也就是說，經常發生這種事嗎？

但是，圓華還有比仔細思考這件事更重要的事。

「謝謝你，幫了我的大忙。」圓華看到少年的牛仔褲褲腳溼了，向他道歉說：「對不起。」

「妳沒必要道歉啊，幸好泥水沒有濺到妳的白色衣服。」他指著圓華身上的白色連帽衣說。

少年個子很矮，但仔細觀察後，發現他比圓華年紀稍長。他的鼻子很挺，一隻細長的眼睛很清澈，在學校一定很受女生的歡迎。

「妳去研究所有事嗎？」少年看著建築物問道。

「我爸爸忘了帶東西，我來送給他。」

「喔，妳爸爸是？」

「他姓羽原……」

少年微微睜大眼睛，「開明大學的羽原醫生？」

「你認識他？」

「當然啊，他是我的恩人。」

少年指著自己的頭說：「他幫我動手術，四年前。」

圓華微微偏著頭，隨即驚訝地看著他的臉。

「你該不會就是從植物人奇蹟康復的少年……」

「對，」他點了點頭，「就是我，所以羽原醫生是我的恩人，救命恩人。」

圓華驚訝不已。她知道手術成功了，卻沒想到竟然完全康復了。她一直以為即使清醒了，仍然會有某些障礙，但無論怎麼看，眼前的少年都像是正常人。不，他剛才的敏捷根本連圓華也自嘆不如。

「沒想到你恢復得這麼好。」

她坦率地表達了感想，他露出燦爛的笑容說：「多虧了羽原醫生。」

任何人聽到有人對自己的父親表達感謝，都不可能不高興。圓華也很自然地露出笑容。

「呃，你叫……」

圓華問道。少年回答說，他叫甘粕謙人。是個很少見的姓氏。圓華也向他自我介紹，謙人說她的名字很好聽。

「你還要繼續回診嗎？你看起來已經完全康復了啊。」

謙人臉上仍然帶著笑容，用下巴指了指建築物說：「這裡並不是醫院啊。」

「啊，對喔。」圓華看了建築物的入口後，將視線移回謙人身上，「你也有事來這裡嗎？」

「不能算是有事……」他撥了撥頭髮，「我住在這裡。」

「啊？你的家在這裡？」

「不能說是家，但因為我沒有其他住處，所以也可以算是家。」

「你為什麼要住在這種地方？」

他露出狐疑的眼神看著她問：

「羽原醫生沒有告訴妳我的事嗎？」

「完全沒有，」圓華搖了搖頭，「因為爸爸在家裡完全不會談工作的事。」

「是喔……既然這樣，我也不能說。因為他們要求我不能告訴任何人。」

「是祕密嗎？」

「是啊。」他聳了聳肩。

聽到他這麼說，反而更想知道。

「即使我向你保證，絕對不會告訴別人也不行嗎？」她沒有輕易放棄。

「不行啊，」他笑了起來，「妳應該也很清楚，這種保證有多不可靠。」

圓華無言以對。因為他說的完全正確。

「要不要進去？我為妳帶路。」

「嗯，太好了。」

他熟門熟路地走進建築物的入口，圓華也跟著走了進去。微暗的燈光下，放了幾張沙發和桌子，一個男人正在角落的座位看雜誌，除了他以外，並沒有其他人。

兩人繼續往裡面走，有兩個好像車站自動驗票口的東西。旁邊有一個櫃檯，櫃檯內坐了一個女人。

少年走向那個女人，和她說著什麼。女人笑臉相迎，點著頭看向圓華，似乎瞭解了情況。然後拿起電話，不知道打電話去哪裡。

她打完電話後，對少年說了什麼。他點了點頭，回頭看向圓華，向她招手，叫她過去。圓華走了過去。

「羽原醫生正在忙，妳可以把手機交給我，我等一下會交給醫生。」

「喔，是喔。」圓華從口袋裡拿出全太朗的手機放在櫃檯上，「那就麻煩妳了。」

「我會負責轉交。」

圓華確認那個女人放好手機後，和少年一起離開了櫃檯。

「謝謝你，幫了我的忙。」

「小事一樁，我可以問妳電話嗎？」

「啊，當然可以啊。」

圓華也想問他的電話。雖然對他沒有心動的感覺，但有好感，而且對他神祕的部分也很有興趣。他們當場互留了電話。

謙人送她到門口，圓華看到了剛才的水窪。

「妳家離這裡近嗎？」謙人仰望著天空問道。

「搭電車十五分鐘左右，車站是——」

謙人聽到她說的站名後，立刻俐落地操作著自己的智慧型手機，螢幕上出現了地圖。

「在這裡西方十二公里處，妳家離車站近嗎？」

「走路大約七、八分鐘。」她不知道謙人為什麼問她這些問題。

「是喔，那就很難說。」

「怎麼了？」

謙人指著天空說：「二十五分鐘後會下雨，妳從這裡走去車站要五分鐘，再加上等電車的時間，在妳下電車時，剛好開始下雨。這把傘又可以派上用場了。」

「天氣預報這麼說嗎？」

「不是天氣預報說的，但應該會是這樣。」

圓華不知道該說什麼，所以沒有說話。「再見。」他向圓華道別後，走進了建築物。

圓華納悶地走去車站，等了一會兒，搭上了電車。在電車上時，發現天色漸漸暗了下來。電車抵達了羽原家附近的車站，圓華剛走出車站，天空就下起了雨。她打開雨傘，拿出智慧型手機確認時間，離謙人剛才預言的時間剛好過了二十五分鐘。

那天晚上，全太朗回家後，為圓華送手機的事道謝。

「妳真是幫了大忙，原本想打電話給妳，但又不好意思叫妳送過去。妳竟然能夠找到那裡。」

「我先去了醫院，他們說你在那裡。爸爸，你現在都在那裡工作嗎？呃，是不是叫數理學研究所？」

「不是一直在那裡，只是偶爾。妳為什麼問這個問題？」

圓華想了一下，把遇見甘粕謙人的事告訴了他，還說是謙人為她帶路。

全太朗的表情頓時嚴肅起來，「他有沒有給妳看什麼？有沒有對妳說什麼？」

看到父親的嚴厲眼神，圓華發現自己不應該說這件事。她搖了搖頭說，只是帶她進去而已。

「是喔。」雖然父親點著頭，但似乎有點懷疑。

那天之後，圓華很在意謙人的事。他在那裡幹什麼？為什麼要保密？

她決定傳簡訊給他。首先為那天的事道謝，同時告訴他，正如他所說，後來真的下了起雨，她感到很驚訝。

他立刻回了訊息，說很高興用這種意想不到的方式遇到了恩人的女兒。同時用開玩笑的方式說，不得不隱瞞很多事，也讓他感到痛苦。雖然文字很輕快，但圓華總覺得他內心很沉重。

他們互通訊息，聊了一些無關緊要的事。看他所寫的內容，發現他並沒有其他可以互通訊息的朋友，關於這件事的理由，他說『當交際範圍太廣，持續隱瞞就會很麻煩』。

圓華看了這些內容後，覺得其實他也很想說出祕密。她思考著如何才能巧妙地引導他說出來，卻找不到好方法。

這時，他們決定見面。並不是由哪一方提出，而是很自然的發展。開明大學旁有一個大型商場，裡面有影城和購物中心，他們約在那裡見面。

相隔一個月再見到甘粕謙人，發現他看起來有點成熟。圓華很擔心自己穿的衣服不好看。她穿了一件粉紅色短裙，針織衫外面套了一件米色連帽夾克。她對自己穿的衣服是否可愛完全沒有自信，但他稱讚說，她的衣服很好看。

他們看到一家水果吧，正想走進去，發現剛好座位都滿了。謙人巡視店內後說，先等一下看看。

「應該很快就會有空位。我原本就想坐窗邊的座位，所以剛好。」

結果，不到五分鐘後，就有一對夫妻帶著孩子走了出來。走進店內一看，女店員正在收拾窗邊的桌子。

「你怎麼知道這張桌子會空出來？」圓華坐下後問道。

「我並不確定，因為人的行動很難預測，但我有幾個判斷根據。」

「根據？什麼根據？」圓華探出身體。

謙人聳了聳肩。

「如果要詳細說明，就會沒完沒了。像是那個媽媽很快喝完果汁，已經喝完咖啡的爸爸很不耐煩地用手指敲著桌子，那個男孩很無聊地甩著腳，而且他們三個人並沒有聊天。並不是有什麼決定性的要素，只是靠整體的感覺判斷。人在準備做下一個行動時，一定會發出某種訊號，只是當事人並不自覺。」

圓華眨了眨眼睛，注視著謙人的臉。

「剛才只是看一眼，你觀察得這麼仔細嗎？」

「只要看一眼就足夠了。」謙人的嘴角露出笑容，然後，他看向窗外，微微皺起眉頭，「傍晚五點果然會下雨，我原本想好要帶傘，結果還是忘了。」

「下雨？」圓華看了自己的手機，「天氣預報沒說要下雨啊。」

「嗯，天氣預報沒說，但會下雨。」謙人自信滿滿地說。

和上次一樣，圓華忍不住想。上次他也正確預告會下雨，甚至預告了下雨的時間。她想問他為什麼會知道，最後決定放棄，因為她覺得這應該和他內心的祕密有關。

他們喝著果汁，聊著音樂和學校的事，其實幾乎都是圓華在聊天，謙人只是當聽眾。從之前互傳的訊息中，圓華隱約察覺他並沒有上學，只是並非沒有讀書，他在數理學研究所認真讀書，內容應該比普通學校教的更難。雖然並沒有問過他，但圓華有這樣的感覺。

走出水果吧，他們一起走去遊樂場。因為謙人說他想玩遊戲，但他中途停下腳步，從地上撿起什麼東西。看起來像是心形的紙片。圓華在旁邊探頭張望，發現上面印了星星圖案和當紅的搖滾樂團名字。她想起那個樂團正在附近的活動中心開演唱會。

「可能是用來灑在音樂會的會場。」謙人說：「聽說最近很流行灑這種東西，雖然看起來像紙片，但其實是保麗龍薄片。可能是帶回家的歌迷不小心掉的。」

「音樂會會場灑這種東西嗎？為什麼？」

「當然是為了炒熱氣氛啊。」

圓華看著心形薄片，忍不住納悶，「這種東西可以炒熱氣氛？」

「妳看了就知道了。」

謙人巡視周圍，然後走向電扶梯，但並沒有搭上電扶梯，而是在前面停下了腳步。

這裡是三樓，但因為中間是挑高的開放空間，所以可以看到一樓。謙人看著下方。

「很好，下面沒什麼人走動，不會擾亂空氣，應該會成功。」

「什麼意思？」

但是，謙人沒有回答她的問題，小心翼翼地四處張望，把手伸到欄杆外，把那張心形的保麗龍薄片拋向空中。

下一剎那，圓華忍不住驚訝地「啊！」了一聲。

她以為保麗龍薄片會飄落下去，沒想到並不是這麼一回事。心形的薄片保持水平，緩緩地在空中斜向下降，簡直就像是超小型的滑翔翼，而且滯空時間長得出乎意料。

「在音樂會進入高潮時，從天花板灑下數百片這種東西，觀眾不是會陷入瘋狂嗎？」

聽到謙人這麼說，圓華覺得有可能，但雙眼仍然追隨著心形的去向，想像著歌迷也許會爭相搶奪。

但是，之後才更令她驚訝。心形滑翔翼稍微改變了行進方向來到一樓，最後竟然降落在服務中心的櫃檯上。櫃檯內的女人對突然出現在眼前的東西感到驚訝，戰戰兢兢地拿了起來，四處張望著，似乎在尋找到底從哪裡飄過來的。

謙人小聲地笑了起來，「失物當然要交到服務中心。」然後回頭看著圓華。

圓華說不出話。她不知道該如何理解剛才看到的現象。謙人剛才丟下去時，似乎就瞄準了服務中心的櫃檯，但是，這裡離服務中心有相當的距離，真的能夠做到嗎？

她看得目瞪口呆，謙人拉著她的手說：「走吧。」

他們走去遊樂場後，玩了各式各樣的遊戲。賽車、戰爭遊戲，以及配合音樂節奏打鼓的遊戲。在玩遊戲時，謙人和普通的少年沒什麼兩樣，技術並沒有特別高超，有時候還輸給圓華。

但是，漸漸進入尾聲時，發生了驚人的事。因為圓華說她想要夾娃娃機裡的布偶。

謙人的眼睛一亮，「妳想要哪一個？想要幾個？」

圓華看著夾娃娃機，說了三個布偶的名字，說只要其中一個就好。

謙人點了點頭，從皮夾裡拿出三個一百圓硬幣。

然後，他簡直像在變魔術。每次把一百圓硬幣投進夾娃娃機後，接二連三地夾起了布偶，簡直像是直接用手抓。因為實在太過輕而易舉，圓華差一點忘記是在遊樂場。不到五分鐘，圓華的手上已經抱了三個布偶。

「妳還想要其他的嗎？」謙人喜孜孜地問。

圓華默然不語地搖搖頭。她說不出話，所以也沒有向他道謝。

謙人問她接下來要去哪裡，圓華說她有點累了。

「那我們休息一下。」

遊樂場外面剛好有一張長椅，兩個人並肩坐在長椅上，可以隔著窗戶俯瞰附近的公園，但因為天色昏暗，景色並不佳。這時，突然有雨滴打在窗戶上。圓華驚訝地看著手錶，發現時間是五點多。

「沒有雨傘怎麼辦？買一把好像有點浪費，」謙人說：「因為八點雨就會停了。」他說話的語氣，似乎完全不認為自己的預測可能會不準。

圓華把抱在手上的三個布偶放在旁邊，轉身看著他。

「你為什麼有辦法做到？」

謙人的臉上掠過一絲陰影。圓華的話刺激了他的內心。

「這根本不尋常，」圓華說：「你可以正確說中天氣，也可以輕易夾起娃娃。不，不光是這樣而已，剛才讓心形的卡片飛下去，和第一次見面時，你可以預料到水窪的水會濺起來，這些都不是普通人能夠做到的，我不能問這些事嗎？」

謙人始終看著窗外，什麼都沒說。他當然不可能沒聽到她說話，可以強烈感覺到他在猶豫、思索。

他的嘴唇終於動了起來，「我真是太矯情了……」

「啊？」

謙人靦腆地笑了笑，輕輕嘆了一口氣。

「妳當然會在意，當然會覺得奇怪。我明知道會有這樣的結果，卻沒有掩飾自己的能力，不僅如此，還故意在妳面前賣弄，設法引起妳的注意，希望妳發問。我太矯情了，連我都討厭自己。」

「謙人……」

謙人坐直了身體，轉身看向圓華。

「不瞞妳說，我有很多話想告訴妳，所以才想和妳見面。我不希望用訊息，而是當面告訴妳。」

圓華深呼吸後，注視著他的臉。

「我隱約察覺到了，我察覺到你內心有很大的祕密，因為無法告訴任何人而痛苦不已，很希望有人能夠和你分享，所以我今天做好了心理準備。」

「被妳預料到了？」

「嗯，」圓華點了點頭，「雖然我平時並不是一個直覺很準的人。」

謙人露出意味深長的眼神，輕輕搖了搖頭。

「不瞞妳說，不是妳想的那樣，是我透過互傳訊息時，讓妳產生這樣的預料。」

「啊？什麼意思？」

「第一次在研究所見到妳的時候，我不是說，住在那裡的理由是祕密嗎？其實我心裡覺得可以告訴妳。不……不對。」謙人搖了搖頭，「我很想告訴妳。老實說，我一直很想告訴別人，卻始終找不到適合的對象。見到妳之後，我覺得終於找到了。所以那天告訴妳下雨的時間，用這種方式吸引妳的注意力。」

「既然這樣，你應該更早告訴我啊。」

「雖然我對自己的直覺很有自信，但我希望再多瞭解妳。在和妳多次互傳訊息時，更確信自己的直覺沒有錯，所以我在傳給妳的訊息中，讓妳能夠感受到我想對妳說出心中的祕密，為了讓妳能夠像妳剛才所說的，做好心理準備。」

圓華摸著自己的胸口。一切都是謙人精心策劃的嗎？但是，為什麼要這麼大費周章？

「妳可以摸一摸這裡嗎？」謙人說完，扭轉身體，按著脖子後方。

圓華伸手摸了那個位置，輕輕按壓後，手指有一種奇怪的感覺。

「怎麼樣？」

「嗯……很硬，裡面好像有什麼東西。」

「沒錯，裡面的確有東西，是電池和脈衝波發射器，發射器和裝在大腦內的電極相連，都是羽原醫生幫我裝的。」

「當時的手術……」

「因為動了那次手術，我才能夠像普通人一樣活動、說話和吃飯，但過了一陣子之後，我發現並不是這麼一回事，我已經變成和普通人完全不一樣的人了。」

他向圓華娓娓訴說。

手術後，他的意識越來越清醒，終於可以和外界溝通了。第一次能夠發出聲音的喜悅難以用言語形容。不久之後，他的手腳可以活動，也可以正常飲食。他覺得自己簡直就像獲得了重生，得到了一個新的身體，為了能夠充分運用身體所做的訓練讓他樂此不疲，每天都在成長進步，他可以真實體會到自己在學習。

在手術後一年多，他開始感到有點不對勁。不，其實更早之前就隱約有這種感覺，只是當時專心於恢復身體功能，並沒有仔細思考這件事。

用一句話來形容這種不對勁，就是他發現自己的直覺變得很敏銳。

在很多事情上，他都能夠隱約察覺接下來會發生的情況，尤其對於物理現象特別明顯。比方說，棒球被打到空中，或是足球被踢向空中時，他可以立刻預測球會沿著怎樣的軌道，落在哪個位置。在地毯上滾動的高爾夫球也一樣，在擊桿的瞬間，就知道會停在哪個位置。

除了物理現象以外，還可以預測其他事。當他走在醫院的走廊上時，突然知道手術室馬上要進行手術，也可以預料到在候診室內的病患中，下一個站起來的人是誰。

他覺得這些事說出來會被人嘲笑，所以就沒有吭氣，但在定期檢查時，終於告訴了羽原。他做好了被羽原說成是錯覺的心理準備，但羽原並沒有這麼做。

不久之後，羽原就把謙人帶去大學附近的數理學研究所，在那裡接受了幾項訓練和測試。之後，羽原向他說明了他大腦中發生的情況。

根據羽原的說明，謙人的預測並不只是直覺而已，而是有明確的根據。在多次觀察現象後，就可以掌握事物的物理特性，預測結果。

之所以能夠知道開始動手術的時間，以及猜中病患在候診室內的行動，都是因為經驗的累積。因為平時經常看到護理師和病患，從他們不經意的舉動中，可以察覺到這些事，但因為不是物理現象，所以並不是每次都能說中。

謙人聽了之後感到很意外，因為他幾乎完全沒有意識到自己獲得了這些經驗法則。

為什麼會產生這種能力？當然和那個手術不無關係。

謙人之後的生活完全改變。他從開明大學醫院的病房搬到了數理學研究所，接受各種測試和訓練。

羽原和其他人想要瞭解謙人能力的極限，為此準備了有關物理現象的龐大數據資料，謙人牢記在腦海後，漸漸可以立刻預測很多事。

「夾娃娃機是物理初步中的初步，能夾到娃娃是理所當然的。讓心形的卡片按照我的意圖飛有點困難，但因為擾亂空氣的因素不多，所以成功了。」

「……你太厲害了！」圓華目不轉睛地打量著謙人的臉，「原來你有了超能力。」

「我覺得這和超能力不太一樣。」他皺著眉頭，抓了抓頭，「因為我無法透視，也無法在不用手的情況下移動物體，更無法瞬間移動，只能預測而已，而且侷限於物理現象，對於有動物介入的事就無法預測，就好像我完全無法預測野貓要去哪裡。」

「即使這樣，也已經夠厲害了。為什麼要保密呢？」

謙人抱著雙臂，發出「嗯」的聲音，「有很多因素，因為大人的因素。」

圓華「喔」了一聲，覺得最好不要追問。

「只要是物理現象，所有的事都可以預測嗎？」

「不，不是這樣，有很多事無法預測。即使給我看了很多地震的數據資料，我也無法預測地震。我猜想是因為人類還沒有發現預測所必須的數據，而且亂流也無法預測。」

「亂流？」

「就是混亂的亂，流動的流。液體和氣體都是一種流動狀態，如果無法預測亂流，就無法知道未來的天氣。」

「但你不是可以預測嗎？」圓華指著窗外，「你也準確預測了下雨。」

謙人皺著眉頭，搖了搖頭，「這種程度還不夠。」

「是嗎？」

「我可以隨時預測自己身邊的情況，但只是什麼時候會下雨，什麼時候雨會停的程度而已。這樣不行，只有能夠預測突然在局部發生的現象，才能夠控制亂流。」

「突然在局部發生的現象是指？」

「有很多啊，像是雷雨、下擊暴流，還有龍捲風。」

「龍捲風？」圓華感到一驚。

「目前的天氣預報都使用了超級電腦，但預報這些現象的正確率仍然很低，龍捲風最多只有百分之十而已，也就是說，在十次之中，有九次都失誤，可見有多難。」

圓華的嘴裡感到苦澀，她沒有想到會在這個時候、這個地方，回想起那場噩夢。

「但是，羽原博士和數理學研究所的其他人認為，即使超級電腦不行，我仍然有可能做到。」

「什麼意思？」

「他們認為在我大腦中進行的不只是計算而已，還有其他的事。比方說，即使是天氣預報，我可能採取了和電腦完全不同的方法，還說如果不這麼想，很多事情無法有合理的解釋。果真如此的話，對人類來說，就是劃時代的進步。物理上有納維．斯托克斯方程式……妳不知道吧？」

「納維……我連聽都沒聽過。」

「那是至今仍然沒有解決的物理學問題。據說一旦解開這個難題，將能夠為科學帶來無法估計的影響，數理學研究所的人說，這裡面可能有某些啟示。」謙人指著自己的頭。

「如果解決了這個問題，就可以預測龍捲風嗎？」

「理論上。」

「太厲害了。」圓華握緊雙手，「真希望可以早日實現。」

「是啊，但未來的路可能還很長，」謙人聳了聳肩，「我一個人的力量不夠，需要有合作的夥伴。」

「那就找更多夥伴啊，我爸爸為什麼不讓更多人成為像你一樣的人？」

「因為有限制。我是因為發生了意外，剛好接受了這個手術，但好像不能對沒有遭遇意外的人動手術。」他又接著說，「要成為拉普拉斯的惡魔，必須有充分的心理準備。」

26

「你有沒有聽過數學家拉普拉斯？是一個法國人，他的全名叫皮埃爾-西蒙．拉普拉斯（Pierre-Simon Laplace）。」桐宮玲問青江。

「拉普拉斯？不，我沒聽過。」

「假設有智者能夠瞭解這個世上所有原子的目前位置和運動量，他就可以運用物理學，計算出這些原子的時間變化，進而完全預知未來的狀態——」桐宮玲用好像在朗誦詩歌般的語氣說道：「拉普拉斯提出了這個假設，之後，這個假設中的智者被稱為拉普拉斯的惡魔。謙人的預測能力和拉普拉斯的惡魔很相近，所以，數理學研究所將針對他的能力所進行的研究命名為拉普拉斯計畫。既然稱為計畫，當然設定了最終目標。研究所設定的目標大致有兩個，第一個是瞭解他的大腦內到底發生了什麼事。另一個就是從剛才一再提到的重現性的立證工作。前者將是一條漫長的路，後者也有巨大的障礙。無論如何，都無可避免地需要進行人體實驗。到底要去哪裡找被實驗者？人道上是否允許這種事？關於這個問題，厚勞省和文科省的公務員，以及警察廳的人都不願意提供意見。雖然他們內心一定希望我們在正常人身上動手術，但因為擔心發生意外，所以誰都不願說出口。這時，有一名少女去找拉普拉斯計畫的實質負責人，也就是研究所的所長。她對所長說了令人驚訝的事，她說，她自願成為拉普拉斯計畫的實驗對象。」

青江瞪大了眼睛，吞了口水後，才張開嘴：「圓華……」

「沒錯。」

「她不是向羽原博士提出的嗎？」

垂著頭的羽原搖了搖頭後，抬了起來。

「她完全沒有和我商量，我完全沒察覺她竟然知道拉普拉斯計畫。」

「所長也很驚訝，因為這個計畫是絕對機密，參與計畫的所有相關人員都簽下了保證書，保證連家人也不可以透露。問了圓華小姐是從哪裡得知這個計畫，圓華小姐回答說，是謙人告訴她的。只有謙人沒有簽保證書，因為研究所請他協助，當然不可能這麼要求他。」

「她自願成為實驗對象的理由是什麼？」

「她說，自己也想具備像謙人一樣的能力，想要解開納維．斯托克斯方程式（Navier-Stokes equations）之謎，想要幫助他人。」

青江又聽到了無法理解的名詞，「什麼方程式？」

「納維．斯托克斯方程式，是有關流體力學的難題，至今仍然沒有解開。經過多年的研究發現，謙人的預測能力很可能和那個方程式有關，一旦能夠進一步瞭解這一點，一定能夠為科學帶來飛躍性的進步。可以用數學的角度分析超級電腦也無法百分之百模擬的亂流，理論上，甚至可以瞭解一百年之後的天氣，也能夠正確預測奪走圓華小姐母親生命的龍捲風。」

「啊！」青江忍不住叫了一聲。他終於恍然大悟，原來是這麼一回事。

「研究所的回應是？」

「所長立刻召集了相關人員，當然也包括羽原博士，聽說討論了很久。我當時並不在場……」桐宮玲將視線投向羽原，似乎希望由他接著說下去。

羽原似乎瞭解了她的用意，深深地嘆了一口氣，點了點頭。

「會議之前，圓華告訴了我這件事。她心意已決。我威脅她說，萬一發生意外，可能會留下後遺症，她絲毫不為所動，若無其事地說，反正爸爸一定會救我。我知道自己很難說服她，於是問她，為什麼不事先和我商量？她回答說，如果她先告訴我，只會遭到反對，甚至可能剝奪她直接找所長的機會。她說的沒錯。」

「嗯。」青江發出悶哼，「圓華當時還是中學生吧？竟然可以想得這麼周到。」

羽原露出苦笑，搖了搖頭。

「是謙人教她不要告訴我，直接去找所長。他是拉普拉斯的惡魔，很擅長解讀人心。我認為圓華之所以自願成為實驗對象，也是在相當大的程度上受到了他的誘導。」

青江想起桐宮玲曾經斷言，圓華看人比任何人更有眼光。難道具備了拉普拉斯的惡魔的能力，就可以做到這一點嗎？

「會議的結果如何？」

羽原痛苦地撇著嘴說：

「除了我以外的人意見都很一致，也就是完全交給我判斷。因為動手術的是我，我也是被實驗者唯一的親人，所以這樣的意見或許理所當然，但我很清楚，所有人都不想錯過這個機會，恐怕再也不會出現這麼理想的實驗對象。我煩惱不已，我要把女兒的身體當試驗品嗎？萬一有什麼三長兩短，到底該怎麼辦？同時，我又不希望辜負眾人的期待。不，其實還有一個更重要的原因——」他雙手抓了抓頭髮後，抱住了自己的頭，「我無法克制探究心，到底是否有重現性？是否能夠再度創造一個拉普拉斯的惡魔？一旦有重現性，也許可以掌握人類走向全新進化的關鍵——」

羽原放下雙手，重重地吐了一口氣，渾身的力氣似乎放鬆了。他露出自虐的笑容看著青江。

「我選擇了成為瘋狂科學家的路，把圓華，把親生女兒用來做人體實驗。把健康的女兒的大腦切開，植入了經過基因改造的癌細胞，並裝了電極和儀器。如今我覺得，這是身為父親，不，是身為一個人不可原諒的行為。」

「但手術獲得了成功吧？」

「算是成功了，但手術後一個星期，她昏迷不醒，我陷入了絕望。如果女兒一直不醒，我打算讓她安樂死後，自己也一死了之。圓華在第八天睜開眼睛，回答我叫她時，我無法站立，整個人癱在地上，像小孩子一樣哭了起來。」

青江覺得能夠理解。

「圓華就因此踏上了拉普拉斯的魔女之路嗎？」

羽原點了點頭。

「因為她原本就很健康，所以比謙人更順利獲得了各種能力，出院之後，和謙人一起在這個研究所生活，協助拉普拉斯計畫。時間過得真快，一轉眼，四年快過去了。」

「圓華小姐目前和謙人具備相同的能力。」桐宮玲繼續說了下去，「對她來說，有栖川公園的表演並不是一件難事。」

「赤熊溫泉和苫手溫泉發生的事，果然是甘粕謙人所為嗎？」

桐宮玲有點痛苦地皺著眉頭，和羽原互看了一眼後，再度面對青江。

「很遺憾，這種可能性相當高。謙人在去年春天左右突然失蹤，離開了這個研究所，我們不知道他這麼做的目的，但似乎演變成最糟糕的情況，他犯了罪。」

「動機呢？他為什麼要殺人？」

「這……」桐宮玲說到這裡，搖了搖頭，「不能告訴你，因為和你沒有關係。」

「都已經說了這麼多，卻突然賣關子，請妳告訴我。妳說和我沒有關係，但既然我沒有對外公布溫泉區發生的那兩件事的真相，就有權利知道為什麼會發生這麼悲慘的事件。」

「但是……」桐宮玲看向羽原，似乎在徵求他的意見。

天才醫學博士眼中露出痛苦，微微收起下巴。

「好吧，那就由我來說，但請你不要忘記，目前只是我們的想像而已，同時也希望你保證，絕對不會告訴別人。」

「沒問題，我可以保證。」

羽原舔著嘴唇。

「一月初，圓華也失去了蹤影。在謙人失蹤之後，她一直說想去找謙人，所以她失蹤應該就是為了這個目的，除此以外，我們也一無所知。但是，在刑警中岡先生來這裡，以及聽了你和圓華相遇的經過之後，大致能夠猜到發生了什麼事。正如你剛才所說，我們也推測溫泉區所發生的事應該是謙人所為，既然執著於硫化氫，可見和他以前遭受的悲劇有關係。我相信你知道我在說什麼。」

「就是他姊姊用硫化氫自殺，也導致他母親死亡的事件……」

「沒錯，謙人原本有燦爛的未來，但有人讓他恨之入骨，讓他不惜毀了自己的未來。而且既然執著於硫化氫，他的動機很明確，那就是復仇。」

這句話像鉛塊般沉入青江的內心，他忍不住咕嚕一聲吞著口水。

「他姊姊的自殺……不是自殺嗎？是偽裝成自殺的謀殺嗎？」

「這只是推測而已，但這不是唯一的合理解釋嗎？」

「沒錯，果真如此的話，的確想要殺了對方，但是，呃……」青江摸著額頭，意想不到的發展讓他有點難以理解，「果真如此的話，有幾個疑點。首先是謙人，他不是失去了記憶嗎？他不是不記得他的姊姊自殺，並把他的母親也一起捲入的事嗎？不，之前聽說他甚至忘了自己曾經有過姊姊和母親。在這種狀況下，會想要復仇嗎？還是他最近恢復了記憶。」

羽原聽了青江的問題後頻頻點頭，似乎認為他問了一個好問題。

「其實我也有一個多年無法理解的問題。甘粕才生先生的部落格上提到我第一次和謙人溝通時的場景，你還記得嗎？」

「嗯，大概記得，透過讓他想像咖哩飯和足球，觀察他大腦的變化。」

「你記得真清楚。沒錯，當時讓他回答了幾個問題，但他幾乎完全不記得自己的經歷，忘了名字，忘了自己的家人，也忘了自己住在哪裡。」

「好像是。」

「但是，」羽原壓低了聲音，「他回答了自己的年齡。」

「啊？」

「當問他年齡時，他回答是十二歲。雖然他的實際年齡是十三歲，但這個錯誤並不是太大的問題。因為發生意外時，他才十二歲，他當然不瞭解之後已經經過了一段時間。問題在於即使答錯了，但他為什麼能夠回答與年齡相關的問題。人類的記憶有好幾種類，比方說，記住時鐘、手帕、桌子等物品名字，和記住人名的系統並不相同。這也就是失憶的人仍然不會忘記日文、使用東西的方法、規則和習慣之類的東西。失去記憶時，通常都是忘記自己的經歷和人際關係，謙人的情況也是如此，但他仍記得自己的年齡。這件事一直讓我耿耿於懷，因為年齡也是經歷的一部分。」

「你的意思是說，謙人根本沒有失去記憶嗎？」

「如果這麼認為，就能夠合理解釋這次的事件，如果這一切真的是謙人的復仇。」

「這怎麼可能……」

「我在說這些事時仍然半信半疑，因為除了回答年齡以外，完全沒有任何理由懷疑謙人失去記憶這件事。但是，在發生了這次的事件，不得不推測他是凶手時，就認為他果然沒有失去記憶。因為正如你所說的，沒有人會向自己已經不記得的人復仇。」

「他為什麼要假裝失去記憶？」

「這件事也是我的推測，但是在此之前，我們先來驗證一下甘粕家所發生的悲劇。」

「你認為不是事故，而是殺人命案。但是，為什麼呢？呃，在赤熊溫泉喪生的那個人叫什麼名字……」

「水城義郎，影視製作人，」桐宮玲回答，「在苫手溫泉死亡的是演員那須野五郎，本名叫森本五郎。」

「沒錯，的確是這兩個人。你的意思是，那兩個人殺了甘粕謙人的家人嗎？到底有什麼目的？」青江上下揮動著雙手，然後又立刻說：「不，這太奇怪了。不太可能，雖然我不知道演員那須野五郎的情況，但製作人應該和那起事件無關，因為謙人的姊姊自殺時，他正在北海道，和謙人的父親甘粕才生在一起。部落格的文章上提到了這一段。」

羽原露出痛苦的表情，用力點了點頭。

「你說的對，水城義郎有不在場證明，但不能因此斷定他和那起事件沒有關係。水城可能是共犯，只是實際動手的可能另有他人，比方說，會不會是那個姓那須野的人動手呢？」

「這……或許有這樣的可能性，但他們為什麼要這樣做？有什麼動機呢？」

羽原用力吸了一口氣，搖著頭，深深嘆著氣。

「不知道，但我猜想他們並沒有直接的動機，因為他們和被害人幾乎沒有關係。也許另有主謀，主謀有明確的動機，水城和那須野都只是共犯而已。」

「另有主謀？」

「對。」

「是誰？」

羽原緩緩眨了一下眼睛，似乎想要讓心情平靜。

「和被害人有密切關係的人，而且也和水城、那須野有關係，這個人也和水城一樣，有明確的不在場證明。」

青江一時不知道羽原在說誰。有這樣的人嗎？但下一剎那，他突然想到了，但難以置信。

「你該不會懷疑他的親生父親……懷疑甘粕才生先生？懷疑他殺害自己的女兒和妻子，還有自己的兒子？」

羽原沒有立刻回答，用力深呼吸了兩、三次，胸口和肩膀都用力起伏著。

「我知道這樣的想像很荒唐，我也不願意這麼想，但從這個角度思考，就可以解釋謙人假裝失去記憶的理由。」

青江思考著羽原的這句話，試圖瞭解其中的意思，腦海隨即浮現了一個想法。

「謙人知道真相……知道他父親是凶手……」

「對，」羽原輕聲回答，「如果從這個角度思考，就可以合理解釋很多事。謙人瞭解真相，但變成植物人的少年沒有任何方法可以告訴他人。即使好不容易能夠和外界溝通，也只能用YES和NO來回答對方的問題。毫不知情的甘粕才生理所當然地用父親的角色和他接觸，扮演一個失去妻女，兒子也受重傷的可憐男人，而謙人無論如何都試圖斷絕和父親之間的關係，於是，他決定假裝失去了所有關於甘粕謙人的記憶——這種想像太離奇了嗎？」

青江說不出話，因為他的常識難以接受這種事。

「所以，」他小聲嘀咕了一聲，看著羽原，「謙人想要殺他的父親？」

「應該是。」

「太荒唐了，不可能，」青江拍著桌子，「我無法相信這種事，父親想要殺死全家，兒子得知後，想要向父親復仇……」

「除此以外，還有其他的可能性嗎？」

「……動機是什麼？甘粕才生殺害全家的動機是什麼？」

「這……我就不知道了。」羽原靜靜地回答，「我無法想像他內心的想法，但是，青江教授，你應該也曾經在新聞中看到過青春期的少年殺害全家的事。」

「甘粕才生是成年人，不是青春期的少年。」

羽原一臉沉痛地陷入了沉默，但並不是因為青江的反駁而無言以對，而是似乎陷入了猶豫。

「怎麼了？」青江問道。

羽原嘆了一口氣，拿起平板電腦操作了幾下，再度打開了螢幕的電源。液晶螢幕上出現了幾十隻小動物，在玻璃箱內跑來跑去。青江立刻知道那是實驗用的白老鼠。

「甘粕父子……」羽原說：「他們有嚴重的缺陷。」

27

看到走上樓梯的人，中岡猜想應該就是這個人。因為那個人的年紀和甘粕才生相仿，只是渾身散發的感覺和身為創作者的甘粕完全不同。他穿著西裝，頭髮整齊分開，戴著眼鏡。手上抱著大衣和公事包。

男人停下腳步，巡視著店內。中岡站了起來，向他微微欠身。

男人有點緊張地走了過來，可以感受到他的警戒。

「你是宇野先生吧？」

「對。」

「不好意思，在你百忙之中打擾。」中岡拿出名片。

「不會。」對方也遞上了名片。宇野孝雄的名字上方，印著營業部長的頭銜。

坐下來之後，找來了服務生，問了宇野想喝什麼後，點了兩杯咖啡。

「我在電話中也說了，」宇野緩緩開了口，「現在幾乎……不，我和甘粕完全沒有來往。」

「我知道，你們只是讀同一所中學和高中，在大學的時候偶而有來往而已。」中岡拿出了記事本和原子筆。

「是啊，但在大學期間，最多只和他見了三、四次而已，因為每次見面，越來越覺得話不投機。應該說，我聽不懂他在說什麼，或許是因為他學有專精的關係，感覺越來越奇怪了，所以我很驚訝。」

「你說聽不懂他說什麼，是指電影方面的事嗎？」

「當然啊。」宇野點了點頭。

宇野和甘粕不光就讀同一所中學和高中，高中時，還一起參加了電影研究社。甘粕才生在高中畢業後，進入了私立大學藝術學院的電影系，宇野說的「學有專精」應該就是指這件事。

「你們在中學和高中時，關係還不錯吧？」

「中學時，因為並不是一直同一班，所以並沒有特別要好，但在高中時，經常和社團的朋友一起，每個星期要看好幾部電影，放學後，也會在咖啡店聊好幾個小時。」宇野可能想起當時的事，表情稍微柔和了一些。

「你也很喜歡看電影嗎？」

「會參加那種社團，當然很喜歡，只是比不上甘粕。」

咖啡送了上來，中岡喝著黑咖啡。

「呃，」宇野露出探詢的眼神，「請問可不可以告訴我是在調查什麼事件？和甘粕有關吧？」

中岡伸出右手，微微鞠躬說：

「不好意思，因為我們有規定，所以無可奉告。」

「是嗎？」宇野把咖啡拿到自己面前。

「甘粕先生很奇怪嗎？」

聽到中岡的問題，宇野把牛奶倒進咖啡時，露出了苦笑。

「是啊，他熱愛電影，愛到無法自拔。我從來沒有聽過他談論電影以外的事，但他並不是只知道電影的事，而是在各方面都有豐富的知識。無論談論小說還是音樂，最後都會和電影結合。他的記憶力也很驚人，在學校時的功課也很好，成績經常名列前茅，而且在運動方面也是全能。」

中岡聳了聳肩，「那不是很完美嗎？」

「完全沒錯，我經常對他說，他是天之驕子，但他聽了也不會露出開心的表情，也不會感到得意，他總是說，這種程度還不行，必須以更完美為目標。我剛才說他很奇怪，但也許可以說是完美主義。總之，他的理想很高。」

「只針對自己嗎？不會要求別人完美嗎？」

「那倒不會，基本上，他對別人沒有興趣。我們知道他功課很好，但他應該完全不知道我們的情況。」宇野說到這裡，似乎突然想起了什麼，「不過——」

「怎麼了？」

「有一個例外，他也會要求除了他以外的人也達到完美境界。」

「誰？」

「他交往的對象。」

中岡重新拿好原子筆，「他當時有女朋友嗎？可不可以請你告訴我名字？」

「不，還不算是女朋友，而且不止一個人。我不記得她們的名字。」

「這是怎麼回事？」

「他功課好，運動能力也很強，長相也不差。只要甘粕追求女生，幾乎都無往不利，問題在於都交往不久。每次都交往一段時間後，就立刻分手了。我問他為什麼分手，他說對女生很失望。這種事連續發生了很多次，我曾經和其中一個女生聊過，那個女生對甘粕很不滿。明明是甘粕追求她，但他態度卻很傲慢，要求她改變服裝和髮型，要求女生配合他的興趣愛好。那應該就是要符合甘粕理想中的女生吧。」

中岡停下了記錄的手。

「他為什麼會有這種完美主義？你有沒有聽他提起過？」

「我沒有聽他詳細談過，但應該在很大程度上受到他父親的影響。」

「他的父親是……」中岡翻著記事本。他之前已經調查過甘粕才生的父親，「是雕刻家甘粕太生先生吧？」

「好像是這個名字，聽說是天才雕刻家。」

「我調查之後，才知道這個名字。上網查了之後，看到好幾件他的作品，看了之後很驚訝，難以想像是用木頭雕刻的。」

甘粕太生的風格是用木雕來表現大自然存在的所有事物，他作品的精緻程度令人嘆為觀止。動物好像隨時會動起來，植物的花瓣好像在隨風搖曳，不光充滿真實感，更好像在傳達某種思想，對藝術一竅不通的中岡都忍不住覺得，原來這就是天才的作品。

「甘粕很在意他的父親，」宇野說：「他曾經說，因為自己身上也流著和父親相同的血液，所以不能丟臉。雖然自己不會雕刻，但一定可以做些什麼，而且還說，應該就是電影。」

「你知道他的父親並沒有和他們同住嗎？」

「是嗎？不，我不知道。」

「甘粕先生小時候他就搬離了家。」

「是喔……」宇野露出困惑的表情，似乎真的是第一次聽說這件事。

「對了，」中岡問，「你有沒有看那個部落格？」

宇野把喝到一半的咖啡放回桌上，一臉認真的表情點了點頭，「我看了。」

中岡問的是甘粕才生的部落格，他和宇野聯絡時曾經對他說，如果方便的話，請他看那個部落格，並把網址告訴了他。

「看了之後有什麼感想？」

「這個……呃，」宇野微微張開眼睛，「我很驚訝，雖然知道他成為電影導演，但不知道發生了那種事。老實說，該怎麼說……我很同情他。」

「你說你們大學畢業後，就沒再見過面，所以你當然也不認識他的太太和兒女吧？」

「對，看了部落格後才知道。我家也有年齡差不多的孩子，所以非常能夠感同身受。」

「你對甘粕先生的家人有什麼感覺？」

「什麼感覺……？」

「任何事都沒有關係，只是印象也沒問題。」

「好吧，該怎麼說，我覺得不愧是甘粕。看那個部落格的文章，覺得他真的做到了妻賢子孝，但我猜想他女兒的感性很豐富，所以才會發生那種事……也許繼承了甘粕的完美主義，所以為某些問題煩惱。我看了之後，有這樣的感覺。」

「也就是說，」中岡看著他問：「對甘粕先生來說，是理想的家庭嗎？」

「我的確有這種感覺。」

中岡點了點頭，闔起記事本。

「謝謝你的協助，給了我很大的參考。」

「這樣就可以了嗎？」

「對，謝謝你。」

宇野露出茫然的表情，把咖啡喝完後說：「那我就先告辭了。」然後站了起來。走去樓梯的中途又轉過頭，似乎欲言又止，最後鞠了一躬，走下了樓梯。

中岡找來服務生，又加點了一杯咖啡，再度打開記事本，回想著宇野的話。

理想的家庭……嗎？

如果說出真相，如果他知道事實和部落格大相逕庭，甘粕的妻子和兒女的事都完全是杜撰，不知道宇野會露出怎樣的表情？

這幾天，中岡都在四處查訪，瞭解甘粕才生和他的家人。因為甘粕萌繪的同學所說的事太出乎他的意料，他無法相信。

但是，在問了幾個人之後，他終於得出結論。萌繪的同學所說的話屬實，部落格的內容不符合事實。

甘粕才生的妻子由佳子有一個姊姊嫁到千葉縣的柏市，由佳子經常向她發洩對丈夫的不滿。「他很少回家，完全不幫忙照顧孩子，只要一回家就罵小孩，小孩子當然都討厭他。兒子和女兒都避著他，當我妹妹委婉地提醒他時，他惱羞成怒，把我妹妹痛罵一頓，說都是她把小孩子寵壞了。我覺得那個人根本不配當父親。」

由佳子的姊姊也承認，甘粕的女兒萌繪在中學時代曾經學壞。

「我妹妹也曾經為這件事非常煩惱，幸好她上了高中後熱衷舞蹈，我妹妹也很高興，說她終於變得乖巧了。沒想到竟然在這個節骨眼上發生那種事，我至今仍然搞不懂。」由佳子的姊姊哭著說道。

中岡決定去調查萌繪中學時代的情況，找到了當時和她一起玩樂的同學，其中一個女生說出了令人驚訝的事實。

萌繪中學時曾經懷孕、墮胎。

「對方是一起玩的男生，比她大兩歲。她發現自己懷孕後來找我商量，我也無法回答她到底該怎麼辦，最後被她媽媽發現，帶她去了醫院。因為是早期，所以在學校也沒什麼人知道……」

那個女生說，不知道萌繪的父親甘粕才生是否知道這件事。

瞭解越多，越發現和部落格文章之間的矛盾，甘粕才生為什麼要寫那些文章？

說到矛盾，甘粕才生拿給出版社的手記內容也很奇怪。因為手記中提到，萌繪出生的祕密成為她自殺的動機。她是由佳子和外遇對象所生的孩子，和甘粕才生之間並沒有血緣關係。但從萌繪的同學的證詞中可以發現，萌繪對於自己的鼻子和手的形狀很像父親而感到不開心，顯然認為自己是甘粕才生的親生女兒。

甘粕才生到底是怎樣的人？中岡決定去找幾個認識甘粕才生年輕時代的人瞭解情況，因為這樣才能夠瞭解他這個人。中岡找到了甘粕才生大學的同學，以及他在當助理導演時一起工作的人打聽。

從結論來說，沒有人對甘粕有任何負評，每個人都極為肯定甘粕的能力。綜合他們的意見後可以發現，『他總是嚴格要求自己，是絕對不會鬆懈的完美主義』，和宇野的意見相同。

還有另一個共同的意見。甘粕才生雖然不會要求他人完美，但對女朋友例外。他曾經交過好幾個女朋友，但每次都很快分手，有的人說他「太挑剔」，有人說他「要求很高」，他心目中有標準的女朋友形象，一旦知道對方不符合，馬上就失去了興趣。

三十歲時，甘粕才生和默默無聞的女演員由佳子結了婚。由佳子是他經過尋尋覓覓，終於找到的理想女人嗎？甘粕當時的朋友都對此表示否定。

由佳子雖然不夠理想，但可能因為她的娘家做生意，富裕的家境讓甘粕決定和她結婚。甘粕當時還沒有建立身為電影導演的地位，由佳子娘家財力的強大後盾彌補了不足的部分。

中岡闔起記事本。續杯的咖啡不知道什麼時候送了上來，他喝了一口，已經有點冷了。

完美主義。部落格和手記都與事實不符——

他覺得彷彿可以看到什麼。霧靄中浮現出隱約的輪廓，只是有什麼東西阻礙霧靄散去。中岡不知道那到底是什麼。

目前仍然無法掌握甘粕才生的下落。他打了好幾次電話，手機都沒開。雖然多次留言，但甘粕才生並沒有回電。他到底躲在哪裡？

正當他把記事本放進口袋時，手機響了。是成田打來的，問他目前人在哪裡。

「在新橋的咖啡店，為那件事向相關人士瞭解情況。」

『是嗎？所以已經結束了？』

「結束了。」

『那你馬上回來，我有事找你。』成田冷冷地說道，他心情似乎不太好。

「是什麼事？」

『見面再聊。』成田說完後，掛上了電話。

到底是什麼事——中岡喝完了咖啡，拿起帳單，站了起來。

回到刑事課，成田又把他帶去了吸菸室。吸菸室內沒有其他人，成田從菸盒裡拿出一支菸，但並沒有馬上點火，他說出的話完全出乎中岡的意料。

中岡嘟著嘴問：

「叫我收手？這是怎麼回事？」

成田把菸放進嘴裡，用打火機點了火，皺起眉頭吐著煙說：「就是這個意思，就是你聽到的意思。你要從溫泉區的事件收手，不要再追查了。」

中岡想問理由，但把話吞了下去。根據以往經驗，他知道上司會在什麼情況下說這種話。

「上面有指示嗎？」

成田突出下唇，點了點頭。

「分局長中午找我，刑事課長也在。問了我最近似乎派了你去調查某一起案子，但要趕快收手。」

中岡咂著嘴。

「為什麼會曝光？難道是因為苫手溫泉的事件，要求對方的縣警協助調查租車行出了問題嗎？」

「不，不是這個原因。」成田手指夾著菸，搖了搖頭，「應該是更上面的指示，聽分局長的語氣，可能和警視廳總部或是警察廳有關。」

「警察廳？」

「分局長說，這起案子不要再追查了，也不要對外透露，之前看到的、聽到的都要趕快忘記。只要按照指示去做，就不追究擅自偵查，以及沒有報告偵查內容的事。我們好像誤闖了危險叢林。」

「既然這樣，就更想查清楚啊，想親眼看看叢林裡到底有什麼妖魔鬼怪。」

成田拿著菸的手搖了搖。

「別亂來，如果你被調走，我也會很傷腦筋。既然上面願意不追究，就已經算很幸運了。」

成田最後吐了一口煙，在菸灰缸裡捺熄了菸，「千萬不要輕舉妄動。」他走出吸菸室，粗暴地關上了門。

中岡也走出吸菸室，看到成田快步走在走廊上的背影。從背影就知道，上司情緒很煩躁。

自己到底查到了什麼？這起事件背後隱藏了什麼不能讓轄區分局的刑警瞭解的隱情？

之前看到的、聽到的都要趕快忘記——

也就是說，中岡已經掌握了一部分極機密事項，只是他並不知道是什麼。

等一下——中岡停下了腳步。

那個人怎麼辦？泰鵬大學的青江怎麼辦？他也和中岡一樣，深入瞭解了這兩起事件，他也被封口了嗎？但是，他不是警察，無法像對待中岡一樣命令他，那要怎麼封他的口？

向他說明真相。

這是唯一的方法。

中岡拿出手機。他當然仍然保留著青江的電話。

28

千佐都正在翻閱裝潢書時，旁邊的智慧型手機響了。她拿起來一看，用力深呼吸。因為螢幕上顯示了「木村」的名字。

電話接通了，她「喂」了一聲。

『妳一個人吧？』

「對，我在家裡的客廳，沒有其他人。」

『很好。』電話中傳來輕聲嘀咕，『我打算採取行動了。這是最終步驟，要在今天執行。』

「今天？這麼倉促？」

『我之前不是就說了大致的日期嗎？所以叫妳不要安排其他事，隨時等我的聯絡。』

「我知道，只是沒想到這麼突然。」

『因為有某些狀況，沒辦法太早決定詳細日期，妳還記得步驟吧？』

「記得，但能夠順利嗎？如果他不回電怎麼辦？」

『妳不必擔心，他一定會打給妳，沒有理由不打給妳。』

他總是充滿自信，而且從來不透露其中的原因，令千佐都感到不安，但至今為止，他的話每次都應驗。

「即使他會回電，我這樣臨時找他，他也不一定願意馬上就見面，因為他也有自己的事。」

『到時候只能重新安排，妳說會再聯絡他，然後掛上電話。但我猜想他無論如何都會設法安排，即使再不方便，也會以這件事為優先。』

他用斷定的語氣說道。既然他這麼說，只能認為可能就是這樣。

「我可以馬上打電話給他嗎？」

『嗯，那就拜託了。』

「好。」

掛上電話後，千佐都站了起來，打開了矮櫃的抽屜，從裡面拿出手機。那是義郎的手機，在他死了之後，仍然沒有去解約，就是為了今天。

她試圖開機，但電池用完了。充電器也放在抽屜裡，她把充電器接上電話，把插頭插進旁邊的插座，然後打開手機，點開通訊錄，在「a」行中找到了對方的名字。

她的心跳加速，用右手按著胸口調整呼吸，在腦海中整理了要說的話。木村事先已告訴她要怎麼說。

她吞了口水，正想要按下通話鍵時，手機響了。有人打電話進來，手機上沒有顯示號碼。

她正在遲疑，不知道該不該接起電話，鈴聲斷了。對方掛斷了電話。

千佐都有點不知所措，注視著手機。到底誰打來的？還是打錯了？難得開機，竟然就有人打錯電話，有這麼巧的事嗎？

她又等了一會兒，電話沒有再響。可能真的是有人打錯電話。

她決定忘記這件事，目前自己有重要的工作，不能分心。

她確認了液晶螢幕上的號碼後，按下了通話鍵。把手機放在耳朵上，聽到了撥號聲。

她突然感到不安。萬一對方接起電話怎麼辦？雖然木村說不可能，但凡事都會有萬一。如果對方接起電話，要先掛掉嗎？不，如果這麼做，會不會讓對方產生警戒？

但她多慮了，電話隨即傳來語音信箱的聲音。千佐都鬆了一口氣，握著電話的手忍不住用力。接下來是首要關鍵。

電話中傳來「嗶」的聲音。她吸了一口氣。

「請問是甘粕才生先生嗎？我是水城義郎的太太千佐都，我有重要的事和你談，請你聯絡我。是否可以請你聽到留言後，打電話到水城的手機？我想你的手機上應該顯示了號碼，但還是再留一次。」

她重複了兩次電話號碼後，說了一聲：「麻煩你了。」後，掛上了電話。

她把連著充電器的手機放在矮櫃上，回到了沙發，整個人癱倒在沙發上。雖然只是留言而已，腋下卻冒著冷汗。

很快就結束了，一切都快結束了——

她看著茶几上的小月曆。回想起來，已經快三個月了。也就是說，從那次邂逅至今，已經將近一年了。

那一天，千佐都獨自開著瑪莎拉蒂從美體中心回家。

準備駛入住家附近彎曲的小巷時，視野突然被擋住，她完全不知道發生了什麼狀況，陷入了慌亂，不顧一切地踩了剎車。

但是，在車子完全停止之前，就聽到「砰」的撞擊聲。千佐都慌忙下車察看。

一個年輕人蹲在路旁，她渾身的血都衝向腦袋。

「你沒事吧？」千佐都跑過去問道。

年輕人皺著眉頭，點了點頭，「對，我沒事。」但他痛苦地按著腰。

「呃……是我的車子撞到你了嗎？」

「不知道，但應該是吧，我在走路，突然從後面……」

「對不起，我剛才突然看不到前方。」

千佐都看向自己的車子，一張報紙貼在擋風玻璃上。可能是被風吹過來的。

一陣喇叭聲。後方有車子。

「等我一下。」千佐都對年輕人說完，拿掉擋風玻璃上的報紙，坐上瑪莎拉蒂，把車子開到路旁。

她再度回到年輕人身旁，年輕人仍然蹲在那裡。

千佐都從皮包裡拿出手機，「要不要叫救護車？還需要報警。」

年輕人輕輕搖了搖手。

「一旦報警，之後會很囉嗦，妳也不想被問東問西吧？」

「但是，這種事必須按規矩……」

千佐都說道，年輕人苦笑著說：

「別擔心，我不會事後找妳麻煩。不如這樣，我們現在去醫院檢查一下，看了診斷書之後，再決定要不要報警。」

千佐都覺得年輕人的提議很合理。

「如果你認為這樣比較好的話……」

「那就這麼辦。這附近有醫院嗎？」

「我知道一家醫院，我們去那一家。」

她讓年輕人坐在副駕駛座上，開車去了醫院。千佐都雖然很焦急，但很慶幸他看起來不像壞人。他的打扮不像是混混，說話很客氣，長相也很有氣質。

在醫院檢查後，發現只有輕微的擦傷而已。他拿著診斷書時，臉上已經沒有疼痛的表情。

「這樣就解決了，如果去報警，警察也會覺得麻煩，妳也終於放心了吧？」

「是啊……啊，對了。」千佐都從皮夾裡拿出幾張一萬圓遞給他，「不好意思，沒有信封，就當作是慰問金。」

他在臉前搖著手。

「我不要啦，妳剛才已經付了醫藥費。」

「當然應該由我付醫藥費啊，你收下吧，不然我會很不安。」

年輕人看著千佐都的手陷入了沉思，終於點頭說：

「嗯，那這樣吧，下次妳用這些錢請我吃飯，最好吃烤肉，妳覺得怎麼樣？」

千佐都驚訝地看著年輕人的臉，他露齒一笑說：

「別擔心，我並不是想勾引有夫之婦，不瞞妳說，這個月我手頭有點緊，最近都沒吃什麼好料。」

他的表情和語氣很柔和，消除了千佐都內心萌生的警戒。

「如果是這樣，我很樂意請客。烤肉就好嗎？吃法國餐或義大利餐也沒關係。」

他搖了搖頭。

「吃套餐時，會有前菜或是沙拉之類的很麻煩，我想吃烤肉。」

「好，那就去吃烤肉。」

他們當場決定了時間和約定的地點。千佐都已經很久沒有和丈夫以外的男人單獨吃飯，而且對方是比千佐都小大約五歲的年輕男生。千佐都漸漸為這件事感到開心。

這就是和他的邂逅。三天後，他們在西麻布的烤肉店一起吃飯。

他自我介紹說，他叫木村浩一，是開明大學的學生，目前暫時休學。

千佐都問他在學校學什麼，他想了一下後回答說：

「用一句話來形容，就是……預測。」

「預測？預測什麼？」

「所有的事。預測世界上發生的一切。比方說——」他拿起一個小盤子放在千佐都面前，然後又拿起醬汁的瓶子，「把醬汁倒進盤子裡，妳覺得會是什麼形狀？」

千佐都微微皺著眉頭，覺得他問的問題很奇怪。

「不知道，但應該是圓形吧。」

木村低頭看著盤子說：「有點扭曲的心形。」說完，把瓶子微微傾斜，倒了少許醬汁。

千佐都太驚訝了。因為白色盤子中出現了深褐色的心形。

「真的耶……你怎麼會知道？」

「這是預測啊，根據醬汁的黏性、盤子表面的狀態進行綜合判斷。」他把盤子拉了過來，把烤好的牛五花放在心形上，送進嘴裡，「嗯，真好吃，肉很棒。」然後高興地瞇起了眼睛。

這個男生真奇怪。千佐都心想，但對他的印象並不壞，覺得和他吃飯一定很有趣。

沒錯，當時只是這麼想而已。這個男生真奇怪——除此以外，並沒有其他的想法。

他們在吃飯時聊了很多。木村很擅長傾聽，問了千佐都很多問題。千佐都並沒有需要隱瞞的事，所以都不加思索地回答了。即使不是什麼有趣的內容，他都敏感的做出反應，露出各種表情。如果以前在酒店上班時都是這種客人，上班就開心多了。她不由地想起以前的事。

「我們還可以見面嗎？下次由我請客，因為我打工的地方就快發薪水了。」吃完飯，木村對她說。

「好啊，一言為定。」千佐都回答。她並不是說說而已，而且她有一種預感。

自己早晚會和這個男生上床。她覺得這樣也不壞。和義郎結婚後，她從來沒有和其他男人上過床。因為並沒有這種慾求，但也許這只是錯覺，只是因為沒有遇到合適的對象而已。

那一天比她想像中更快到來。第二次吃飯後，木村在飯店酒吧對她說，他訂了房間。

「雖然第一次遇到妳的時候，我說過並不想勾引妳。對不起。」他在吧檯前鞠躬道歉，「因為上次吃飯太開心了，我覺得妳是一個很出色的女人。當然，如果妳不願意就算了，我絕對不會再找妳。」

木村看起來不像是情場老手，上次見面時，就知道他是一個誠懇的人，可以感受到他鼓起勇氣說這番話。

「讓我想一下。」千佐都回答，但其實心裡早就已經決定了。一個小時後，他們已經在預約的房間內。

千佐都猜的沒錯，木村的性經驗並不豐富，但有足夠的年輕活力彌補這方面的不足。千佐都用全身迎接他像野生動物般的律動感和滿溢的熱情，他們的汗水溼了床單。

那天之後，他們每隔幾週就會見一次面。起初千佐都只是把他當砲友，對他並沒有任何感情，只覺得找到了一個理想的玩伴，主導權掌握在自己手上，無論要持續或是結束這段關係，都取決於自己，一旦玩膩了，或是覺得有危險，和他分手就好。

但是，千佐都發現，在多次見面後，兩個人之間的關係漸漸發生了變化，她已經離不開木村了。和他相處的時間很愉快，快樂的時光在轉眼之間就結束了。她終於發現，自己渴望這樣的時光。她嫁給比她年紀大很多的男人，過著有錢，卻沒有刺激的生活，如今已經到了極限。

千佐都在木村面前無話不談，甚至在他面前吐露對丈夫的不滿，以及想要擺脫目前的生活。

「那就擺脫啊。」木村在床上撫摸著千佐都的頭髮說。

「怎麼擺脫？」她問。

「妳是不是希望妳老公早死？雖然原本想忍耐二十年，但現在覺得越來越痛苦，對不對？」

「是啊……」

「既然這樣，就讓那一天提早到來，並不是什麼困難的事。」

「啊？但是，」千佐都搖了搖頭，「不行啦，我不可能殺人。」

木村意味深長地笑了笑，「但妳曾經想像過。」

千佐都沒有回答，他哈哈大笑起來。

「別擔心，妳什麼事都不用做，我只是說，要讓那一天提早到來。那一天就是妳老公的死期。他不可能長生不老，早晚都會死，只是讓這一天提前而已。」

「我聽不懂你的意思，這不就是殺人嗎？」

「廣義來說，也許是這樣，但在刑法上，並不算是殺害。先說結論，就是讓妳老公意外身亡，而且是極度接近自然災害的意外身亡。讓他去災害發生的地方，然後在那裡送命。自然災害是不可抗力，無法追究任何人的罪責。妳覺得怎麼樣？」

木村探頭看著千佐都的臉。

她眨了眨眼，看著年輕情人的眼睛。

「你怎麼知道會發生自然災害？」

「我不是說過，我在大學讀的就是預測嗎？也可以在某種程度上預測哪裡會發生怎樣的自然災害，到時候妳只要帶妳老公去那裡就好。當然，妳必須遠離那裡，但不需要太長的時間。」

「那是怎樣的自然災害？」

千佐都問道，木村的眼睛似乎一亮。他端正的臉變得毫無表情，擠出了「硫化氫」三個字。

聽木村說，那是致死率很高的劇毒氣體，然後又告訴她以下的情況。

日本處於火山地帶，到處都有火山氣體的發生源，溫泉區就是其中一個發生源，地面下會釋放出硫化氫氣體。某些地方即使在正常情況下沒有問題，在某些氣象條件下，可能會達到致死濃度。這些地方會禁止民眾進入，但日本各地都還有許多仍然沒有被發現的危險地區。

只要找到這種地點，把義郎帶去那裡，即使不需要親自下手，也可以將他致於死地。

千佐都聽了，有點懷疑事情是否能夠這麼簡單。

「即使沒有成功，也不會有任何問題，絕對不會引起懷疑，而且可以一試再試，沒有比這更安全的方法了。妳只要做一件事，就是邀妳老公去溫泉，謊稱要去散步，帶他去危險地區。」

千佐都覺得如果這麼簡單，自己應該可以勝任，最重要的是，沒有任何危險。

「妳下決心了嗎？」木村問。

千佐都說了當初木村約她去開房間時相同的回答。「讓我想一下。」

但是，也許和當時一樣，她內心已經下定決心。

千佐都在新潟縣的長岡出生、長大。

父親是鎮上工廠的職員，母親比父親小十歲。千佐都和父母，以及祖父母一起住在一棟不大的透天厝。父親的收入並不高，所以生活很窮困。

在千佐都懂事時，年近八十歲的祖父已經有了失智症的徵兆，經常走失，她至今仍然記得，曾經多次看到父母拿著手電筒出門尋找。

更糟的是，在千佐都讀小學時，祖母跌倒後導致腰和腿骨折，之後就一直躺在床上。祖母當然無法再照顧祖父，所有的壓力都集中在母親身上，因為她必須同時照顧失智症的祖父和整天躺在床上的祖母，沒有親戚可以幫忙。父親雖然試著尋找安養院，卻遲遲找不到，也曾經去找公所商量，無法找到有效的解決方案，只有時間慢慢過去。

父母每天晚上都會吵架。母親總是情緒暴躁，經常遷怒千佐都。父親整天愁眉苦臉，很少開口說話。

千佐都讀中學時，父母終於離了婚。千佐都跟著母親一起生活。母親白天在超市上班，晚上在居酒屋工作。母親深夜疲憊不堪地回到家時，看著千佐都的臉說：

『女人能不能幸福，完全取決於男人，結婚之前，一定要徹底調查對方的情況。不光是對方本人，還要同時調查對方的父母和兄弟姊妹。否則結婚之後，不知道會被迫接什麼爛攤子。最好嫁給年紀很大，有足夠經濟能力的人，即使對方的父母還活著，也不需要熬太久，而且只要有錢，事情就好辦多了。我也應該嫁給這種人，浮誇的愛情根本沒辦法填飽肚子。』

千佐都曾經看著母親辛苦多年，這句話深深刻進了她的腦海。

雖然父母離了婚，但她會定期和父親見面。每次見面，就覺得父親越來越瘦，氣色也很差。

一問之下才知道，父親提早退休，以便在家裡照顧父母。

千佐都曾經偷偷回去老家，因為玄關的門鎖著，所以她想繞去庭院。這時，她聽到了咆哮聲，接著是另一個人的吵嚷聲。

千佐都戰戰兢兢地張望，發現祖父坐在地上，拍打著手腳亂叫著，好像小孩子在無理取鬧。父親站在他身旁。

「不可以這樣！我不是說過不可以嗎？」父親斥責著祖父，打他的耳光。聲音中充滿焦躁和悲愴。

千佐都立刻瞭解了情況。祖父可能失禁了。曾經那麼孝順父母的父親，竟然動手打自己的爸爸。她的腦海中浮現出「虐待」這兩個字。

她躡手躡腳地離開了老家，覺得母親說的話果然正確。如果有錢，父親也不會變成那樣。

高中畢業後，她立刻去了東京。她以前很崇拜的學姊在六本木上班，曾經對她說，如果千佐都想去酒店上班，可以去找她。千佐都對母親說了實話，母親並沒有反對。

『這是妳的人生，妳可以走自己的路，但千萬不要被壞男人騙了。』母親用這番話送她離開了家鄉。

她在六本木上班後，很快就掌握了訣竅。有很多客人都會捧她的場，也經常有人追她。她和其中幾個人有了關係，但都不是千佐都的白馬王子。她覺得繼續留在六本木，恐怕也找不到理想的對象，所以去了銀座，仍然遲遲沒有遇到看上眼的人。

她換到第二家在銀座的店之後，遇到了水城義郎。聽到他是單身，千佐都立刻產生了興趣，聊了之後，發現他是有錢人，內心更加興奮。雖然聽說有老母，但已經送去安養院，所以並沒有問題。

義郎也很中意千佐都，當他展開追求時，千佐都說，如果不是玩玩而已，可以交往。

「如果不是玩玩而已，而是真心交往，我可以答應。」

義郎說：「當然是真心，以結婚為前提交往，妳覺得如何？」

千佐都微笑著點頭。當天晚上，就和義郎上了床。

和比自己年長將近四十歲的男人的婚姻生活並不壞，義郎讓她享盡奢華，實力派製作人的太太這個身分讓她覺得很神氣。雖然義郎的親戚沒給她好臉色，但只要不和他們來往就好。

但如果木村可以讓義郎早死，這樣的安排也不錯。繼承大筆遺產，趁身體仍然年輕時建立新的人生，簡直就像是美麗的夢。

下一次和木村見面時，木村問她：「妳下定決心了嗎？」

千佐都略帶猶豫地問：「只要把我老公帶去溫泉就好嗎？」

木村露出心滿意足的笑容，告訴她說，地點在赤熊溫泉。然後又補充說，時間在十一月或十二月。

「那個時候應該具備了各種條件，妳要掌握妳老公的行程。」

「好。」

雖然計畫已經展開，但千佐都完全沒有真實感。吃飯時看著義郎，暗想著也許明年他就不在世上了，仍然感到很不真實。

但她仍然期待木村的計畫可以成功，並要求義郎買保險。因為結婚後，她調查了丈夫的資產，發現並沒有自己想像的那麼多。沒想到義郎完全沒有起疑心，反而露出惹人討厭的笑容說：「我就在猜想，妳差不多會提出這要求了。因為當初妳就是為了錢才嫁給我，沒問題，交給妳去處理，妳就去買吧。」

雖然義郎知道千佐都是為錢而結婚，但一定覺得千佐都不可能做殺夫這種蠢事。在某種意義上來說，這的確是事實。

十二月初，千佐都邀義郎一起去溫泉。

「真難得啊，妳以前對溫泉根本沒興趣。」

「才不是呢，聽說那裡是很棒的秘湯，我們去玩嘛，我會負責安排所有的事。」

「既然這樣，那就交給妳處理。」義郎對年輕的妻子邀他去溫泉感到高興。

木村事先指示了日期，那是「自然災害發生機率高的日子」，她以那一天為中心，安排了三天兩夜的行程。

沒想到旅行的日子即將到來時，木村提出了意外的要求。他說，有一件事要拜託她。

「如果順利，希望妳下次幫我的忙。我也希望有人早死，而且有兩個人。」

千佐都倒吸了一口氣。她完全沒有想到木村會提出這種要求。到底要幫他什麼忙？會不會是犯罪？

「別擔心，不是什麼困難的事，和這次一樣，不需要妳親自動手，不會有人懷疑妳。」

木村繼續說道：

「我希望妳看妳老公怎麼死的，到時候，妳就知道了。」

既然他這麼說，千佐都沒有理由拒絕。木村的說話技巧具有一種魔力，總是讓千佐都的心偏向意想不到的方向。

那一天終於到了。

千佐都按照木村事先指示的時間，邀義郎一起離開了旅館。她頻頻看手錶，前往木村告訴她的地點。中途義郎訝異地問：

「喂，是不是走錯路了？這裡看起來不像有瀑布啊。這條路是正式的路嗎？不是獸徑嗎？」

「別擔心，不可能搞錯。」

不一會兒，終於到了那個地點。千佐都對義郎說，她把東西忘在旅館了。

「我馬上就回來，你在這裡等我。」

「相機根本不重要啊。」

「我才不要，既然都已經來了。你在這裡等我，不要亂走喔。」千佐都頭也不回地跑走了，義郎沒有追她。

之後的情況她已經對警察和消防隊的人說了很多次。她回到旅館，把電池裝進相機，回到剛才的地方，發現義郎倒在地上。她巡視四周，沒有發現任何異樣，只聞到淡淡的臭雞蛋味。

千佐都雙腿發抖。

是真的。一切都是真的。木村沒有說謊——想到這是現實，頓時感到害怕。

她打電話回旅館。「出事了，我老公在山路上昏倒，一動也不動。」她的聲音都破了音，那絕對不是裝出來的。

也許那時候就踏上了不歸路。千佐都開始對木村這個人感到害怕，更不敢違抗他。她如約把名叫那須野五郎的演員帶去苦手溫泉的散步道入口，她在之後的新聞報導中得知，他也因為火山氣體中毒身亡。

木村打算讓另一個人走上死亡之路。千佐都必須協助他，雖然他說這次是最後的步驟，但真的是這樣嗎？自己會不會從此淪為死神的助手？

得知木村的第二個目標是甘粕才生時，她懷疑自己聽錯了。因為那個人曾經出現在義郎的守靈夜，怎麼會有這麼巧的事？

也許——

木村當初就是為了這個目的接近自己？讓報紙黏在她車子的擋風玻璃上，故意撞上車子，卻沒有受傷——他應該有辦法做到。

她在電話中問木村這件事，木村用不感興趣的聲音說：『這種事根本不重要，不管是偶然還是刻意，根本沒有太大的差別，以結果來說，我們都達到了各自的目的。』

「你該不會也想殺水城？只是利用我而已？」
『這也和妳沒有關係，還是妳損失了什麼？妳沒有任何損失吧？』
「……你到底是什麼人？」千佐都問，「木村不是你的真名吧？你到底是誰？」
『千佐都，』木村難得叫她的名字，冷漠的聲音令千佐都感到害怕。『這個世界上，有些事還是不知道比較好，還是要我為妳預測妳今後的命運？』
千佐都說不出話，不知道木村如何解釋她的沉默，他說：『沒錯，這樣就對了。妳不需要知道任何事，這樣的話，妳的人生並不壞。』
那個彷彿來自黑暗深處的聲音，至今仍然縈繞在千佐都的耳邊。
她希望趕快解脫，她不希望和木村有任何牽扯。這次絕對是最後一次。
她聽到鈴聲回過神。放在矮櫃上的義郎的手機在響。
她站了起來，吞著口水走了過去。手機螢幕上顯示了「甘粕」的名字。

29

圓華正在吹頭髮時，聽到了手機的鬧鈴聲。她把吹風機丟到一旁，走出浴室。手機放在床上，她慌忙操作，關掉了鬧鈴聲。

終於來了——

圓華開始做出門的準備，雖然頭髮還有點溼，但現在沒時間了。因為不知道對方什麼時候會採取行動。或許不會立刻行動，提前準備，才能萬無一失。

換好衣服，最後戴上了粉紅色毛線帽。武尾不可能沒看到自己，但為了以防萬一，還是給他一個好認的記號。

她走出飯店大門，過了馬路。不一會兒，計程車就來了。她舉手攔下了計程車，上車後，告訴了司機地點。可能因為距離太近，所以司機似乎有點不高興。

圓華從皮包裡拿出小鏡子，察看後方的情況。果然不出所料，白色廂型車緊跟了上來。坐在駕駛座上的是武尾。他戴了一副黑色眼鏡，難道是想變裝？

即將靠近目的地，圓華請司機停車。付了車資下了車，看向數十公尺外。

那裡有一棟白色圍牆圍起的豪宅，在閑靜的住宅區中格外顯眼。那是水城義郎的家，目前只有他的遺孀獨自住在那裡，而且她此刻應該在家。

為了等待甘粕才生的電話。

不，也許甘粕才生已經打電話給她了，她正在準備下一步的行動。

圓華轉身向後走，不遠處的路旁停了一輛廂型車。坐在駕駛座上的武尾把椅子放倒，用帽子遮住了臉。

她走向廂型車的左側，打開後方的拉門。躺在座位上的男人驚叫了一聲，坐了起來。他是在數理學研究所工作的年輕職員。

坐在駕駛座上的武尾轉過頭，瞪大了眼睛，似乎說不出話。

「你回去研究所，」圓華對男職員說：「就說被我發現了，趕快去！」

男人不知所措地看向武尾。武尾默默點頭，他抱著旁邊的行李袋下了車。

圓華坐在後車座上，目送著快步離去的職員背影問武尾：「他知道多少情況？」

「幾乎什麼都不知道，只是我睡覺的時候，由他負責監視。我叫他如果看到妳從飯店走出來，就馬上叫醒我。」武尾把放倒的椅子拉回原位，脫下了帽子。

「是喔，真辛苦啊。」圓華探頭看向旁邊的紙箱，裡面放了麵包和飲料。

「我沒想到會被妳發現。」

「你以為我是傻瓜嗎？我勸你把眼鏡也拿下來，你戴眼鏡的樣子超蠢。」

武尾拿下了眼鏡，「妳接下來有什麼打算？」

「咦？太奇怪了，你不是不可以向我發問嗎？」看到武尾露出尷尬的表情沉默不語，圓華的嘴角露出笑容，指著擋風玻璃外說：「那裡不是有一棟白色圍牆的房子嗎？」

「對。」武尾點了點頭。

「等一下會有一個女人出來，我正在等她出來。之後的行動，到時候再告訴你。知道了嗎？」

「知道了。」武尾精神抖擻地重新坐好。

圓華靠在椅背上翹著腿，拿起紙箱裡的奶油麵包吃了起來。麵包不會太甜，很好吃。她想起謙人很愛吃甜食。在研究所時，謙人和圓華分別接受不同的測試和訓練，但休息時間相同。他經常在休息時吃巧克力之類的甜食。

他們聊了很多，也有很多是只有他們兩個人才瞭解的內容。也曾經討論過，如果在地球上好幾個地方監視海底的起伏和即時的溫度變化，是否有可能預測地震，一般人難以瞭解這種討論有多麼快樂。

在聊天的過程中，她發現謙人多年來，內心都有著深沉的孤獨。即使可以預測各種事，如果沒有可以分享的夥伴，反而會產生一種與世隔絕的感覺。圓華有謙人這個夥伴，但多年來，謙人都是孤軍作戰。

也許正因為如此，他才會向終於得到的夥伴敞開心房。有一次，謙人告訴圓華一件重大的事，圓華一時難以相信。

那是關於甘粕家發生的硫化氫事件。那不是自殺，而是謀殺，而且謙人知道凶手。

「我是聽凶手親口說的，所以千真萬確。」

謙人沒有說出凶手的名字，但圓華已經知道了。因為謙人是在他植物人狀態時知道了凶手，當時能夠見到他的人有限。

謙人說，行凶的動機只是因為凶手的自私。是瘋子基於自私自利所犯的罪。

「不能讓這個人逍遙法外，我一定要懲罰他。所以，到時候——」謙人注視著圓華說：「之後的事就拜託妳了。」

圓華察覺了他的想法。他打算離開研究所去復仇，從此再也不回來。在完成復仇後，他打算走向死路。

不可以這樣。她小聲嘀咕道，但並沒有繼續說服謙人。因為她知道，說了也是白費口舌。

那天之後，圓華就整天提心吊膽，她很擔心謙人。雖然她曾經打算找別人商量，但最後不願意打破保守祕密的約定。

她擔心的事情終於發生了。謙人失蹤了。其他人都不知道發生了什麼事，急得團團轉，但圓華仍然沒有說出真相，只說想要去找他。結果大人們可能察覺有異，名義上為她找了一個保鑣，但實質上是派人監視她。

時間一天一天過去，她無法幫上任何忙。然後得知了赤熊溫泉的事，她知道謙人終於採取了行動。在得知水城這個被害人的資料後，推測他應該是甘粕才生犯罪行為的共犯。

圓華無法繼續苦等。剛好首都圈即將下大雪，而且天氣預報錯估了形勢，一旦錯過這個機會，就沒有下次了，她建立了逃脫計畫。

當她順利逃走之後，立刻前往赤熊溫泉瞭解狀況。的確是謙人所為。但謙人必須有共犯，圓華猜想應該是被害人的妻子。於是，她住在和他們相同的旅館，在半夜偷看了住宿登記，調查了水城夫妻。

謙人接下來會採取什麼行動？在甘粕才生之前，還打算消滅其他人嗎？沒想到苫手溫泉也發生了同樣的事。雖然不知道被害人的身分，但從學者青江口中得知是一個不紅的演員，她更確信那是謙人所為。

為什麼要拘泥於硫化氫中毒？希望他們體會自己所承受過的痛苦嗎？難道沒有想到會引起甘粕才生的警戒嗎？

在思考這個問題時，她發現了謙人的用意。他故意讓甘粕才生知道他在為八年前的事復仇，而且謙人藉此告訴甘粕才生，主謀就是自己，自己並沒有喪失記憶。

為什麼要這麼做？目的只有一個，就是要把甘粕才生逼出來。對甘粕來說，瞭解真相的謙人是阻礙，會想方設法排除他。當甘粕才生為了殺害謙人而接近他時，謙人可以反過來報仇。

謙人預料到這些事，所以故意設下陷阱，而且會利用唯一的共犯水城千佐都。謙人會命令她打電話給甘粕，而且會使用水城義郎的電話。如果是陌生的號碼，甘粕會無法判斷。在接到水城打來的電話後，他會發現是陷阱。沒錯，謙人猜到甘粕明知道是陷阱，仍然會赴約。

圓華打電話到水城義郎的手機。果然不出所料，手機關機，但早晚會開機，到時候，謙人的復仇計畫將迎接最後一章。圓華改造了手機，每隔五分鐘，就以不顯示來電的方式撥打電話到水城義郎的手機。一旦接通，她的手機就會發出鬧鈴聲。剛才的鬧鈴聲就是由此而來。

水城千佐都會打電話給甘粕才生，但心生警戒的甘粕可能不會立刻接電話。她會留言，甘粕聽到留言，才會打電話給她。

之後呢？很可惜，圓華目前還無法預測。

圓華猛然發現武尾在小聲說話。有人打電話給他。他說了聲：「我知道了。」掛上了電話，然後把手機放回口袋。

「你和誰通電話？有什麼新情況嗎？」圓華問。

「是桐宮打來的，她要我目前聽從妳的指示，我說知道了。」

桐宮似乎從剛才的職員口中瞭解了情況。

「是嗎？太好了，那接下來就要慢慢等了。」

「呃，」武尾微微轉過頭，「我可以發問嗎？」

「照理說不可以，但我特別准許你發問。你要問什麼？」

「如果有女人從那棟房子走出來，要跟蹤她嗎？」

「我的確這麼打算，有什麼問題嗎？」

「如果是這樣，我要告訴妳一件事。」

「什麼事？」

「這輛車子裝了追蹤器，ＧＰＳ的定位資料會隨時傳達給當局。」

「當局？」

「警察當局，由警察廳主導的特別小組已經展開了行動。」

圓華仰頭看著車頂，「幹嘛不早說？」

「對不起。」武尾縮起脖子。

「追蹤器裝在哪裡？不能拆下來嗎？」

「如果沒有特殊的工具，恐怕拆不下來。」

糟了。圓華心想。目前還不希望警方插手。

但是，到底該怎麼辦？至少不能用這輛車跟蹤水城千佐都。需要另一輛車，而且需要另一個幫手。有這種人選嗎？要找一個不瞭解狀況，卻願意提供協助的人並不容易，只能找稍微瞭解情況的人。

她想起一個人。雖然之前已經說，不想把對方捲進來，並且主動斷絕了關係，所以再去找他，的確有點自私，但現在顧不得那麼多了。

她從口袋裡拿出手機。

30

小雨不停地下，從今天早上開始，天空就一直灰濛濛的。青江站在窗邊，茫然地看著窗外。圓華和甘粕謙人應該可以正確預測這場令人煩心的雨會下到什麼時候。

聽到敲門聲，他回答說：「請進。」門緩緩打開，奧西哲子走了進來。「客人好像離開了。」

「嗯，不好意思，可以麻煩妳把這裡整理一下嗎？」他指著桌上的茶杯。

「好的。」奧西哲子說完，把兩個茶杯放在托盤上，「那位刑警是不是叫中岡先生？」

「是啊，怎麼了？」

「沒什麼，他離開之前，去了隔壁的房間，問了我有點奇怪的問題。」奧西哲子雙手拿著放了茶杯的底盤。

「他問了什麼？」

「他問……最近青江教授有沒有什麼和以前不一樣的地方？有沒有人來找過你？」

「妳怎麼回答？」

「我回答說和以前沒什麼不一樣。這樣回答有什麼不妥嗎？」

「不，這樣很好，中岡先生說什麼？」

「他看起來很不滿，似乎想要說，根本不可能。」

「是嗎？」

「即使，」奧西哲子露出真摯的眼神，「即使他再問一次，我也打算回答相同的答案，這樣沒問題吧？還是希望我如實回答說，教授這一陣子鬱鬱寡歡，好像在為什麼事煩惱。」

青江驚訝地看著認識多年的女助理，但她一臉若無其事，似乎並不覺得自己說出了什麼奇怪的話。

「不，」青江回答說：「這不太妥當，所以……希望妳按照今天的方式回答。」

「好，那我先告辭了。」奧西哲子點了點頭，轉身準備離開。

「啊，對了，奧西。」當她轉過頭時，青江對她說：「謝謝妳。」

奧西哲子微微笑了笑，走出了房間。

青江坐在椅子上，啟動了進入休眠狀態的筆電。今天必須處理好幾件工作，但因為中岡的話在腦海中揮之不去，所以他無法專心。

中岡昨天傍晚打電話給他，說有重要的事要談，能不能見個面。青江答應了。因為他也很好奇，中岡到底掌握了多少真相。

一個小時前才剛離開的刑警告訴他說，他要從溫泉區事件中抽手。因為接到了上司的命令，但他猜想應該是高層施壓。

「上司還指示我，絕對不要對外透露目前為止調查到的一切，我也要趕快忘了這些事，而且完全沒有向我說明理由。」中岡一口氣說道，似乎想要把內心的焦躁一吐為快。

青江問他能不能接受，他搖著手說，當然不能接受。

「我怎麼可能接受？所以我才聯絡你，從某種意義上來說，你比我更深入涉及這兩起事件，如果當初你沒有提出其中的問題，我也不可能展開行動。所以，向我施壓的那些人不可能放過你，我猜想他們一定採取了某些行動。怎麼樣？我的推理沒錯吧？」中岡充滿自信地說。

青江暗自覺得中岡太了不起了，那些人的確採取了行動。如果中岡更早找上門，事情可能會大不相同。

但是，青江只能搖頭，而且告訴中岡，並沒有發生任何事。

「真的嗎？沒有人來封你的口嗎？」

「真的。」青江回答。

「那就太有意思了，」不知道為什麼，中岡雙眼發亮，「教授，要不要賭一把？」

中岡提議說，由青江公布目前為止所掌握的事。兩個溫泉區都發生了匪夷所思的硫化氫中毒事故、遇到了奇妙的女生，以及兩名被害人的共同點，還有甘粕才生和謙人的事，會引起輿論嘩然，最後必定可以查出真相。

中岡還掌握了驚人的最新資訊。

「你還記得那個部落格嗎？就是甘粕才生的部落格，裡面的文章全都是胡說八道。甘粕只是用對自己有利的方式杜撰了這些故事。」

青江問他，哪些部分是杜撰，中岡說，全部都是胡說八道。

「只有他的女兒和太太因為硫化氫而死，兒子謙人變成植物人這件事是事實，但是甘粕才生和家人的關係完全不是部落格所寫的那樣，兩個兒女都痛恨父親。」

中岡列舉了向萌繪的同學打聽的情況，斷言根本不可能有部落格中所寫的美滿家庭。

中岡也調查了甘粕才生年輕時的情況，聽說甘粕是異常的完美主義者，也會嚴格要求家人也追求完美，中岡認為這也可能成為兩個兒女討厭父親的原因。

「教授，有這些證據，媒體絕對不可能善罷干休，要不要我介紹熟識的記者給你？」中岡雙眼發亮地問道。

但是，青江並沒有點頭，他告訴中岡，自己不想這麼做。

「為什麼？難道你不想瞭解真相嗎？你之前不是說，如果在溫泉區發生的事不是事故，而是人為的事件，你就有義務把真相公諸於世嗎？現在這樣好嗎？」

中岡語帶責備地問，青江仍然堅持拒絕的態度。中岡對他的態度產生了懷疑。

「教授，你是不是知道了什麼？是不是有人找過你，向你說明了情況？我沒猜錯吧？」

青江回答說沒這回事，並說自己日後會持續觀察在溫泉區發生的事件，但只是作為研究工作的一部分，沒有太多時間關心是否可能會是刑事事件，同時拜託中岡，不要把自己捲進去。

請你離開——他最後這麼對中岡說。

中岡狠狠瞪著他，然後站了起來。他直到最後，一口都沒有喝奧西哲子倒的茶。

雖然很對不起中岡，但青江只能採取這種態度。中岡不瞭解，這可能是關係到整個日本，不，是關係到整個人類未來的問題。一旦公開甘粕謙人和羽原圓華的存在，就會引起全世界的混亂，所以絕對不能輕易公開這件事。

事件本身也很快就會落幕，雖然不知道會以什麼方式，但一定會結束。

向中岡施壓的應該是警察廳，數理學研究所和警察廳有密切的關係。那些公務員聽了羽原全太朗的報告後，一定去向警視廳施壓。

完美主義——青江想起了中岡的話。

如此一來，所有的拼圖都完整了。雖然難以接受，但已經可以清楚瞭解事件的全貌。

他想起羽原全太朗給他看的影片。

那是公老鼠攻擊剛出生的小老鼠的影片。

「這隻公老鼠沒有交配的經驗，那隻小老鼠當然不是牠的孩子。不是只有這隻公老鼠與眾不同，而是所有沒有交配經驗的公老鼠都會攻擊剛出生的小老鼠，毫無例外。原因在於剛出生的小老鼠會發出費洛蒙，這種費洛蒙會刺激公老鼠的鋤鼻神經迴路的部分，進而誘發公老鼠的攻擊行為。但是，當公老鼠有了交配的經驗，和懷孕中的母老鼠同居後，感應費洛蒙的器官可以抑制訊息傳達，所以不會採取攻擊行動，反而會有為小老鼠保暖、舔小老鼠身體的養育行動。事實上，即使是沒有交配行為的公老鼠，只要切除感應費洛蒙的器官，就不會再有攻擊行動。」

羽原說完，又播放了剛才的公老鼠和剛出生的小老鼠依偎在一起的影片。

「沒有交配經驗的公老鼠之所以會攻擊剛出生的小老鼠，很可能是希望更早得到和小老鼠的母親，也就是母老鼠交配的機會。因為母老鼠在餵乳期間，會抑制自己的發情。成為父親的老鼠會抑制攻擊行為，以免誤殺了自己的孩子。總之，這些行為都是為了保護繼承了自己基因的子孫，從生物學的角度來看，是極其合理的行為。」

羽原說完，對青江淡淡地笑了笑。

「你是不是搞不懂我為什麼要和你談這些？」

「不……我大致能夠猜到，和甘粕父子有關吧？」

羽原露出嚴肅的表情，點了點頭。

「父親殺害親生的孩子——一般人認為不可能有這種事。為什麼？通常都會回答，因為有父愛。父愛到底是什麼？是哪裡產生的？從結論來說，根源在於這裡，在大腦。」羽原指著自己的太陽穴，「父親為了保護孩子所採取的養育行為，是所有哺乳動物的共同習性，目的在於有效地留下自己的基因。這一點上，無論老鼠和人類都一樣，通常人類不會像老鼠一樣，對新生兒採取攻擊行動，行為也不會單純受到費洛蒙的影響，但是，就像老鼠一樣，人類的養育行為，男性的父性行為也是遺傳上的程式，為了方便起見，將這種程式稱為父愛。一旦這種程式遭到破壞，或是原本就有缺陷，會有怎樣的結果？」

「沒有養育行為和父性行為嗎？」

羽原緩緩而又深深地點頭。

「我們從各個方面研究了甘粕謙人的大腦功能，正如我曾經多次提到，他的資訊處理能力超強，除此以外，還有特別值得一提的事。一般人除了對嬰兒，看到小貓、小狗或是小企鵝，都會覺得可愛。我們曾經研究過許多實驗者，瞭解了在這種情況下，會刺激大腦的哪一個部分，我們稱之為父性模式，在想要保護弱者時，就可以發現父性模式，但謙人幾乎不會出現父性模式。起初我以為是硫化氫中毒產生的影響，在仔細調查後發現並非如此，而是先天性的。我稱之為父性欠缺症，同時也知道這種症狀的遺傳性極強，可以推測甘粕才生也是相同的情況。」

羽原停頓了一下，又繼續說道：

「而且，我認為殘暴的罪犯或多或少都有這種大腦的缺陷，環境的影響並不大，而是天生的基因關係。對他們來說，動機並不重要，甚至有人只是因為想殺人看看，就把朋友殺了。我不知道甘粕才生為什麼要殺害家人，他應該有他的理由，對他來說，這樣就足夠了，他的大腦中，無法發揮『不可以殺家人』這種普通人具備的功能，對他來說，這種想法也根本沒有意義。」

青江感到極度震撼。平時所認為的「愛」竟然只是大腦中的程式，對缺乏這種程式的人來說，常識根本無法對他們的心理發揮任何作用。

「以上就是我能夠告訴你的一切，你還有什麼疑問嗎？」羽原問道。

「事件要怎麼處理？」

「不知道。數理學研究所相關廳省的高層已經瞭解了情況，他們會採取相應的手段，因為謙人是國家財產。」

「可能被搓掉嗎？」

「嗯，」羽原偏著頭，「很難說，也不清楚能不能構成殺人事件。」

「甘粕才生會怎麼樣？他八年前可能犯下了殺人罪。」

「所以，」他說，「我勸你也不要繼續插手這件事，這是為你好。請你回到自己的研究室，專心投入自己的工作。恕我再度提醒，請你把一切埋在心裡，即使告訴別人，對你也不會有任何好處，別人只會覺得你瘋了。」

青江原本就不想告訴別人，而且正如羽原所說，別人也不可能相信。

「請再讓我問一個問題，」青江豎起食指，「你對圓華小姐成為拉普拉斯的魔女有什麼看法？」

羽原沉默片刻，才終於開口說：

「有一次，圓華對我說：『爸爸，這個世界是按照物理法則在運作。』」

青江偏著頭問：「什麼意思？」

「我也這麼問她，這句話是什麼意思？圓華說，可以把人當成一個原子來認識這個世界。她舉了廟會的人潮向我解釋這件事。」

「廟會？」

「廟會的時候，狹窄的通道上有很多攤位，很多人都會在通道上走來走去，但不會撞成一團，你認為是什麼原因？」

「因為看到有人迎面走過來時，就會主動讓路吧？」

「這是原因之一，但不光是這樣。如果一直看著前方，參加廟會不是無法盡興嗎？」

青江回想起廟會的情景，被他這麼一說，似乎的確是這樣。最後終於想到了。

「廟會的時候都會自動形成人潮，有兩個相反方向的人潮，因為跟著人潮走，所以才不會撞到吧。」

「你說對了，」羽原說：「即使沒有人指揮，也會自然而然形成人潮。為什麼？首先請你想像一下無秩序的狀態，為了不斷閃躲迎面而來的人，遲遲無法前進。但是，只要使用一種方法，走起來就輕鬆多了。那就是跟在往相同方向前進的人的身後，如此一來，就不必閃躲迎面而來的人。走在前面的人很辛苦，但那個人也只要跟在別人身後，就可以減輕負擔。當隊伍逐漸壯大，就可以讓迎面而來的人閃躲。來往的隊伍人數相當時，就會在通道左右形成兩個人潮。」

青江在腦海中想像著這種情況，羽原的話很有說服力。「原來如此。」

「重要的是，大家在走路的時候都沒有意識到這件事。在無意識中，選擇了對自己最輕鬆的方法、最方便的捷徑，不光是廟會的隊伍而已，我剛才也說了，就連愛也是遺傳程式的產物，即使每個人認為自己是基於自由意志行動，但以人類社會這個整體來看，根據物理法則來預測這些行為並不是太困難的事。」

「我大致能夠瞭解你的意思。」

「圓華和謙人除了物理現象以外，應該也可以隱約看到現代社會的發展和人類的未來，但是，他們無能為力，只能預測。最近圓華有點變了，不再像以前那麼開朗，變得有點厭世。雖然她沒說，但我猜想她可能看到了不太樂觀的未來。」

說起來，真是對她太殘忍了。羽原小聲嘀咕後，又繼續說道：

「正因為不知道未來如何，人類才能擁有夢想。我沒有資格指責甘粕才生，因為在奪走了孩子人生這件事上，我和他一樣罪孽深重。」

青江在腦海中回想著羽原的話，思考著羽原圓華。雖然只見過幾次面，卻對她念念不忘。不知道她此刻在哪裡、在做什麼？是不是找到了甘粕謙人。

無論她人在哪裡，都希望她平安。青江回想起在有栖川宮紀念公園的事，他很希望有機會再度看到那個奇蹟。

他正在想這些事時，聽到了手機鈴聲。他的手機放在抽屜裡，拿出來一看螢幕，頓時驚訝不已。螢幕上顯示了「圓華」的名字。太巧了。他慌忙接起電話。

「是我。」

『我問你一件事，』羽原圓華劈頭問道，『你有沒有車子？』

31

剛才開始下的雨不時增強雨勢，圓華用手機查了各種氣象資料，不時確認天色，從行道樹晃動的情況推測風向。

「好詭異的天氣，有些地方可能會產生奇怪的雲。」

「奇怪的雲……嗎？」

「對，可怕的雲，可能是凶兆。」

武尾並沒有問她是怎樣的雲，可能不想問太多問題。

圓華收起手機，看向水城家。大門仍然緊閉，無法預測千佐都什麼時候出門，她今天不打算出門了嗎？

「圓華小姐，」武尾看著後視鏡說：「後面來了一輛白色皇冠。」

圓華轉過頭，看到一輛白色轎車靠近，然後在圓華他們的廂型車後方停了下來。

一看手錶，距離剛才打電話不到一個小時，看來他用了最快的速度趕來這裡。

圓華打開車門，下了廂型車，在雨中跑向後方的車子，確認青江坐在駕駛座上，打開了副駕駛座的門，立刻上了車。

「不好意思，這麼麻煩你。」她拍著衣服上的雨水道歉。

「老實說，我真的嚇到了，」青江說：「突然說要向我借車子，而且還說詳情晚點再談。」

「因為沒時間了，謝謝你，真的超感謝。」

武尾從前方的廂型車跑到駕駛座旁。

「教授，你讓他開車，你開前面那輛廂型車回家吧。」

「等一下，妳還沒告訴我是什麼情況。」

「下次告訴你，一定會告訴你，所以今天先回去。」

「不行，我現在想知道，如果妳不告訴我，車子就不借妳。」青江雙手緊緊握著方向盤。

圓華嘆著氣。現在沒時間磨蹭，不知道千佐都什麼時候會出現，武尾左右為難地站在車外。

「ＯＫ，好，我告訴你。我一定會告訴你，你先把駕駛座讓給他。因為我們接下來要跟蹤一個人，你不是跟蹤的專家吧？」

「跟蹤？要跟蹤誰？」
「我也會告訴你。」
「是不是想趁我下車時，然後就開著車子逃走？」
「我不會這麼做。」
「不，我不相信。」青江解開安全帶，把椅背壓倒後，開始爬向後車座。他似乎真的不相信圓華。
當青江爬到後車座時，武尾坐到了駕駛座上。
「教授，你瞭解多少情況？」圓華用眼角看著武尾在調整座位時問道。
「大致情況已經聽妳父親說了，像是妳和甘粕謙人的特殊能力之類的事。」
「其他呢？關於這次的事件，他沒有說什麼嗎？」
「羽原博士推理出一個可能，簡直令人難以相信。發生在兩個溫泉區的事是甘粕謙人的復仇，起因是八年前的硫化氫中毒事件，那起事件的主謀是甘粕才生，所以謙人最後將要對付他的父親。」
圓華用力呼吸，搖了搖頭。
「不愧是天才大腦科學家，竟然可以洞悉這一切。雖然是我爸爸，但還是感到佩服。所以，他察覺到謙人是假裝失去了記憶。」
「羽原博士說一直對謙人記得自己年齡這件事產生懷疑，在這次的事件發生後，終於確信了這件事。」

「是喔。」圓華想起父親的臉，再度嘀咕說：「太了不起了。」謙人也曾經說，當初回答年齡可能是很大的失策。

「真是太難以相信了，父親竟然想要殺死全家人。如果不是羽原博士告訴我父性欠缺症的事，我可能至今仍然無法相信。」

「父性欠缺症？那是什麼？」

「妳不知道嗎？甘粕父子都有這種大腦缺陷。」

「那是怎樣的缺陷？」

「比方說，以老鼠為例——」青江說到這裡，生氣地瞪著圓華，「等一下，為什麼一直都是我在說？不是應該由妳向我說明情況嗎？」

「但如果我不先確認你瞭解多少，不知道要從哪裡開始說明啊。」

「我不是說了，我已經瞭解了大致的情況了嗎？」

「圓華小姐，」武尾叫著她，「出來了。」

「啊！」圓華看向前方，一輛紅色的瑪莎拉蒂正從水城家的車庫駛出來。

武尾發動了引擎，圓華轉頭看向後車座，雙手在臉前合十拜託說：

「教授，對不起，我們要開始跟蹤了，請你先下車。」

「啊？妳說什麼？妳什麼都還沒說。」

「下次告訴你，絕對會告訴你，拜託了。」

「不行，我不相信。」

「圓華小姐，」武尾說：「如果再不出發，就跟不上了。」

圓華想了兩秒，指示說：「出發。」武尾踩下了油門。

紅色瑪莎拉蒂行駛在同一個車道，相隔了五輛車，車速並不快，努力想小心開車。也許是覺得如果違反交通規則，被警車攔下就慘了。

千佐都離家之後，在普通道路上行駛片刻，很快上了高速公路，已經開了約三十分鐘，目前還不知道她要去哪裡。

坐在後車座的青江不發一語。剛才已經告訴他為什麼要跟蹤水城千佐都了，他似乎也已經接受，原本很想讓他下車，但一直沒有機會，圓華已經決定，只能帶著他一起跟蹤了。

青江說了父性欠缺症的事，圓華聽了之後，完全同意這種說法。因為謙人在有些方面表現得很殘酷。一起去參加廟會時，他看到有攤位在賣小雞，說很想烤來吃。圓華說，這樣太殘酷了。他一臉納悶地說，為什麼可以吃雞肉，不能吃小雞？又有一次，謙人告訴圓華，一個住在大學醫院的男孩得了不治之症，從出生時，就知道他只能活幾年而已，所以應該更早讓那個男孩安樂死。圓華說，對父母來說，即使只有短短幾年也很重要。謙人說，他無法理解，對父母來說，小孩子只能活幾年，不是也很痛苦嗎？

謙人似乎從甘粕才生那裡繼承了這種基因，他們父子很快就要對決。不知道會發生什麼事，只知道絕對不平靜。

圓華根本不在乎甘粕才生的死，他理應受到報應，問題在於謙人，無論如何都要阻止他在發洩積怨多年的憤怒後自我了斷。

她看著前方的瑪莎拉蒂，思考著這些事，後方傳來青江的聲音。

「謙人有沒有告訴妳，甘粕才生試圖殺了全家的動機？」

「他說是自私，」圓華看著前方回答，「是瘋子基於自私自利所犯的罪。」

「具體來說呢？」

圓華搖了搖頭，「他沒說。」

「是喔……」

「為什麼這麼問？」圓華把頭稍微轉向後方，「教授，你知道什麼嗎？」

「談不上知道，但有一名刑警在追查這起事件，我之前不是向妳提過刑警中岡先生嗎？他告訴了我有關甘粕才生有趣的事。聽說甘粕從年輕時代開始就是完美主義者，隨時都希望自己是一個完美的人，也強迫他的女朋友符合自己的理想。」

「果然是怪胎，所以呢？」

「甘粕之所以想要殺全家，會不會是因為覺得他們不夠完美？」

「啊？」

「無論妻子和兒女，都和他所描繪的理想相去甚遠，並不完美。所以他決定消滅他們，把他們殺了。會不會是這麼一回事？」

「什麼？既然不喜歡，自己滾出去就好了啊，可以和太太離婚，也不要和孩子住在一起，然後再建立自己的理想家庭就好。還是他捨不得付贍養費？」

「應該不至於，我猜想應該和錢無關，對甘粕來說，他們活在世上這件事就讓他無法接受，所以光是離開他們，並沒有意義。」

「這也未免……」圓華沒有繼續說下去。青江的說法和謙人形容「是瘋子基於自私自利所犯的罪」完全吻合。

「圓華小姐，」武尾說：「瑪莎拉蒂有動靜。」

「啊！」她看向前方，瑪莎拉蒂打了左側的方向燈，似乎要去休息站。

武尾也打了方向燈，駛入了通往休息站的路。為了避免引起懷疑，在保持適度距離的同時繼續跟蹤，最後把車子停在離瑪莎拉蒂二十公尺的位置。

千佐都下了車，看了手錶後邁開步伐。

「是不是去上廁所？」武尾問。

「也許吧，我們也去上廁所吧。」圓華下了車，幸好雨變小了。

千佐都果然去了廁所。圓華也跟在她後方走進廁所，從小隔間走出來時，千佐都正在洗手台前注視著自己在鏡子中的臉，她的眼神充滿緊張，好像在下定決心。

圓華重新打量她後，發現她真的很漂亮。謙人到底用什麼方法拉攏她？雖然事先必定經過仔細調查，做好周到的準備後才接近她，但最後一定是靠男女關係。因為這種方法最合理，但這種想法讓圓華內心產生了不悅，圓華自己也不知道是不是因為嫉妒。

她跟著千佐都走出廁所，回到車上。武尾和青江已經在車上了。

她看向瑪莎拉蒂。千佐都上了車後，仍然沒有動靜。

周圍好像突然變暗了。不，正確地說，感覺黑暗靠近。圓華巡視四周，然後倒吸了一口氣。一個身穿黑色大衣的男人緩步走來，渾身散發出可怕的不祥空氣。雖然五官端正而有氣質，但雙眼沒有一絲溫暖。

圓華確信，那個人就是甘粕才生。雖然謙人很不願意，但他們父子的長相有很多共同點。

身穿大衣的男人果然走向瑪莎拉蒂，向車內張望後，坐進了副駕駛座。

好戲終於要上場了。這時，旁邊傳來咚咚的聲音。她轉向左側一看，一個身穿西裝的男人站在旁邊。

圓華打開車窗，「有什麼事嗎？」

「妳是羽原圓華小姐吧？」

「是啊……」圓華忍不住警戒起來，這個人為什麼知道自己的名字？

「請妳放心，我不是壞人，我是警察廳刑事局的人。」

「警察廳？」

「請妳馬上下車。」

「啊？怎麼回事？」

「我接到指示，要保護妳，麻煩妳了。」男人微微鞠躬。

看來剛才被跟蹤了。除了廂型車裝了追蹤器，他們還派人監視。

圓華在迅速思考的同時看向瑪莎拉蒂，千佐都他們隨時會離開，她擔心不已。

「妳不必擔心那輛紅色的車，我的同事已經在追蹤了。妳和我一起留在這裡，接應的車馬上就到了。」男人說完，彎腰看向駕駛座：「是武尾先生吧？」

「對。」武尾回答。

「請你在下一個交流道下去後開回東京，接下來由我們接手。」

武尾看向圓華，徵詢她的意見。圓華從男人的話中察覺，似乎只有一輛車在跟蹤。既然這樣，只能賭一賭運氣了。

「先這麼辦吧。」圓華說。

「好。」武尾點了點頭。

圓華打開車門下了車，瑪莎拉蒂仍然沒有動靜。

「你的證件給我看一下。」她對男人說。

男人露出驚訝的表情，隨即苦笑著，亮出了證件。

「這樣妳相信了嗎？」

圓華沒有回答，巡視周圍後問：「哪一輛是你同事的車？」

「停在那裡，」男人用手指著，「深藍色休旅車旁的黑色轎車。」

圓華找到那輛車後，立刻大步走了過去。駕駛座上的男人一臉詫異地看著她，因為瑪莎拉蒂沒有動靜，所以車子並沒有要離開的跡象。

圓華繞到駕駛座旁，敲著玻璃窗。車窗緩緩下降，圓華看了方向盤旁，正如她的預期，電子鑰匙插在固定的位置。

「怎麼了？」駕駛座的男人抬頭看向圓華。

「給我看一下你的證件。」

「啊？」

「你的證件，趕快！」

身後的男人不耐煩地說：「快給她看一下。」

駕駛座的男人拿出證件，圓華拿在手上仔細打量。

「可以了吧？」男人從駕駛座伸出手。

「為什麼不是警視廳，而是警察廳的人出動？」

「妳不需要瞭解這種事。」男人說完，看向遠方，隨即「啊！」了一聲。

圓華轉過頭，瑪莎拉蒂開走了。

「慘了，趕快，趕快還給我。」

「好啦。」圓華把證件丟在副駕駛座上，男人生氣地轉身去拿證件。說時遲，那時快，圓華把手伸向方向盤旁，拔起了鑰匙。

她只聽到「啊！」的叫聲，但不知道是駕駛座上的男人，還是站在旁邊的男人發出的聲音。因為聽到叫聲時，圓華已經全速跑了起來。她不顧一切地跑向青江的皇冠車。

但是，皇冠車就在眼前時，她的肩膀被人抓住了。那隻手用力拉她的肩膀，她差一點跌倒。

「放開我！」

「不行，把鑰匙還給我。」

圓華握緊鑰匙，身體縮成一團，但男人壓在她身上，硬是想要從她手中搶走鑰匙。

下一剎那，身體突然變輕了。回頭一看，那個男人倒在地上，摸著腰，皺著眉頭。

武尾站在男人身旁。他把男人推開了。

另一個男人——剛才坐在駕駛座的男人跑向圓華，但他的手碰到圓華之前，就被武尾抓住，從背後架住了他。

「這裡交給我，」武尾說：「請青江教授開車。」

「好。」

圓華再度跑向皇冠車，青江站在車外。

「趕快開車！」她衝進副駕駛座的同時叫道。

青江一坐上駕駛座，立刻發動了引擎駛了出去，用力轉動方向盤。圓華在繫安全帶的同時看向武尾。他和兩個男人扭打成一團，但可能看到青江的車子順利開走了，他突然放鬆下來。

原來他除了監視我，也是我的保鑣──圓華突然這麼想。

32

握著方向盤的手顫抖不已。不光是手，膝蓋也微微顫抖著。身旁好像有一股陰氣不斷飄來。千佐都從小到大，從來不曾這麼害怕過。老實說，她很想逃離，但是，她不可能這麼做。事到如今，她再度體會到自己被帶進一個原本不應該踏入的領域。

甘粕才生按照電話中的約定，出現在剛才的休息站。因為下著小雨的關係，空氣中彌漫著霧靄。身穿黑色大衣的他走過來的樣子，彷彿是來自不祥世界的使者。

千佐都看到他的臉忍不住驚訝。因為她從他的臉上看到了木村的影子。為什麼之前都沒有發現？她直覺地知道，他們是父子。

得知甘粕才生是第三個目標後，她看了甘粕才生的部落格。部落格中出現了名叫謙人的兒子，文章中描寫了他逐漸脫離植物人狀態的情況，之後順利康復了嗎？然後想要殺死父親嗎？

甘粕向車內張望後，坐在副駕駛座上，對她說：「原來妳一個人。」

「是啊，為什麼這麼問？」

「沒事，因為我以為妳會帶人來。嗯，是喔，所以他等在我們等一下要去的地方嗎？」

「……誰啊？」

千佐都問。甘粕喉嚨發出呵呵的笑聲。

「妳別裝傻了，我全都知道了，正因為知道，所以妳臨時打電話叫我出來，我也答應來這種奇怪的地方。我在電話中不是什麼都沒問嗎？我全都知道。」

千佐都無言以對，拚命吞著口水。甘粕問：「他還好嗎？我兒子還好嗎？」

果然是這樣，他們是父子，而且甘粕知道，他兒子在等一下要去的地方等他。

千佐都沒有吭氣，甘粕再度發出奇妙的笑聲。

「當然很好，否則不可能做這種事，不可能想要連續殺三個大男人。」

千千佐都感到不寒而慄。甘粕似乎也知道，他兒子想要取他的性命。這對父子是怎麼回事？千佐都完全無法理解。

「但是，我很好奇，他是怎麼慫恿妳的？按常理來說，即使可以提早拿到遺產，也不會成為殺人的幫凶。」

「我沒有，」千佐都終於擠出了聲音，「我才沒有成為殺人的幫凶。」

「咦？是這樣嗎？」

「我只是和我丈夫一起去赤熊溫泉。」

「喔喔，結果剛好遭遇硫化氫事故？」

「沒錯，不然你以為我做了什麼？」她用顫抖的聲音反駁道。

「好吧。」甘粕沉默片刻後說：「不光是妳先生那件事，那須野在苫手溫泉死亡那件事，也被認為是不幸的意外，不是刑事案件。到底是怎麼做到的？老實說，我也想不出來，但我很清楚，那不是單純的意外，也知道是有人安排的。那天之後，我就一直在等待，等待他和我聯絡。雖然我不知道他會用什麼方式，但我知道他一定會和我聯絡，結果就接到了妳的電話。我終於恍然大悟，原來他拉攏了妳，我雖然不知道妳發揮了什麼作用，但他用某種魔術殺了兩個人，這是事實，不是嗎？」

千佐都不知該如何回答。她知道自己反駁也沒有用。

「走吧，」甘粕說：「開車吧，他應該快等不及了。」

千佐都沒有說話，把車子開了出去，她發現自己的身體在發抖，而且一路顫抖著開車。

甘粕不時乾咳幾下，始終沒有說話。雖然千佐都對接下來不知道會發生什麼事感到害怕，但她只能按照木村，不，按照甘粕謙人的指示行動。

不一會兒，終於來到了目的地的交流道。千佐都打了方向燈，甘粕小聲嘀咕說：「原來是這裡。」然後又用鼻子「哼」了一聲。他可能猜到了什麼，但沒有多說什麼。

33

青江握著方向盤時，忍不住懷疑眼前的一切到底是不是現實。今天早上，他還在大學的研究室，但目前在高速公路上跟蹤一輛紅色瑪莎拉蒂，剛才又在休息站見識了有如動作片的武打場景。這是和不久之前的自己無緣的世界，如今，自己卻置身其中，雖然明知道這一切不是夢，但還是沒有真實感。

前方的紅色車閃著方向燈，似乎要從下一個交流道下去。青江緊張得全身僵硬。

「怎麼會在這種奇怪的地方下交流道？」坐在副駕駛座上的圓華說：「為什麼要特地來這種地方？」

青江當然不可能知道，他偏著頭說：「誰知道啊。」

他跟著瑪莎拉蒂下了交流道。之前都隔了幾輛車跟蹤，但接下來恐怕有難度，可能需要保持距離，才能避免被對方發現。

來到普通道路後，路上的車子果然很少。在第一個號誌燈等紅燈時，就停在瑪莎拉蒂的後方，可以看到甘粕才生和水城千佐都的背影，他們並沒有看後方，似乎並沒有發現被跟蹤了。

號誌燈變成綠色時，瑪莎拉蒂駛了出去，青江也踩了油門。

瑪莎拉蒂在下一個路口左轉，青江跟著左轉後，心裡覺得不太妙。因為狹窄的道路似乎通往附近的山上。道路只有一條，所以很好跟蹤，但被對方發現的危險性也因此增加。

青江稍微放慢了速度。因為他覺得保持間隔比較好。

雨越下越大。雨刷的節奏加快，青江定睛看著前方。道路蜿蜒曲折，紅色的車子不時從視野消失。

正在旁邊操作手機的圓華自言自語地說：「是這個嗎？」

「怎麼了？妳發現了什麼嗎？」

「我在納悶，為什麼要來這種地方，所以就試著查了一下。因為謙人決定來這裡，一定有他的用意。結果發現以前甘粕才生曾經在這裡拍電影。」

「原來是外景地。」

「是一部名叫《廢墟的鐘》的電影，是甘粕所拍的最後一部作品。」

「我記得曾經在網路上看過這部電影的名字，原來就是那部電影。」

這時，前方出現了岔路，瑪莎拉蒂駛向明顯是岔路的右側小路。青江更加放慢了速度，慢慢駛向道路入口。那裡有一塊看板，看到看板後，他踩下了剎車。

因為上面寫著「此路不通」。

「不太妙喔，繼續往前開，會被對方發現。」

圓華想了一下後說：「沒關係啊，繼續往前開。」

「為什麼？此路不通啊。」

「所以才好啊，前面就是他們的目的地，是終點，謙人就在那裡。只要能夠見到他，被發現也沒關係。」

圓華充滿自信地說，青江無言以對，鬆開了踩在剎車上的腳。

34

雖然狹窄，但鋪了柏油的道路是緩和的上坡道，周圍是一片鬱鬱蒼蒼的樹木。如果是以前經過充分整理的時候，來訪者只要經過這裡，應該就會感到興奮。

千佐都直到最近才知道這裡。因為木村帶她來這裡，他還說，這裡是最後的地方。

不一會兒，看到了前方的建築物。雖然牆壁和屋頂看起來都是灰色，但很久以前，應該是明亮的白色。有著成排裝飾藝術風格（Art Deco）的窗戶，但千佐都知道所有的玻璃不是破了，就是已經殘缺了。

這棟房子似乎是戰前所建，曾經是德國軍人的別墅，但主人很早就去世，之後數度易主，每次都改變用途，最後終於變成了廢棄屋，聽說在廢墟愛好者之間很有名。

道路被拉起的繩索攔住了，上面掛著禁止進入的牌子。雖然鬆開繩子，車子就可以開進去，但前面有很多瓦礫散亂，如果硬是開進去，輪胎壓到金屬片可能會爆胎。千佐都停了車。

「請用走的進去。」千佐都對副駕駛座上的甘粕說了這句話之後，拿起放在後車座的大衣和雨傘，打開了車門。

一下車，外面的空氣很冷。她急忙穿上大衣，撐起了傘。天空仍然下著小雨。

甘粕也下了車，看著建築物說：「真懷念啊。最後一次來這裡是十年前，幾乎沒什麼變。」

說完，他突然笑著看向千佐都說：「這也難怪，因為八十歲的老太太變成九十歲，也不會有太大的改變。」

雖然甘粕可能想要開玩笑，但千佐都笑不出來。「走吧。」她邁開了步伐。

她小心看著腳下，走向建築物。雖然遠看是一棟雅致的洋房，但走近一看，發現已經搖搖欲墜，難以想像整棟房子還能夠繼續聳立在那裡。牆壁上有無數裂痕，好像隨時都會倒塌。

正面的玄關也同時是車道，水泥地面也滿是裂痕，雜草頑強地從裂縫中探出頭。

玻璃已經碎裂，只剩下雕飾著圖案的鐵框架的門半開著。千佐都把身體從門縫中擠了進去，眼前應該是以前的大廳，角落放著破桌椅。挑高的天花板很高，通往二樓回廊的樓梯位在右側。

千佐都看了手錶，幾乎是預定的時間。

「請你在這裡等，他很快就會來了。」

甘粕才生打量著她問：「那妳呢？」

「我在外面等。」千佐都準備走向玄關，但右手被甘粕用力抓住。

「這可不行，妳要一起在這裡等。」甘粕說完，仰頭看著二樓的回廊，「謙人，快出來，你在吧？我們面對面談一談啊，還是你要直接製造硫化氫？如果你這麼做，也會把這個女人捲進去，這樣也沒問題嗎？為了報仇，即使把無辜的人捲入也在所不惜嗎？」
從腹底深處發出的低沉聲音在昏暗的空間中迴響，遠處響起雷鳴，似乎在呼應他的聲音。
樓上傳來木頭擠壓的聲音。二樓正面的回廊上出現一個人影，他就是木村——甘粕謙人。
甘粕才生的喉嚨發出了咕嚕的聲音，雙眼發亮。「主角出現了。」

35

把車子停在紅色瑪莎拉蒂旁，圓華和青江一起走向前。他們知道千佐都和甘粕才生去了哪裡，應該是前方那棟建築物，如今已經變成了廢墟。甘粕才生之前可能就是在這棟房子拍攝電影《廢墟的鐘》。
雨雖然不大，但風變大了。圓華抬頭看著天空，她很在意剛才聽到的雷聲。
「真像……」青江一邊走，一邊說。
「什麼？」
「不是啦，我是說那棟房子。」他用下巴指著前方的廢墟，「牆壁不是都是裂痕嗎？我覺得很像是樂高。」
「樂高？」

「玩具的積木啦，可以搭出各式各樣的形狀。說來有點丟臉，這是我的興趣，我曾經搭過很多知名的城堡或是橋，可惜每次搭完之後，拍照留念一下就要拆掉，因為如果放在家裡，會被罵說很占地方。」

一道閃電閃過圓華的腦海。她停下腳步。青江可能誤會了，向她道歉說：「對不起，我說這種不合時宜的話，我想放鬆內心的緊張，結果——」

「我知道了！」圓華說。

「啊？」

「我猜到了謙人的想法。」

「啊？什麼意思？」

現在沒有時間解釋。圓華巡視四周，開始蒐集各種資訊。地形、天空的顏色、建築物的配置等等，她花了一分鐘的時間，從這些資訊中得出了結論。

「回車上。」她轉身跑了起來。

「怎麼了？妳想幹什麼？」青江問。

「先別問了，趕快，沒時間了。」

回到車旁，在坐上車之前，她拆下了掛著「禁止進入」牌子的繩子。

「發動引擎往前開。」她一邊說，一邊坐進副駕駛座。

「這條路嗎？地上都是瓦礫啊。」

「但還是能開吧，車子壞了，我負責賠償。」

青江露出「搞不懂妳在想什麼」的表情發動了車子，每次輾過瓦礫，車子就彈起來，青江很難控制好方向盤。

車子開到建築物前時，圓華請他停車。青江踩了剎車。

「再稍微往右開五公尺左右，再往前一點。嗯，就是這裡，你關掉引擎，我們下車吧。」

車子和房子之間有十五公尺的距離。圓華在腦袋裡計算，確認應該沒問題。雖然不知道結果，但可以破壞謙人的計畫。

問題是自己和青江怎麼辦？她再度巡視四周。

這時，天空突然暗了下來，大滴的雨滴從天空飄落。

36

謙人默然不語地在回廊上走動，然後緩緩走下樓梯。來到一樓後，用力深呼吸後開了口。

「差不多是去年一月的時候，我看電視時，看到水城義郎。難得露面的他在電視上說，不久的將來，將會有一部震撼的作品問世。雖然目前無法公布詳情，但那是一部根據實際故事改編的電影，將由故事的主角親自執導。聽了之後，我確信那個人就是你，同時還知道你和水城之間的孽緣未斷。當時，我想到了這次的復仇計畫。雖然我一直想要報仇，但因為不知道你的下落，所以無從下手。但是，我相信只要接近水城義郎，一定可以等到機會。」他說到這裡，攤開了雙手，「我手上沒有東西，你要不要放開她？」

「我可不是濫好人，會相信你的話，」甘粕才生說：「只要我放了這個女人，搞不好哪裡就會噴出毒氣。」

謙人冷笑著說：

「我原本的確想在這裡用硫化氫殺你，讓你死在你最後一部電影中出現的這棟廢墟中，爛人很適合死在最爛的電影舞台。」

「喔，你不是從來不看我拍的電影嗎？」

「我當然沒看，但我知道那是一部爛電影，我在某個廁所的垃圾桶裡看到電影的簡介，知道有出現這棟廢墟，於是決定在這裡殺了你。但是，我在多次實地勘察後，覺得還有比中毒身亡更出色的死法。只要讓你在今天這一刻站在這裡，就可以做到，這是上天賜予的機會。」

「是喔，怎麼個死法？」

「你馬上就知道了。總之，我不會使用硫化氫，所以你可以放心，放開那個女人。」

「如果是這樣，我可以放了她，但在此之前，我們先聊一聊。告訴我，你是什麼時候知道的？」甘粕才生稍微降低了音量，「你什麼時候知道那時候是我製造了硫化氫？」

千佐都驚訝地看著他。他打算要殺了全家人嗎？

「那還用問嗎？當然是一開始就知道了啊，」謙人鎮定自若地回答：「你趕到醫院時，確認四下無人，忍不住說，太棒了，成功了，可以拍成電影。」

「原來是這樣。」

「然後，你開始打電話，打給水城義郎。我至今仍然清楚記得你當時說了什麼。你說，水城先生，聽我說，雖然我兒子沒死，但變成了植物人，不能活動，也不能說話，應該也沒有意識，只是活著而已。這樣的情況不是太有趣了嗎？比起全家都死更悲慘，可以成為一個好故事──然後，你稍微改變了說話的語氣，有點不滿地說，水城先生，你現在感到害怕了嗎？你不是說，想要真正的故事，想要富有震撼力的真實故事嗎？沒事，完全不需要擔心，那須野那個傢伙有沒有完成任務？有沒有好好當我的替身，為我提供不在場證明──」謙人流暢地說完後，重重地吐了一口氣，「怎麼樣？你記得很清楚吧？」

甘粕才生點了點頭。

「被你這麼一說，我好像的確打過電話。是喔，原來當時你有意識。」

「你知道我聽到這些話時是怎樣的心情嗎？我無法相信，我很希望是因為自己變成了植物人，所以做了噩夢。雖然不久之後，大腦功能恢復，可以和外界溝通，但我不知道該用什麼態度面對你，所以只能假裝失去記憶。」

「原來如此，原來是這麼一回事。」

「當你得知兒子擺脫了植物人狀態，一定急得像熱鍋上的螞蟻，因為不知道兒子恢復後會說什麼，但得知兒子失去了記憶，就感到安心，然後開始寫部落格，寫下一堆胡言亂語的文章。」

「但是有很多人留言說，看了部落格之後很感動。」

「無聊透頂，這種事到底有什麼意義？」

甘粕才生撇著嘴，咂了一聲。

「你不懂，你什麼都不懂。」

「什麼意思？」

「你知道我為什麼要殺了你們嗎？用一句話來說，就是對你們感到失望。你們不配成為甘粕才生的家人，全都是失敗作。因為娶那種女人當老婆是失敗之作，生下來的孩子也都是廢物，尤其是萌繪，只是一個小鬼，竟然就懷孕了。當時我就覺得這樣不行，失敗的作品必須重做，我只能重新建立一個適合我的家庭。」

「既然這樣，離婚不就解決問題了嗎？」

甘粕才生洩氣地皺著眉頭說：

「所以我說你根本沒搞懂，堂堂的甘粕才生，怎麼可以在這個世界留下失敗作品呢？無論如何都必須完成完美的作品。既然無法指望活在世上的你們能夠符合我完美的要求，那就讓你們消失，重新修正過去的記錄。既然你看過那個部落格，你應該也知道，在部落格文章中，你們是我出色的家人，就連腦袋不靈光的萌繪，也變成了聰明乖巧的女兒，不久之後，將會以紀實小說的方式出版，而且日後還要拍成電影，當然由我執導，那時候，甘粕才生的家庭才終於完成。」

謙人搖了搖頭說：「你瘋了。」千佐都也有同感。

「水城先生，」甘粕才生看著千佐都說：「他聽了這個計畫後，說很有趣。因為女兒自殺而失去一切的男人將自己的前半生拍成電影——只要好好製作，一定可以大賣，也可以成為甘粕才生新的代表作。他對我是否真的會執行這項計畫感到半信半疑，雖然協助我製造不在場證明，但事情真的發生後，他和那須野反而開始害怕，說什麼和他們沒有關係，他們只是開玩笑。我很失望，姑且不論只是為錢賣命的那須野，我希望水城先生可以展現勇氣。幸好得知警方認為是自殺後，他的態度立刻變了樣，主動問我『完美家庭』的後續進展。沒錯，『完美家庭』就是那部電影的片名——謙人，這個名字很不錯吧？」

謙人搖了搖手說：「扭曲真相，哪裡談得上完美？太荒唐了。」

「真相？」甘粕才生挑動單側眉毛，「你說的話太奇怪了。那我問你，真相到底是什麼？由誰來判斷？到頭來，記錄的一切不就代表了真相嗎？當別人看到那些記錄時，就成為真相。看看這棟廢墟，這棟廢墟有什麼真相？無論過去曾經發生過什麼，如果在不為人知的情況下消失，就無法稱為真相。因此，大部分平凡的人沒有留下任何真相就消失了。你去看看網路的世界，到處都在詆毀別人和不滿抱怨，一旦找到攻擊的對象，就爭先恐後開始指責對方。自己無法創造出任何東西，也完全不思考，不負任何責任，只因為事不如自己的願，就開始整天抱怨，這種人能夠創造出什麼真相？如果說真相這兩個字太費解，也可以用歷史這兩個字來代替。這種人無論有沒有來到這個世界，對這個世界都沒有任何影響。你們原本也是如此，你們都是無足輕重的人，正因為這樣，所以才幸福。因為你們將成為我電影中的角色而留下來，而且變成了出色的人。」

外面再度響起雷鳴，而且雷聲比剛才更近了，雨也下得更大了。

謙人搖了搖頭，看了看手錶，「不必再演說了，我聽夠了。」

「是嗎？那要來了斷了嗎？」甘粕才生把手伸進大衣內側，拿出了黑色的東西。當千佐都發現那是手槍時，忍不住驚叫起來。

「你竟然帶了這種東西。」謙人的聲音中並沒有害怕。

「因為工作的關係，我需要和各種人打交道。我十多年前拿到這個，當時完全沒有想到會用在這種場合。」

「你殺了我之後，要怎麼收拾殘局？」

「太簡單了，兒子在父親最後一部電影的舞台自殺——怎麼樣？是不是很意味深長？可以為『完美家庭』的故事增色。」甘粕才生說完，終於鬆開了千佐都的手。

「快逃！」謙人大叫著，「快逃出去，不可以留在這裡。」

千佐都走向玄關，但外面突然變黑，同時聽到有什麼東西散落的聲音，她並沒有立刻發現原來是下起了冰雹。

像地鳴般的轟隆聲越來越近。千佐都才覺得從玄關的門縫吹進來的風很冷，整個人就立刻被吹向後方。她不知道發生了什麼事。

強風從窗戶吹了進來，甚至連眼睛也睜不開。她用雙手捂住臉，從指縫中窺視。碎玻璃飛舞，謙人和甘粕才生也蹲在地上，可能也無法站穩。

這到底是怎麼回事？發生了什麼狀況？室內已經這麼可怕，戶外到底是怎樣的狀況？

就在這時，在剎那的無聲狀態後，隨著貫穿全身的破壞聲，整棟房子都搖晃起來。千佐都看向聲音傳來的方向，看到了令人難以置信的景象。一輛白色車子倒退著撞破牆壁，衝進屋內。

氣浪從撞破的牆壁吹了進來，千佐都的身體被吹向另一側牆壁，然後被壓在牆上，連手腳都無法活動。

整棟房子都發出吱吱嘎嘎的聲音。哐咚、哐咚。不斷傳來東西遭到摧毀的聲音，最後連千佐都身後的牆壁也開始傾斜。

我會死。千佐都想道。

37

轟隆聲、爆炸聲和碎裂聲，以及各式各樣的聲音和巨大的震動消失後，圓華仍然沒有動彈。她用手臂抱著戴了毛線帽的頭，彎著雙膝蹲在那裡。

她感受著冰冷的雨打在脖子上，心情才終於平靜下來。她豎起耳朵，只聽到呼嘯的風聲和雨打在地面的聲音。

圓華抬起頭，旁邊的青江仍然抱著頭。

「教授，已經沒事了。」

青江緩緩放下雙手，抬起頭。他的雙眼因為充血而發紅。

他們逃進離建築物有一小段距離的長方形洞穴內。以前應該是淨化槽的一部分。

圓華走了出去。雨仍然在下。

看到那棟房子，她倒吸了一口氣。那已經不是房子，而是巨大的瓦礫山。屋頂消失了，牆壁只剩下一半。她在瓦礫堆中看到了青江的白色皇冠，整輛車翻了過來。

失敗了嗎？

光是用車子衝撞還不夠嗎？

一部分瓦礫堆動了起來，當從下面露出一個細瘦的身體時，圓華鬆了一口氣。那張端正的臉和一年前完全一樣。

圓華跑了過去，協助他一起撥開瓦礫。謙人發現了圓華，露出驚訝的表情問：「妳怎麼會在這裡？」

「因為我在找你，」圓華回答，「一直在找你。」

謙人站起來後，稍微搖晃了一下，鮮血從他手背上流了下來。

「你沒事吧？」

「我沒事。圓華，妳是跟蹤甘粕才生來到這裡嗎？」

「是啊。」

正確地說，是跟蹤水城千佐都，只是說來話長。

「妳發現了我的計畫。」

「對，所以我來阻止。」

謙人露出尷尬的表情後，看著翻覆的車子。

「這是妳的傑作嗎？」

「嗯。」圓華點了點頭。

「我知道會出現積雨雲，但沒想到你想要加以利用，但是當我發現廢墟即將倒塌時，終於瞭解了你的企圖。我詳細預測氣象後驚訝不已，因為所有的條件都顯示會發生下擊暴流。」

下擊暴流——從積雨雲下降的氣流向地面俯衝，帶著巨大的破壞力肆虐周圍。

「而且是強大的下擊暴流，風速超過六十公尺，這棟廢墟根本不堪一擊，一旦開始崩塌，就會在轉眼之間摧毀，裡面的人存活的機率等於零。不是和瓦礫一起被吹走，就是當場被壓在瓦礫堆下。只有一個方法可以防止這種情況，那就是在崩塌之前，就先破壞其中一部分。風會從缺口進入，增加內部的壓力。雖然無法保住建築物，但風力除了來自外側，內側也會有風力，所以我立刻計算了車子被風吹動後命中房子的撞擊點。」

「結果，房子的屋頂被掀走，也只有不到一半的瓦礫崩塌。」謙人露出笑容，「妳竟然可以預測到下擊暴流。」

「你忘了？我們曾經好幾次討論納維．斯托克斯方程式。」
「是啊，亂流很難預測。」
「深有同感，但我們都成功預測了。」
他們相互望著對方時，聽到了叫聲。
「圓華。」回頭一看，青江彎著腰，探頭看著瓦礫堆下方。
走過去一看，甘粕才生仰躺在那裡，下半身被瓦礫壓住了，無法動彈。他還眨著眼，可見還活著。
「原來還活著。」謙人嘀咕著，想要走過去。
圓華張開雙手，擋在他面前。「不行。」
「妳讓開。」
「不行，我不會讓你動手。」
謙人難過地垂著眉尾，「這是我活到今天唯一的目的。」
「我知道，所以才不行。從今天之後，要為其他目的而活。你別指望我會改變心意，你是拉普拉斯的惡魔，所以應該很清楚。」
謙人皺著眉頭，閉上了眼睛。片刻之後，才睜開眼睛。
「妳打算怎麼處理他？」
「不知道，應該會有人來處理。」

「他是凶手。」

「我知道，但是，這個世界上有各式各樣的制裁方法。」

謙人再度陷入了沉默，然後把一隻手插在運動衣的口袋，踏出一步。

「謙人，不行。」

「我知道，我不會動手。」

謙人站在甘粕才生旁，低頭看著他。

「我很希望你知道我在植物人狀態時的心情，簡直就像被活埋般絕望。手和腳都無法動彈，無法說話，卻還活著。有時候真的希望不如殺了我，我希望你也體會相同的心情。我想要活埋你，就在這裡，和我一起。沒有人會來救我們，只有我們兩個人在這裡等死，就連誰先死，也是一種樂趣。」他從口袋裡拿出一樣東西。是錄音筆。「我把你的話全都錄下來了，原本要代替我的遺書，但如今我會當作護身符帶在身上，為了防止你拍那種荒唐電影的護身符。」

謙人把錄音筆放回了口袋說：

「還有一件事，雖然你犯了很多錯，但我要告訴你最大的錯誤。你剛才說，大部分平凡的人沒有留下任何真相就消失了。這種人無論有沒有來到這個世界，對這個世界都沒有任何影響。但是，事實並不是這樣，推動這個世界運轉的並不是一小部分天才，或是像你這種瘋子，那些乍看之下很普通，看起來好像沒有價值的人才是重要的構成要素。人類是原子，即使每一個個體都很平凡，無自覺地活在世上，一旦成為集合體，就會戲劇性地實現物理法則，這個世界上沒有任何個體不具有存在的意義，沒有任何一個！」

謙人轉過身，然後一瘸一拐地走了起來，沒有看圓華一眼。

「妳不攔住他嗎？」

圓華嘆了一口氣說：「那是白費力氣。」

謙人頭也不回地離開了，腳步毫不遲疑。他一定已經看到了未來，建立了某種方針。

圓華的眼角掃到有什麼東西在動。灰頭土臉的水城千佐都在瓦礫堆的縫隙中掙扎。她似乎也活著。

圓華走過去問她：「妳沒事吧？」千佐都突然聽到陌生女人問她，似乎感到驚訝。她趴在地上，說不出話。

鮮血從她的額頭流到太陽穴。雖然只是幾公分的傷，但傷口並不淺。她似乎也發現了，摸著傷口，痛得臉都皺了起來，看到手上的血，嚇得臉色發白。

「不必擔心，花不了一千萬，就可以把這道傷口整掉。」圓華說：「這點小錢不痛不癢吧？妳託謙人的福，變成了億萬富翁。」

千佐都似乎想要反唇相譏，狠狠瞪著圓華，但圓華並沒有耐心等她。

圓華拿著手機，為到底該打電話給誰想了十秒鐘後，最後選擇了桐宮玲的電話。

38

接到報案電話後，中岡趕到麻布十番商店街內一家高級首飾店。首飾店位在大樓的一樓，店門前的那條路是單行道。

「那兩個人一開始就戴著面罩嗎？」中岡看著陳列了戒指和項鍊的櫥窗，問女店員。

「應該是，我記不太清楚。因為我正低著頭核對銷售清單。聽到『喂』的一聲才抬起頭，一把刀子亮在我面前。」年輕的店員說話聲音發著抖。

「然後呢？」

「然後他就拿出一個黑色袋子，要我把錢裝進去，還說要把所有的錢都裝進去。所以，呃，我就這麼做了。」

「裝了多少金額？」

女店員露出害怕的表情搖了搖頭。

「不知道，因為我只顧著裝錢……」

這也難怪。至於金額，事後再清點就知道了。

「妳記得男人穿的衣服嗎？」

「好像是黑色的衣服……還是灰色。對不起，我記不清楚。」

「體格怎麼樣？是胖還是瘦？還有身高呢？」

女店員偏著頭。

「好像很普通。身高……可能和你差不多。」

「聲音有什麼特徵？」

「不知道……」

「是標準的日文嗎？還是有什麼口音？」

「我沒注意，也許有吧。」

總而言之，就是她完全沒有記住搶匪的任何特徵。這樣也沒關係。中岡看得很開，因為有時候當事人提供一些不夠明確的線索，反而會誤導偵查方向。

「這時候，另一個人在幹什麼？」

「我沒有看清楚，事後才聽說，另一個人手上拿著槍。」

中岡看向站在旁邊的另一個年長的女店員。

「那個人用槍抵著妳嗎？」

「對。」她點了點頭，臉色蒼白。

「那個男人有沒有說什麼？」

「他叫我不許動，就只說了這句話而已。」

「當時店裡有沒有客人？」

「沒有。因為快打烊了，正打算鎖門時，他們突然衝了進來。」

「妳看到他們衝進來嗎？」

「沒有，因為我正在整理商品，當我發現時，他們已經在店裡了。」

「當時已經蒙面了嗎？」

「對。」她回答後，突然很沒自信地補充說：「應該吧。」看她慌亂的樣子，恐怕無法期待能夠提供什麼線索。果然不出所料，即使問她關於搶匪的特徵，她也無法回答。

勘驗完現場後回到分局，刑事課長低頭看著他蒐集的資料，重重地嘆了一口氣。

「在打烊前闖進店內，只搶走現金。兩名搶匪中，一人持刀，另一人持槍。這和上週在日本橋發生的搶案一模一樣。」

「而且都是針對店面不大的店家下手，可能是認為那些店家的防盜意識不強吧。」成田股長說。

「逃離現場的車輛也和那起搶案很相似，認為是相同的搶匪所為應該沒錯吧？」一股的偵查員說。

「雖然不能妄下結論，但可能性很高。可能會和那裡的分局合作。好，偵查方針是——」

刑事課長指示了大致的方針後，結束了偵查會議。中岡回到自己的座位，操作著智慧型手機，確認郵件和網路新聞。

雖然沒有重要的郵件，但他發現了一則新聞，不由地感到驚訝。『電影導演甘粕才生因下擊暴流受傷』，他急忙點開了詳細的內容。

S縣發生了被認為是下擊暴流的颶風，受災情況逐漸明朗，在倒塌的廢墟中發現的其中一名傷者是電影導演甘粕才生先生。甘粕先生下半身被壓在瓦礫堆中，腰和腿都發生了骨折，所幸並無生命危險。同時發現的另一名傷者，是去年年底去世的影視製作人水城義郎先生的妻子千佐都女士。千佐都女士臉部受到輕傷，該廢墟正是甘粕先生導演的電影《廢墟的鐘》的外景地。

中岡看完報導，忍不住思考到底是怎麼一回事。甘粕才生始終下落不明，沒想到他的名字竟然出現在這種報導中，而且和水城千佐都在一起。為什麼他們兩個人會去那個廢墟？他陷入了沉思。

「怎麼了？」有人拍他的肩膀，回頭一看，是成田。

「你一臉凝重的表情看著手機，發生什麼事了嗎？」

「你看看這個。」中岡把報導拿給成田看。

成田看著報導，表情越來越凝重。他把手機放在中岡面前問：「看這些幹什麼？」

「你不覺得奇怪嗎？甘粕和水城千佐都，他們兩個去那種地方幹什麼？」

成田無力地撇著嘴說：「我怎麼知道？」

「上面要求我們從那起事件抽手之後，他們就見了面，這也未免太巧了——」

「中岡，」成田把臉湊了過來，「忘了這件事。我們只是棋子，而且是卒。這個世界倚靠比高層更高層的人在運作，小卒子什麼都別想，一步一步往前走就是了，不需要想其他的事。」

中岡沒有吭氣，成田連續拍著他的肩膀說：「明天開始繼續加油。」然後轉身離開了。

中岡再度看了一眼手機上的報導，想著千佐都臉上的傷不知道嚴不嚴重，隨即覺得這種事根本不需要自己操心，就關掉了那篇報導的畫面。

39

青江走向自動驗票機前，就看到了磯部的身影。磯部穿著工作服，向他揮著手。他仍然戴著像牛奶瓶底般的厚眼鏡，臉上的表情很開朗。

「教授，你好，好久不見。」青江走出驗票機時，他滿臉笑容地上前迎接。

「看到你這麼有精神，真是太高興了。」青江說。

「當然有精神啊，因為終於解決了，這下子終於可以高枕無憂了。不，真的給你添了很多麻煩，太對不起了。」

「你不需要向我道歉。」

「不不不，」磯部一邊走，一邊搖著手，「如果本地的警察和消防人員更詳細調查現場，就不會發生那種事了。他們太疏忽了，所以我代替他們向你道歉。」

「原來是這樣。」

青江和上次一樣，坐上了磯部開的車前往赤熊溫泉村。坐在車內眺望車外的景色，發現市區的雪幾乎都已經融化了。

青江在前天接到了磯部的電話，他劈頭就說：『出大事了。』

聽磯部說，赤熊溫泉所發生的並不是事故，而是惡質惡作劇的可能性相當高。縣警總部收到一封匿名信，信中說出了事情真相。寫信的人說，硫化氫是他人為製造的。信上寫了製造硫化氫的步驟、使用的藥劑、容器，以及丟棄這些物品的地方。偵查員前往現場調查後，的確發現了相關物品。

「真是太會找麻煩了，溫泉區的業者都氣壞了，真想叫他賠償今年冬天的損失。話說回來，目前仍然不知道那個人是誰。」磯部開著廂型車時說道。

「聽說寫信的人承認，他也在其他地方做了相同的事。」

「是啊，他說原本只是覺得好玩，才會在赤熊溫泉製造氣體，沒想到有人中毒身亡，他急壞了，覺得自己闖禍了，沒想到被當成事故處理，所以他也不知道是不是自己害死了人。於是就在多個溫泉區試了好幾次，結果在苫手溫泉也發生了相同的事故，這時，他才終於確信第一起事件也是自己造成的，開始感到害怕。原本不想說出來，煩惱了很久，決定寄信到各地縣警說出真相。反正情況就是這樣。」

「所以，目前仍然不知道是誰幹的。」

「是啊。」磯部皺著眉頭，微微偏著頭，「這種人一定要抓到，否則就會有其他人想要模仿，出現所謂的模仿犯，真希望警方無論如何都要抓到惡作劇的人。」

「是啊。」青江嘴上這麼說，但內心沒有太大的興趣，因為他知道這個人根本不存在。

在接到磯部電話的兩天前，桐宮玲曾經主動找青江，告訴青江說，已經決定要如何處理溫泉地的中毒事故。

會當作不明人士的惡作劇行為加以處理──以警察廳為中心的相關人士決定了這樣的劇本。

「青江教授，我知道你很不滿意，」桐宮玲雖然面無表情，但語氣中帶著些許歉意，「但是，為了妥善解決問題，這樣的處理方式最四平八穩，所以數理學研究所也同意了這個提議，請你也務必同意。我主動提出來這裡和你交涉，因為你在這次的事上幫了很大的忙，我不希望不瞭解狀況的公務員頤指氣使地對你下達命令。」

她還說，那兩個溫泉區應該會在近期徵詢青江的意見。

「請你把真相埋藏在心裡，只要當作是惡質的惡作劇，就可以拯救兩個溫泉區的生意，事情就可以圓滿解決，不知道你認為如何？」

當桐宮玲淡淡地說完這些話時，他無法固執己見地拒絕。青江答應之後問，會如何處理甘粕父子？

「不知道，」她回答說：「目前相關單位正在尋找謙人的下落，但恐怕很難找到他。因為他是拉普拉斯的惡魔，早就看穿了別人會採取什麼方法。至於要怎麼處理正在住院的甘粕才生，那些公務員也傷透了腦筋。事到如今，很難重新追查八年前的事件，一旦他康復，可能會讓他自由。」

甘粕做了那些傷天害理的事，竟然不追究他的罪責。青江覺得實在沒道理，但在思考甘粕未來要如何活下去時，不禁有點混亂。那種人活著有意義嗎？

他在想這些事時，車子已經來到了赤熊溫泉村的集會所。他對這棟長方形的單調建築物產生了懷念的感覺。

磯部拿出一大疊數據資料，那是在被認為是危險區域所測量的硫化氫濃度記錄。青江看著這些資料，有一種奇妙的感覺。不瞭解事件背景的平凡人持續不懈地做著自己力所能及的事。這是沒有意義的事嗎？不，絕對不是如此。這個世界上並沒有白費的努力。這也是原子，也是構成世界的要素之一。

「你覺得怎麼樣？」磯部看著青江，他的眼神好像剛交了考卷的學生。

「沒問題吧。」青江仔細確認數據後回答：「這些數據完全沒問題，可以認為那起事故是惡作劇造成的，我認為可以解除禁區。」

磯部頓時露出興奮的表情。

「既然教授都這麼說，那就安心了。警察和消防單位都同意解除，只剩下請教專家意見而已。明天的最終會議上，我會向大家報告，你也表示同意，大家一定會鬆一口氣。啊，太好了，太好了。」

「事件發生後，客人真的變少了嗎？」

「少了很多，今年冬天的生意只有往年的三成左右。但現在可以藉由媒體報導是惡質的惡作劇，希望接下來這段時間可以彌補回來。」磯部整理資料時的說話聲音很興奮。

青江這次住在和上次相同的旅館，親切的老闆娘面帶笑容地迎接她。她似乎也已經瞭解了情況，對青江說：「教授，你也為了這件奇怪的事多次奔波，辛苦您了。」

在大浴場消除疲勞後，他走去大廳，看到電視前的桌子，想起了圓華。當時有一個男孩打翻了水，水在桌面上散開，她只是把放在桌子上的手機稍微挪了一下，最後手機完全沒有溼。現在回想起來，對她來說，預測水流根本是輕而易舉的事。

他在沙發上坐了下來，打開放在一旁的晚報，不經意地看著社會版，頓時訝異萬分。

那則新聞的標題是，『電影導演甘粕才生自殺』。

40

這個好像不錯。圓華拿在手上的是一支閃著銀光的原子筆，按了幾次筆芯後問武尾：「你覺得怎麼樣？」

「我可以說實話嗎？」

「當然。」圓華點了點頭。

「如果我收到五千圓的原子筆，會捨不得用。」

「這樣才好啊，因為不用，所以就一直放在抽屜裡，每次看到就會想，啊，這是圓華送我的生日禮物。好，這是首選。」

圓華把原子筆樣品放回原位，看著櫥窗內。除了原子筆外，還有鋼筆、裁紙刀和紙鎮等等。

即將晚上八點了。他們在下午五點多離開數理學研究所，武尾原本以為圓華今天不會外出了，沒想到她突然說要出門。她想起父親快生日了，要去買生日禮物。雖然武尾覺得可以明天再買，但這並不是第一次領教她的心血來潮。桐宮玲也知道她的個性，所以沒有任何不滿，像往常一樣默默開車。

雖然逛了好幾家店，始終找不到看得上眼的禮物。十五分鐘前，他們走進了這家店。這家店八點打烊，圓華卻不慌不忙。可能暗自下定決心，如果這家店一到打烊時間就趕客人，以後再也不會來了。

平時武尾都等在店外，但今天圓華要求陪她一起逛，因為她不知道要買什麼禮物，想參考他的意見。武尾婉拒說，自己沒有孩子，無法提供意見，但圓華不答應。

這家金屬飾品店並不大，但很安靜高雅。圓華正在高級事務用品區挑選商品，後方還有更昂貴的商品。

八點剛過，那兩個人闖了進來。武尾剛好看向店門口，一看到他們，立刻感到不對勁。因為兩個人都低著頭，戴著黑色毛線帽。那兩個人把毛線帽用力往下拉，遮住整張臉時，他確信自己的預感沒錯。那不是毛線帽，而是露眼頭套。

「不許出聲，誰敢出聲就殺了他。」其中一個男人用刀子抵著旁邊的女店員。

另一個人巡視店內後說：「不許動，留在原地。」他手上拿著槍。

店內除了武尾、圓華和桐宮玲以外，只有一男一女兩名店員。男店員站在武尾他們身旁，嚇得一動都不敢動。

手持刀子的男子威脅著女店員，緩緩移動著，可能要走去放現金的地方。拿著手槍的男子一臉威嚇的表情瞪著武尾他們。

圓華輕輕戳著武尾的腰說：「噴霧借我一下。」

「別亂來。」桐宮玲小聲說道，即使遇到這種情況，她的表情也很冷靜。

但圓華不理會她，「快把噴霧給我。」

武尾把手伸進西裝內側口袋，他隨身攜帶小型催淚瓦斯防身，只是從來沒有用過。

他偷偷把噴霧交給圓華，不被持槍男子發現。圓華接過噴霧後，觀察那兩個男人的動靜。

持刀男子命令女店員把現金裝進他們帶來的袋子，有好幾疊紙鈔，可能超過一千萬。

圓華假裝巡視店內，將噴霧噴向斜下方。持槍男子似乎聽到了聲音，粗聲粗氣地問：「幹嘛？敢亂動，小心殺了妳。」

如果敢開槍就開啊。武尾在內心嘀咕。因為他早就發現男人手上拿的是玩具槍。圓華應該也發現了。通常催淚瓦斯都要近距離噴向對方的臉，但目前和那兩個男人之間相隔十幾公尺的距離。武尾想像著圓華剛才噴出的催淚劑飄散在店內的哪個位置。

持刀男子搶走裝好現金的袋子，向持槍男子使了一個眼色，似乎準備離開。兩個人走向門口，自動門打開了。

這時，其中一個男人發出了「呃！」的奇怪聲音，那兩個男人當場蹲了下來，用力咳嗽起來，同時發出痛苦的呼吸聲。

男店員不知道發生了什麼事，看傻了眼。桐宮玲問他：「這家店的後門在哪裡？」男店員手足無措，不知道她在問什麼，桐宮玲大聲地問：「後門在哪裡？應該有後門吧？」

「啊……有，在那裡。」

桐宮玲大步走向男店員手指的方向。武尾和圓華也跟在她身後。

「真傷腦筋，逛個街都不太平。」圓華坐進後車座後說道。

「我提醒妳，以後再也不可以去那家店了，否則一定會被問一大堆問題。」桐宮不悅地說完，發動了車子。遠處傳來警車的警笛聲。

「爸爸的禮物就口頭感謝吧，反正每年都這樣。嗯，就這麼辦。」

圓華乾脆地說道，武尾聽了，覺得她的確有點變了。雖然她的生活恢復了正常，看起來也像以前一樣開朗，但總覺得她在逞強。

甘粕才生在上週自殺了。他在病房內，用溼毛巾繞住脖子窒息身亡。因為死法太奇妙，一度懷疑是他殺，但似乎用科學的方法證明了是甘粕自己幹的。網路上說，如果不是死意甚堅，這種自殺方法不可能成功。

他自殺的動機不明。雖然大部分意見認為他陷入瓶頸，無法再拍電影而感到痛苦，但這件事並沒有引起太多討論。在當今的時代，自殺已經不算是大事了。

圓華對於他的自殺沒有表達任何意見，也隻字不提謙人。

「啊，對了，這個要還給你。」圓華把催淚瓦斯遞給他，「謝謝。」

「不值得一謝……」

「但不是幫助了別人嗎？為了獎勵你，我讓你有發問的權利，你可以問我任何問題。」

「可以發問嗎？」武尾抓著頭，因為太突然，他一時想不到。

「但只能問一個。」

「喔……那我只問一個，因為有一件事，我一直很在意。」

「什麼事？」

「呃，我想知道，妳到底看到了什麼？」

「看到？什麼？」

「就是啊，」武尾舔了舔嘴唇，「這個世界的未來，到底怎麼樣？」

圓華沒有回答。她陷入沉默。武尾好奇地回頭看著她，她深深地嘆了一口氣，搖著頭說：

「我跟你說，還是不知道比較幸福。」

國家圖書館出版品預行編目資料

拉普拉斯的魔女 / 東野圭吾作；王蘊潔譯．
-- 一版．-- 臺北市：臺灣角川，2016.01
面；　公分．--（文學放映所；84）

譯自：ラプラスの魔女
ISBN 978-986-366-891-6（平裝）

861.57　　104025900

拉普拉斯的魔女

原書名＊ラプラスの魔女

作　　者＊東野圭吾
譯　　者＊王蘊潔

2016年1月29日　一版第1刷發行
2024年6月12日　一版第16刷發行

發 行 人＊台灣角川股份有限公司
總　　監＊呂慧君
總 編 輯＊蔡佩芬
主　　編＊李維莉
設計指導＊陳晞叡
印　　務＊李明修（主任）、張加恩（主任）、張凱棋、潘尚琪

台灣角川

發 行 所＊台灣角川股份有限公司
地　　址＊104台北市中山區松江路223號3樓
電　　話＊(02)2515-3000
傳　　真＊(02)2515-0033
網　　址＊www.kadokawa.com.tw
劃撥帳戶＊台灣角川股份有限公司
劃撥帳號＊19487412
法律顧問＊有澤法律事務所
製　　版＊尚騰印刷事業有限公司
I S B N ＊978-986-366-891-6